U0560416

CHONGWENGUAN

读古人书　友天下士

百余年前，崇文书局于武昌正觉寺开馆刻书，成晚清四大书局之一。所刻经籍，镌工精雅，数量众多，流布甚广，影响巨大。为赓续前贤，昌明国学，弘扬文化，本社现致力于传统典籍的出版。既专事文献整理，效力学术，亦重文化普及，面向大众。或经学，或史论，或诸子，或诗词，各成系列，统一标识，名之为"崇文馆"。

崇文馆

广东省高水平大学建设经费资助出版

中国古典诗词校注评丛书

朱淑真词全集 【汇校汇注汇评】

张春晓　王伟琴　编著

长江出版传媒｜崇文书局

中国古典诗词校注评丛书
编撰委员会

前　言

　　朱淑真，作为在宋代文学史中可与李清照并论的女性作家，长期以来受到文人们的关注。除了诗词作品留存较为丰富外，她本身自带的话题也成为学术争议的一种。和李清照晚年再嫁一样，其《生查子》的版权归属及其反映的生活态度成为评论与辨白的焦点。朱淑真生平事迹简单且并不明确，从况周颐、朱惟公等人及至当代学者，均试图从其诗篇中寻找交游与行迹的线索。朱淑真的诗作比较丰富，体现的生活范围相对广阔，而约定俗成的词作包含向来误入、今人搜罗的仅33首。

　　朱淑真诗集于南宋孝宗淳熙九年（1182）经魏仲恭整理成《断肠集》，郑元佐作注，嘉泰二年（1202）孙寿斋作序，今存最早刻本为明初刻本。朱淑真词集结集较晚，清代《续文献通考·经籍考》称"陈振孙《书录解题》载有是编，世久不传"，然明以后始以合集面貌出现。据《宋才子传笺证》："今传有明紫芝漫抄《宋元名家词》本、明毛晋汲古阁刻《诗词杂俎》本、《四库全书》本、《西泠词萃》本、清知圣道斋抄《汲古阁未刻词》本、《四印斋所刻词》本、民国十五年（1926）况周颐校刻《断肠词》《漱玉词》合订本等。"

　　唐圭璋《全宋词》据紫芝漫抄本增删，收词24首及失调名"王孙去后无芳草"句。各本误收之词存目8首，即《浣溪沙》"玉体金钗一样娇"、《柳梢青》"玉骨冰肌"、《柳梢青》"冻合疏篱"、《柳梢青》"雪舞霜飞"、《生查子》"去年元夜时"、《绛都春》"寒阴渐晓"、《采桑子》"王孙去后无芳草"、《阿那曲》。正文与存目重合残句，计32

首。冀勤《朱淑真集注》词集部分以毛晋汲古阁刻本为底本,收入外编卷一《断肠词》27首,卷二补遗词作4首及残句1篇,分为《西江月·春半》《月华清·梨花》《绛都春·梅花》《酹江月·咏竹》及《采桑子》句。《阿那曲》以《春宵》之题收入诗集卷三,未见于词集。计32首。而据目前已有研究,《阿那曲》见《断肠诗》,《生查子》见欧阳修集,《柳梢青·咏梅》3首应为杨无咎题画词,《酹江月·咏竹》见谭处端名下,《浣溪沙》"玉体金钗一样娇"并见《香奁集》。

　　为了既体现朱淑真词作的全貌,又呈现持续增补、部分篇目混淆的历史情状,本书综合二书成果,特分两卷以示区别。依《全宋词》排序收录其正文和存目所有篇目,大体以其正文为卷一;存目及冀勤所补《酹江月·咏竹》列为卷二,属于有争议的作品。残句因《全宋词》同时列在正文与存目,归入卷一;《阿那曲》体裁或有误会,但作者无误,一并列入卷一;向来最具争议的《生查子·元夕》从存目置于卷二。

　　本书名为《朱淑真词全集(汇校汇注汇评)》,主要面对的是繁琐的文献搬运和整合工作,既要参考已有研究,又有大量的文献需要核对,同时根据我们的编辑思路和体例考量,重新进行分类。偏属于个人创见的是作品题解部分,既在校注中去掉了逐句释意的前人成果,也尽量在题解中避免强行阐释的成分。和其他有深度的文人作品不同,朱淑真的个人生平缺乏准确的资料,词中鲜有关注社会和历史变迁的内容,从文学的广度和深度上来讲都是有所欠缺的,但这并不妨碍文学作品对于心声、情绪、感知的灵性表达,仍然可以揭示出很有意味的艺术技巧,甚至以小见大,见出文学史中具体而有意义的问题。这是我们在题解中试图传达给读者的信息,而非流于一般层面上的诗词赏析。

　　本书的与众不同在哪里?它呈现出的首先是朱淑真词的文本流传,其次是作品在历史接受中的评价,再次是作品中的艺术特征和问题反映。历时的汇评和考辨帮助我们更深入地理解作品，发现古今欣赏的不同方式，了解文献学、文艺学研究的不同视角。我们努力提供更多的文本、文献参考、艺术思路，而不希望以对作者艺术和思想的简单判断，替代、逾越读者自己对作品阅读的感受。

正如梁启超所说："唐宋以后，闺秀诗虽然很多，有无别人捉刀，已经待考。就令说是真，够得上成家的可以说没有，词里头算有几位。宋朱淑真的《断肠词》，李易安的《漱玉词》，清顾太清的《东海渔歌》，可以说不愧作者之林。内中惟易安杰出，可与男子争席，其余也不过尔尔。可怜我们文学史上极贫弱的女界文学，我实在不能多举几位来撑门面。"（《饮冰室文集·中国韵文里头所表现的情感》）这个评价可能令人不适，但是何妨细思？在传统的士大夫文学中，至少在现代学术之前，朱淑真研究发展的推动力首先在于辨伪，即她到底是贞女还是泆女。留心各个时代批评的关注点，即使朱淑真这样在女性文学史上占得一席之地的作家，明清以下的评价热点仍然在于其人品的讨论，很多时候是基于构成对其他女性生平与文学成就的参照。我们需要借助明其先后、未经选择的文献资料，更清楚地看到朱淑真被接受被评议的角度与定位，而无需做刻意的抬高与贬抑。

本书是与研究生王伟琴合作完成。伟琴本科读的是电子商务，跨专业考入古代文学，因此在电子资料搜索方面颇有心得，正是在此基础之上，我们得以较为便捷地初步整合了文献。去年6月伟琴完成初稿，我在确立本书的体例和用意后，去除冗余，审核材料，补入诗词用例，撰写题解。今年春天我将稿件交还伟琴，由她负责文献的重新核对与各部分的时代排序。伟琴由于毕业论文写作、答辩等事务，兼之疫情期间的不便，6月文稿才返回我的手中。这次伟琴不仅交了整理稿，同时做了一版插入各种资料图片的文档，我藉此得以再次核对原文并校改。此后我和伟琴又各自通读一遍,方才定稿。整个分工合作非常愉快,伟琴对于材料的搜索能力是我远远不及的,如果没有她的加入,这本书的整理工作将要耗费更多的精力。

尽管数度校核原文,仍然难免错漏。清样交出,于此一点始终忐忑。从书稿初成至今,伟琴已经顺利地完成了硕士学业,毕业论文获得答辩优秀的成绩。由是可知,凡事虽然难以尽美,努力从来不会白付。

张春晓于广州暨南大学

2020 年 6 月 30 日

凡　例

一、词作著录

1. 依《全宋词》排序收录其正文和存目所有篇目，并增补现代学术界基本认可的篇目。为了既体现朱淑真词作的全貌，又呈现持续增补、部分篇目混淆的历史情状，特分两卷以示区别。大体以《全宋词》正文为卷一，存目及后续增补为卷二。

2. 词作文字以冀勤《朱淑真集注》为底本，文字有明显不同处见诸校注。

二、校注与汇评的基本原则

因《断肠诗》成书较早，《断肠词》相对辑补较晚，故在此基础上将现代学术成果尽量纳入。校注、汇评对已有学术成果进行充分利用与整合，以《全宋词评注》为依托，择要依时代纳入诸家校注，并增补其他新材料。

1. 去诸书注释中习见的普及性常识，如词牌介绍等。

2. 去诸书重复诗词例文，并增补相关例作，兼顾文体以及时代分布，以便更好地解读古典文学作品中的事典、语典运用。

3. 不同词作相类条目或有引例重合，为免前后翻检，未尽删除，详略不同可资互见。部分引例同时纳入题解论述，为全体例，相关校注内容亦予以保留。

4. 校注中统一去诸书逐句解说类文字，而在题解中按照本书的理解与思路进行阐释。部分古今赏析将纳入汇评部分，以呈现对文学作品的多元理解。

5.校注顺序,首先是字词释义,如事典、语典;次则诗词举隅;再次标明不同字句版本出处。诗词举隅与典故方面用力颇多。

6.因明代戴冠和词与原词关系紧密,是以增加"和词"一栏列入戴冠同题和作。

7.在相关作品下设"考辨"专栏,将诸家辨伪以及任德魁《朱淑真〈断肠词〉版本考述与作品辨伪》(《文学遗产》1998年第1期)所作论述,分别置于相关词作之下。

8.本书校注、汇评部分与张文锦硕论《〈断肠词〉汇校汇注汇评》思路大抵相似,均是文献整合,难免部分雷同。该文主要罗列四种注本校注内容,偶见按语,在整合前人成果中以逐一并举为主,不避重复,难免杂芜之嫌。本书则根据自己的思路重新去取分类,并有大量增补,规模体例均有不同。

三、附录

1.分列生平传记、著录提要、序跋叙引、题咏感和、历代评述、今人考证六部分。部分采录《断肠诗集》资料,因其中多含有作者信息,可作为诗词创作的参考。

2.校注、汇评中已见资料,原则上不再著录于附录,出于整体性考虑或有个别予以保留。

3.题咏感和、历代评述中,部分吟咏、议论他人而涉及朱淑真,虽非主要,亦记录以为参照。

4.各部分主体按照作者年代或序跋等纪年排序,若有主题相关,年份差别不大者尽量顺接。

5.现代论述中引用的文献资料,或与本书所引文字略有不同,各从所出,不作统一。

四、引文出处

1.关于标注规范

根据条目体例，括号内出处标注或有详简不同。即如条目正文已标出作者朝代，则出处中同一作者略去朝代或著者名；如现代出版习见诗词文、诗话等合集，则略去编者。详至页码者，跨多页的仅列首页，以避烦冗。个别出处未能核对原文，则同时附上转引来源。

2.引书卷帙差异

对不同出版版本的引书来源，根据专集合集、出版单位、出版时间等进行选择。如陈廷焯《白雨斋词话》，有中华书局 2005 年《词话丛编》本、2013 年《白雨斋词话全编》本。前者词条编撰小题，如"徐湘苹工词"，后者无小题有编号，前者内容在后者被编为〇二五、〇二六、〇二七三条。本书以中华书局 2013 年版本为引书来源，舍弃较为烦琐的标号，分段则依其区处，部分延用《词话丛编》本小题。两书卷数偶见不同，如"徐湘苹工词"《词话丛编》本见于《白雨斋词话》卷五，《白雨斋词话全编》见诸《白雨斋词话》卷七。或有几处差异，望识者辨之。

3.关于偶见重复

在现有附录内容中，部分条目重复性较高，原因在于以下二点：

一是前人文本相互传抄，部分内容大同小异。因其中体现了不同历史阶段对朱淑真的看法，或增添了新的评价，兼之源头不能十分明确，所以未对这部分重复内容进行删除，以便复原前人对朱淑真接受的完整过程。至如片石居、璇玑图等明确源头、次第者，则力避重复。

二是现代学术研究综述前人成果，尤见于"今人考证"。"今人考证"主要出于文献整理目的，但行文必然包含个人观点。为了尽可能呈现全面、客观的朱淑真被接受的面貌,本书未因此删去附录中的相关材料,由于出处或不相同,可能存在异文。附录条目已一一出具来源,便于读者核查比对。

五、参考书目

1. 宋郑元佐注《笺注断肠诗词》,上海:新文化书社 1933 年版。

2. 明毛氏汲古阁刻本《断肠词》,哈佛大学燕京图书馆藏。

3. 清王鹏运辑《四印斋所刻词》,上海:上海古籍出版社 1989 年版。

4. 朱鉴标点、朱太忙校阅《新式标点朱淑真断肠诗词》,大达图书供应社 1935 年版。

5. 施蛰存校定《北山楼校定断肠词一卷》,《词学》2003 年 00 期。

6. 唐圭璋编《全宋词》,北京:中华书局 1965 年版。

7. 冀勤辑校《朱淑真集注》,杭州:浙江古籍出版社 1985 年版。

8. 张璋、黄畬校注《朱淑真集》,上海:上海古籍出版社 1986 年版。

9. 张显成编《李清照朱淑真诗词合注》,成都:巴蜀书社 1999 年版。

10. 王新霞、乔雅俊编著《漱玉词断肠词》,杭州:浙江教育出版社 2007 年版。

11. 冀勤辑校《朱淑真集注》,北京:中华书局 2008 年版。

12. 周笃文、马兴荣主编《全宋词评注》第四卷,北京:学苑出版社 2011 年版。

13. 张文锦《〈断肠词〉汇校汇注汇评》,辽宁师范大学硕士论文 2017 年。

目 录

卷 一

1

卷一

忆秦娥

正月初六日夜月

弯弯曲,新年新月钩寒玉①。钩寒玉,凤鞋儿小②,翠眉儿
蹙③。　　　闹蛾雪柳添妆束④,烛龙火树争驰逐⑤。争驰逐,元
宵三五⑥,不如初六。

【题解】

开篇第一首,即是按年景顺序,描绘正月初六的月亮。

上阕先描述月亮外形,针对正月初六的弯月,叠字"弯弯",再补一"曲"
字,将形状明确。接连出两个"新"字:"新年""新月",是应新年的节景,表
明和平时的弦月有所不同,并与下阕的应节活动形成呼应。新月的主要喻
体是"钩寒玉",一般习称钩玉或寒玉。钩玉又称曲玉,呈逗号状,和新月外
形相似。寒玉是因玉质清凉而得名,既应新月冷光如玉的特点,又与新年
正月的天寒相衬。钩玉与寒玉合而为一,将月的轮廓与光泽一并描绘。

复沓"钩寒玉"以下,从月的形状关涉到赏月之人。首先形容月亮如
同女子足下小巧的凤鞋,取其小巧而弯之意,不仅平添闺中香艳,且将欲行
之意呼之欲出。其次说新月之弯如同微蹙的黛眉。仅以弯而论,前面的弯
弯曲、钩玉似乎都已说尽,此处再用弯眉比喻,看似有重复之意,然而一个
"蹙"字,却将天上初月与月下女子的微妙心绪关联一处。不仅形似,更推
演出后文:缘何皱眉,究竟有何心绪?从脚底到眉头,始终是写月儿弯弯,
然而描摹完月亮,闺中女子形象也跃然纸上。

上阕已有铺垫,下阕便进入作者的思想与心绪,月光的流动与覆盖,使
时空的递进变得自然而然。思维如月光飞驰,不禁联想到了正月十五。作
者并没有将十五的满月与初六的弯月作简单的对比,而是笔墨一宕,极写
元夕的喜乐。闹蛾、雪柳,均是宋代女子们流行的头饰。烛光火树下,花枝

招展的女子引来男子竞相追逐。"争驰逐"复沓二次，将男女青年在元夕欢爱的热闹场景铺写出来。

女词人浓墨重彩写罢正月十五的场景，却突然反转，既不对比，也不说明，只留下一句结论："元宵三五，不如初六。"那么问题来了，元夕究竟是哪里不如初六呢？明明花烛火树，繁华如许。或是月光的显隐，以及随之而来人事的热闹与幽约之别。即如十五的月儿已满，怎及初六的月儿弯弯别有意趣。作者的心事如同谜语，呼应在"凤鞋儿小""翠眉儿蹙""元宵三五，不如初六"的谜面中。

《忆秦娥》的词牌或许暗藏了一些玄机，"秦娥梦断秦楼月"所忆为何？语典的使用或许也能参破一点词人心曲，欧阳修《南乡子》"花下相逢，忙走怕人猜。遗下弓弓小绣鞋"，就是一出活色生香的私会场景。女词人很喜欢欧阳修的词，常用他的语典，这里用到"凤鞋儿小""弯弯"，其取境当然不是无心。一首小词，显然非为正月初六之月而写，不过是为了女子暗藏的一桩心事，至于是思念珍重的人，还是私下相见的故事，在这清幽冷静的月夜，不点破也罢了。

【校注】

①钩寒玉：指新月、弯月。钩玉，又称曲玉，和新月外形相似，故以其形容新月。南朝宋鲍照《玩月城西门廨中》："始出西南楼，纤纤如玉钩。"南朝齐虞羲《咏秋月》："初生似玉钩，裁满如团扇。"宋吴文英《声声慢·和沈时斋八日登高韵》："乌纱倩谁重整，映风林、钩玉纤纤。"唐圭璋《全宋词》按："钩"原误"钓"，"玉"原误"月"，据《诗词杂俎》本《断肠词》改。

②凤鞋：旧时女子所穿的绣花鞋，以鞋头花样多绘凤凰，故称。五代流行以缠足为美，宋人渐成风气。宋刘过《沁园春·美人指甲》："见凤鞋泥污，偎人强剔。"元岑安卿《美人行》："露晞香径苔藓肥，凤鞋湿翠行迟迟。"清洪昇《长生殿·禊游》："一只凤鞋套儿。""凤鞋"，胡慕椿补辑《断肠词》本作"玉鞋"。

③翠眉：古代女子用青黛画眉，故称翠眉。南朝梁江淹《丽色赋》："信东方之佳人，既翠眉而瑶质。"唐卢纶《宴席赋得姚美人拍筝歌》："微收皓腕缠红袖，深遏朱弦低翠眉。"后唐马缟《中华古今注》载，汉宫中有翠眉之饰，

"梁冀妻改翠眉为愁眉"。

④闹蛾雪柳:宋代妇女于立春或元宵节时佩戴的头饰,剪丝绸或乌金纸为花草虫之形。《宣和遗事·前集》记:"宣和六年,正月十四日夜……少刻,京师民有似云浪,尽头上带着玉梅、雪柳、闹蛾儿,直到鳌山下看灯。"陈元靓《岁时广记》引《岁时杂记》:"卖玉梅、雪梅、雪柳、菩提叶及蛾蜂儿,皆缯楮为之。"周密《武林旧事》卷二《元夕》云:"元夕节物,妇人皆戴珠翠、闹蛾、玉梅、雪柳……而衣多尚白,盖月下所宜也。"宋以后笔记对制作说明更为详细。明刘若愚《酌中志·饮食好尚纪略》:"自岁莫正旦,咸头戴闹蛾,乃乌金纸裁成,画颜色装者;亦有用草虫、蝴蝶者。"清王夫之《杂物赞·活的儿》:"以乌金纸剪为蛱蝶,朱粉点染,以小铜丝缠缀针上,旁施柏叶。迎春元日,冶游者插之巾帽,宋柳永词所谓'闹蛾儿'也,或亦谓之'闹嚷嚷'。"宋辛弃疾《青玉案·元夕》:"蛾儿雪柳黄金缕,笑语盈盈暗香去。"马庄父《孤鸾早春》:"玉梅对妆雪柳,闹蛾儿象生娇颤。"唐圭璋《全宋词》按:"蛾"原误"娥",据《诗词杂俎》本《断肠词》改。

⑤烛龙:《山海经》中的神话人物,身长千里,人首龙身,睁眼为白昼,闭眼为暗夜。《楚辞·天问》:"日安不到,烛龙何照?"王逸注:"天西北,幽冥无日之国,有龙衔烛而照之。"既取烛龙之典,此处"烛龙火树"概指灯山花火。宋孟元老《东京梦华录》记元夜开封宣德门外灯山"各以草把缚成戏龙之状,用青幕遮笼,草上密置灯烛数万盏,望之蜿蜒如双龙飞走"。《武林旧事·元夕》:"宫漏既深,始宣放烟火百余架,于是乐声四起,烛影纵横,而驾始还矣。"唐孟浩然《同张将蓟门观灯》:"蓟门看火树,疑是烛龙然。"唐苏味道《正月十五夜》:"火树银花合,星桥铁锁开。"宋张宪《鹊桥仙》:"星桥火树,长安一夜,开遍红莲万蕊。"皆是以烛龙之典描述元宵节灯火盛况。冀勤校勘记:"争驰逐",原阙,据四印斋本、《花草粹编》卷四补。

⑥三五:指正月十五日上元节。《释名》:"望满之名,月大十六日,月小十五日。"鲍照《玩月城西门廨中》:"三五二八时,千里与君同。"宋李清照《永遇乐》:"中州盛日,闺门多暇,记得偏重三五。"宋刘辰翁《永遇乐·余自乙亥上元诵李易安为之涕下》:"绀帻流离,风鬟三五,能赋词最苦。"

忆秦娥　正月六日夜月

西楼曲,黄昏一片斜敧玉。斜敧玉,天涯目断,远山轻矗。　　姮娥今夜新妆束,清辉是处人争逐。人争逐,东风初转,新正才六。(明戴冠《和朱淑真〈断肠词〉》,《全明词》)

浣溪沙

清明

春巷夭桃吐绛英①。春衣初试薄罗轻,风和烟暖燕巢成。小院湘帘闲不卷②,曲房朱户闷长扃③,恼人光景又清明④。

【题解】

这首词是中国古典文学中习见的以伤春悲秋为母题的作品,也是女词人常常藉诗词倾吐的心声。朱淑真的词作中没有太多的人事、社会,不厚重,主要用于抒发个人心声,这使得她的词作境界稍显狭窄,但并不影响其在表达中的灵性与才情。这首作于清明的《浣溪沙》,就是一段白描式的情景剧。时间:清明;地点:闺中庭院;具体布景:桃花燕子、小院湘帘、曲房朱户。

清明,通常是最繁花似锦的时候,春光灿烂,天气和煦。也正因为如此,上阕出现的三个意象,都是用于表达清明时节的物候特征。首先写桃花怒放,就画面来看很有纵深的层次感:近景桃花绽放,中景远景则是杂花生树的春巷,看似只写了桃花,实则由近到远,铺陈出枝繁叶茂的春天景象。其次写人,人也只写一件情事,就是更换轻薄的罗衣。"初"字与物候变换相一致,而"薄罗"又分明带着飘逸香艳的气息。虽不描写女子的容颜,已是从一个侧面衬托出她的美好,以及对于时令变化的感知。第三个意象是燕子,不是单飞之燕,而是在春天的烟霭中已经筑巢的燕子,不再形单影只。

空间在这三者之间不知不觉发生了转换,由外到内,再由内到外。在空间景物的跳跃中,连接的视点就是女词人的视线。窗外桃花的平视,到闺中自身的端详,再抬眼望向檐间的燕子,女主人公的视线连接起春天的象征景物,而这些景物又莫不带有拟人之意,将她的心理活动呼之欲出。"桃之夭夭,灼灼其华。之子于归,宜其室家",是"春女悲,思当嫁"最具典型的指代,也是一眼看到夭桃吐英的必然联想。罗衣或轻,而窗外已暖,人单燕双,恨嫁之意已是明明白白,却看下半如何道来。

下阕归到这幕小剧中的女主人公。她凝神,更衣,眺望。她既"闲"且"闷"地待在深宅之中,湘帘未卷,是衬其慵懒之意。上阕已将恨嫁春心明白道出,下阕却不得不辜负这大好时光,任其撩拨,年复一年。一个"又"字,足见其幽怨之意,其情境心意正如杜丽娘和春香"绕池游"中的一唱一和:

> 〔旦上〕梦回莺啭,乱煞年光遍。人立小庭深院。〔贴〕炷尽沉烟,抛残绣线,恁今春关情似去年?〔乌夜啼〕〔旦〕晓来望断梅关,宿妆残。〔贴〕你侧着宜春髻子,恰凭阑。〔旦〕翦不断,理还乱,闷无端。

可知千百年来深闺女子的思春之情并无差别,只是一个人的舞台表白毕竟要曲折回环些。

【校注】

①夭桃:出自《诗经·桃夭》:"桃之夭夭,灼灼其华。"绛英:即红花。唐李商隐《五言述德抒情诗一首四十韵献上杜七兄仆射相公》:"移席牵缃蔓,回桥扑绛英。"宋王安石《即事》:"欲知前面花多少,颠倒青苔落绛英。"元吴弘道《梧叶儿》之四:"桃花树,落绛英,和闷过清明。""春巷",四印斋本、《花草粹编》卷二作"露井"。

②湘帘:用湘妃竹做的帘子。晋张华《博物志》记:"舜死,二妃泪下,染竹即斑。妃死为湘水神,故曰湘妃竹。"(《初学记》卷二十八)宋范成大《夜宴曲》:"明琼翠带湘帘斑,风帏绣浪千飞鸾。"清孔尚任《桃花扇·题画》:"这是媚香楼了,你看寂寂寥寥,湘帘昼卷,想是香君春眠未起。"均是将其

作为内室物件描述。"小",四印斋本注"别作'满'"。"湘",四印斋本注"别作'深'"。

③曲房:即内室。汉枚乘《七发》:"往来游宴,纵恣于曲房隐间之中。"唐白居易《题西亭》:"直廊抵曲房,窈窈深且虚。"唐岑参《敦煌太守后庭歌》:"城头月出星满天,曲房置酒张锦筵。"朱户:泛指红色大门。宋柳永《西江月》:"凤额绣帘高卷,兽环朱户频摇。"明刘基《小重山》:"娟娟斜倚凤凰楼,窥朱户,应自半含羞。"

④恼人:撩拨人。唐杜甫《奉陪郑附马韦曲》:"韦曲花无赖,家家恼杀人。"五代魏承班《玉楼春》:"一庭春色恼人来。"宋王安石《夜直》:"春色恼人眠不得,月移花影上阑干。"光景:一说光阴,一说景象,意皆可通。前者如南朝梁沈约《休沐寄怀》:"来往既云倦,光景为谁留。"宋无名氏《九张机》:"一张机,织梭光景去如飞。"后者如南朝梁萧纲《艳歌篇十八韵》:"凌晨光景丽,倡女凤楼中。"唐韩愈《酬裴十六功曹巡府西驿途中见寄》:"是时山水秋,光景何鲜新。"

【和词】

浣溪沙　春

红杏墙头已放英,日长睡起暖风轻,踏青时近绣鞋成。　　芳草连天归路远,落花满院为愁扃,一宵灯火对谁明。(明戴冠《和朱淑真〈断肠词〉》,《全明词》)

生查子

寒食不多时①,几日东风恶②。无绪倦寻芳③,闲却秋千索④。　　玉减翠裙交⑤,病怯罗衣薄。不忍卷帘看,寂寞梨花落⑥。

【题解】

如果说清明是春花最盛之际,那么盛极转衰,也就不得不接受落花时节的到来。寒食在清明前一二日,寒食过了不多几日,自然就是清明后。东风有些猛急,可以想见摧折了许多花草。第一句交代了时间、天气,随即转向主人公的外在情态:她毫无意绪,没有心情寻找芳菲,或许是因为芳菲落尽,于是也懒得荡起秋千。

下阕试图接近主人公的心声,她已游园归来,倦而无绪,原来是因为生着病,玉容清减,瘦了腰肢,裙带都叠交过来。东风猛急之下,病体未愈,更觉病体难支。词人就此闷在闺中,不忍把窗帘卷起,因为帘外不再是盎然春意,满地梨花,更添寂寥。

最后一句"寂寞梨花落",到底寂寞的是梨花,还是词人,抑或人比花事更加寂寞?在唐宋诗词的意象中,似乎梨花总是与寂寞相偕而行,作者对唐人诗境自然有所取鉴。如温庭筠《鄠杜郊居》"寂寞游人寒食后,夜来风雨送梨花",刘方平《春怨》"寂寞空庭春欲晚,梨花满地不开门",都是暮春时节、寒食过后,将梨花满地与寂寞春晚合为一种情境。这首词就如一幅安静的仕女图,尽管有风声、梨花簌簌落地之声,然而因为女主人公如许沉默,外在的声音反而更衬出画面之贞静。词中闲来的心情不关人事,只关伤春之情、流年易逝,一段感于春情没落的自怜自艾。

于女子来说,这种小词写得信手拈来,闲愁无绪发自本心,自然而然。倘若对看明人戴冠的和词《生查子》,就会发现以代言体为赋新词强说愁,才情不足则难免陷于笨拙。

> 宿霭闭深闺,酿得相思恶。昨夜海棠开,应笑人萧索。 　　却怨晓风寒,不管春衫薄。无限惜花心,含泪看花落。

也许最大的不同,在于朱淑真依然珍视自己的心意,将淡淡的忧愁曲尽道来。而戴冠通过他者的视角,意欲一语道破女词人的心机,使得词境突兀,失去了词体隐匿幽约的美感,走向恶俗之路。

【校注】

①寒食:古代节日,在清明前一日或二日。唐韩翃《寒食》:"春城无处不飞花,寒食东风御柳斜。""不",四印斋本注"别作'未'"。

②东风:春风。《礼记·月令》记孟春之月"东风解冻,蛰虫始振"。恶:谓风猛急。宋陆游《钗头凤》:"东风恶,欢情薄。"宋张先《满江红》:"但只

愁,锦绣闹妆时,东风恶。"

③无绪:没有情绪。宋柳永《雨霖铃》:"都门帐饮无绪,留恋处、兰舟催发。"清纳兰性德《浣溪沙》:"一半残阳下小楼,朱帘斜控软金钩。倚阑无绪不能愁。"寻芳:游赏美景。唐姚合《游阳河岸》:"寻芳愁路尽,逢景畏人多。"宋秦观《踏莎行》:"踏翠郊原,寻芳野涧。"宋朱熹《春日》:"胜日寻芳泗水滨,无边光景一时新。"

④闲却:空闲。宋晏几道《清平乐·沉思暗记》:"菊厣开残秋少味,闲却画栏风意。"宋范成大《朝中措》:"从此量船载酒,莫教闲却春情。"秋千索:意即秋千,有以局部代整体之意。古人寒食节有荡秋千之戏。南朝梁宗懔《荆楚岁时记》"寒食"注引《古今艺术图》:"秋千,北方山戎之戏,以习轻趫者。"见宋欧阳修《蝶恋花》:"泪眼问花花不语,乱红飞过秋千去。"金元好问《辛亥寒食》:"秋千与花影,并在月明中。"

⑤"玉",《花草粹编》卷一作"瘦"。"裙交",四印斋本注"别作'腰支'"。

⑥"寂寞"句,见温庭筠《鄠杜郊居》:"寂寞游人寒食后,夜来风雨送梨花。"刘方平《春怨》:"寂寞空庭春欲晚,梨花满地不开门。"

【汇评】

黄嫣梨:此词写尽闲愁苦况,辛弃疾"闲情最苦",可由此词体现。它把女儿家的闲情心态,表露无遗。(《朱淑真研究》,上海三联书店1992年,第156页)

生查子①

年年玉镜台②,梅蕊宫妆困③。今岁未还家④,怕见江南信。　　酒从别后疏⑤,泪向愁中尽。遥想楚云深⑥,人远天涯近⑦。

【题解】

这是一首有确定内容和指向的词作,即居者对于离人的思念。

别离似乎是一种经常而且长久的事情。作者先从居者写起。玉镜台，是婚娶聘礼的代称，则居者所思念的对象是离家的丈夫。唐杨炯《梅花落》诗"泣对铜钩障，愁看玉镜台"，宋葛立方《满庭芳·簪梅》词云"玉镜台边试看，相宜是、浅笑轻颦"，则无论欢喜忧愁，玉镜台都是闺中夫妻相与的明征。而今居者年年空对玉镜台，就算打扮得漂漂亮亮，学些宫妆模样却也无人欣赏，闺中的愁闷与相思可见一斑。

居者天天收拾停当，是依然怀着盼归之心。可是一直守候着，人还是没有归来。明明在等着音书，又直言怕见来信，当然是怕来信确定今番不回了。这种分明盼消息又怕信来的微妙心情，则如五代佚名小词《鹊踏枝》"叵耐灵鹊多谩语，送喜何曾有凭据？几度飞来活捉取，锁上金笼休共语"，以及《群音类选·京兆记》所云"青鸾何事飞难至，却教我玉镜台前懒画眉"，其矛盾的情态均真实又灵动。

如果说上阕只是形容居者百无聊赖，以"女为悦己者容"立意，然而终年无人鉴赏，令这番精心打扮的心意倍增愁闷。下阕则直面内心积郁的倾吐。回顾离去的经年，酒也不怎么喝了，不仅是因为无人对饮，更是无以解忧，于是唯有落泪，然而年深日久，泪已落尽，以此二种推进书写，则居者的哀愁深重可知。"人远天涯近"极写其远："遥想""云深"，皆是天涯之远。而相较不可得之人，天涯比起人来还算得近。上下两阕合力，将分别历时之长久，距离之遥远，一一写出，则忧愁之深足可动人。

上阕前句描述局于闺中，"怕见江南信"瞬间拉开时空感，而词中"江南"应比现在江浙一带的江南概念，地域范围更为广阔，与下阕"遥想楚云深"相关合。及至回到闺中，再重新推向楚云深处，继而以"人远天涯近"再度拉回自身。空间几次伸缩，唯其中心意旨不曾游移，是以不仅没有出现断章之感，反而使得这首小词呈现出鲜明的跳跃，其神思亦得以在回环往复中不断深入。

【校注】

①《诗词杂俎》注："世传大曲十首，朱淑真《生查子》居第八，调入大石，此曲是也。集中不载，今收入此。"此首或作朱敦儒词、李清照词。《历代诗馀》作李清照，四印斋本《漱玉词》从之，《花草粹编》卷一、《词林万选》卷四

并作朱敦儒。《樵歌拾遗》亦载此。王仲闻《李清照集校注》将此词列为存疑篇目。其余参见考辨。

②玉镜台：玉制的镜台，后人引申为婚娶聘礼的指称。唐杨炯《梅花落》："泣对铜钩障，愁看玉镜台。"宋葛立方《满庭芳·簪梅》："玉镜台边试看，相宜是、浅笑轻颦。"《群音类选·京兆记》："青鸾何事飞难至，却教我玉镜台前懒画眉。"

③梅蕊宫妆：即梅花妆，因在眉心间画五瓣梅花，故名，省称梅妆。《太平御览》卷九七〇引《宋书》，南朝宋武帝女寿阳公主，人日卧于含章殿檐下，"梅花落公主额上，成五出之花，拂之不去"。前蜀牛峤《红蔷薇》："若缀寿阳公主额，六宫争肯学梅妆。"明谢肇淛《五杂组·事部四》："东坡有小妹，善词赋，敏慧多辩，其额广而如凸。坡尝戏之曰：'莲步未离香阁下，梅妆先露画屏前。'"

④"未还家"，四印斋本注"别作'不归来'"。

⑤"酒"，四印斋本注"别作'欢'"。

⑥楚云：一说为南方的云，一说为宋玉《高唐赋》中楚襄王梦见能行云作雨的巫山神女，但此后不得再见。

⑦元王实甫《西厢记·仙吕混江龙》"系春心情短柳丝长，隔花阴人远天涯近"即化用此意。

【汇评】

1.（元）陶宗仪：近世所谓大曲。苏小小《蝶恋花》、邓千江《望海潮》、苏东坡《念奴娇》、辛稼轩《摸鱼子》、晏叔原《鹧鸪天》、柳耆卿《雨霖铃》、吴彦高《春草碧》、朱淑真《生查子》、蔡伯坚《石州慢》、张子野《天仙子》。（《南村辍耕录》卷二十七"燕南芝庵先生唱论"，中华书局 1959 年，第 336 页）

2.（明）赵世杰：曲尽无聊之况。（"泪向""遥想"二句旁批）是至情，是至语。（《古今女史》卷十二，转引自《李清照资料汇编》三，中华书局 1984 年，第 55 页）

3.（清）陈廷焯：韵味自胜。以词胜。凄艳芊绵，情词俱胜。（《云韶集辑评》卷十，《白雨斋词话全编》，中华书局 2013 年，第 237 页）

4.（清）陈廷焯：朱淑真词，才力不逮易安，然规模唐五代，不失分寸。如

"年年玉镜台"及"春已半"等篇,殊不让和凝、李珣辈。惟骨韵不高,可称小品。(《白雨斋词话》卷二,《白雨斋词话全编》,中华书局 2013 年,第 1197 页)

【考辨】

1. 唐圭璋:此首《词林万选》卷四误作朱敦儒词,别又误作李清照词,见杨金本《草堂诗馀》前集卷下。(《全宋词》,中华书局 1965 年,第 1405 页)

2. 冀勤:此首于《词林万选》卷四、《花草粹编》卷一误作朱敦儒词。四印斋误刻入《漱玉词》。(《朱淑真集注》外编卷一,中华书局 2008 年,第 246 页)

3. 黄墨谷:此词《古今女史》作李词,《阳春白雪》作朱淑真词,毛晋刻入朱淑真《断肠词》,《花草粹编》作朱敦儒词,《樵风》亦录。细味词意,似朱敦儒词,非清照词明矣。(《重辑李清照集》卷三校勘记,中华书局 2009 年,第 48—49 页)

谒金门①

春已半②,触目此情无限。十二阑干闲倚遍③,愁来天不管。　　好是风和日暖,输与莺莺燕燕④。满院落花帘不卷⑤,断肠芳草远。

【题解】

这首词写春半时节的景物与词人心情。中国古典文学赏析中常说"凡景语皆情语",所以景物描写通常是为抒写情感而存在。

"触目此情无限",触目之景是什么,为何会引起无限之情,而无限之情的内容又是什么?由此淡淡一句引发若干疑问,从而牵出全词经纬。以"情无限"引来一怀愁绪。"十二阑干"是虚数并非实指,不过是为了表现闲愁无尽,走遍庭院都不能略加排遣,纵然想借好天良日以销忧愁,终究不能如愿,所以会逼出"愁来天不管"这等无理而妙的问诘。

其下才开始描述触目之景是什么。触目之景当然是春半所见,上阕没有言及景物,只交待了春半的时间点,与之前几首上阕写景、下阕写情的格局略有不同。据下阕描述,始知天气很好,风和日暖,各种鸟禽也活跃得很。然而禽鸟如此活跃的春日,词人目中所见却是落花满地,与春半遥相呼应。前一首《生查子》曾写道"不忍卷帘看,寂寞梨花落",此处只道"不卷",却将"忍"或"不忍"的情绪匿于动作之后。恰是由这不卷帘,形成了内外空间景别。窗外的景色:满院落花,断肠芳草,并由"远"字延伸到空间的无垠。室内的空间封闭而有限,但内心的情感却是恣肆的。外景的无垠与内情的无限遂得到完美的关合,并由此析出词人无端怅然的原因:纵天气和暖,草长莺飞,终是花落人尽,望断天涯。

既然已经知道了是何种景物引发了情语,那么就不得不进一步追问,引发无限之情的缘由又是什么?"人远天涯近","断肠芳草远",大约便是"可怜春半不还家……江潭落月复西斜""渐行渐远,天涯南北"这等相似的意思吧!总是思妇离人,闲愁无限恨无端。这一部分词人其实是没有明说的,即使"触目此情无限",也是直到下阕才略有交代,往往在曲折处欲说还休,使得这首小词情境虽然简单,却有一波三折的效果,令人随情入境。

【校注】

①《花草粹编》卷三有题作"春半"。

②春已半:谓春季已过半。唐张若虚《春江花月夜》:"昨夜闲潭梦落花,可怜春半不还家。"唐柳宗元《柳州二月榕叶落尽偶题》:"宦情羁思共凄凄,春半如秋意转迷。"南唐李煜《清平乐》:"别来春半,触目愁肠断。"

③十二阑干,南朝乐府《西洲曲》:"楼高望不见,尽日栏干头。栏干十二曲,垂手明如玉。"李商隐《碧城三首》其一:"碧城十二曲阑干,犀辟尘埃玉辟寒。"欧阳修《少年游》:"阑干十二独凭春。"

④莺莺燕燕:莺和燕,比喻春光物候。语本唐杜牧《为人题赠》之二:"绿树莺莺语,平江燕燕飞。"见元张可久《塞儿令·忆鉴湖》:"风风雨雨清明,莺莺燕燕关情。"

⑤"满院"句,本唐韦庄《谒金门》:"满院落花春寂寂,断肠芳草碧。"其境如《楚辞·招隐士》:"王孙游兮不归,春草生兮萋萋。"

【汇评】

1.（清）陈廷焯：凄婉，得五代人神髓。（《词则·大雅集》卷四，《词话丛编补编》，中华书局 2013 年，第 2192 页）

2.（清）陈廷焯：如"年年玉镜台"及"春已半"等篇，殊不让和凝、李珣辈。惟骨韵不高，可称小品。（《白雨斋词话》卷二，《白雨斋词话全编》，中华书局 2013 年，第 1197 页）

3.（清）陈廷焯：《谒金门》（春已半）"风神超隽，神味宛然，自是作手"。（《云韶集辑评》卷十，《白雨斋词话全编》，中华书局 2013 年，第 237 页）

4.缪钺：《谒金门》词写一个深闺少女幽微曲折的情怀。当春天已经过去一半的时候，她阑干倚遍，幽怨无端，觉得还不如莺燕之能欣赏风和日暖。结尾两句写出怅惘之情怀，情景交融，造境幽美。这首词的风格虽然很像《花间集》，但自出新意，并非摹古。（《论朱淑真生活年代及其〈断肠词〉》，《四川大学学报（哲学社会科学版）》1991 年第 3 期）

5.周笃文：妍丽的春光，却成了愁苦的由头，哪有心绪去欣赏呢？只好让给黄莺紫燕去尽情消受了。"输与"句构思甚奇。"愁来天不管"，一声长叹，不啻是对那压抑女性的封建制度的凄厉控诉了。（《宋百家词选》，广东人民出版社 1983 年，第 159 页）

6.黄嫣梨：把"天不管"的无可奈何的心境，又焦虑，又愤慨，刻画得淋漓尽致。（《朱淑真研究》，上海三联书店 1992 年，第 149 页）

7.李长路：写闺妇春愁，似与南唐后主李煜句"别来春半，触目柔肠断"意近。"断肠芳草远"是名句。写离家远出之人的伤心春情，极贴切。陈廷焯说这词"凄婉，得五代人神髓"。"寒"，仄韵。（《全宋词选释》，北京出版社 1992 年，第 241 页）

8.这首写仲春闺思的小词，以真率自然而又蕴藉婉丽取胜。（社科院文学研究所《唐宋词选》，人民文学出版社 2007 年，第 374 页）

【和词】

谒金门　春半

春事半，九十光阴谁限。闻道南园红绿遍，人愁春不管。　　　　羞见游

蜂竞暖,忍听梁闲语燕。翠幔东风无力卷,章台人已远。(明戴冠《和朱淑真〈断肠词〉》,《全明词》)

江城子
赏春

斜风细雨作春寒①。对尊前②,忆前欢。曾把梨花,寂寞泪阑干③。芳草断烟南浦路④,和别泪,看青山。　　昨宵结得梦夤缘⑤。水云间,悄无言⑥。争奈醒来,愁恨又依然。展转衾裯空懊恼⑦,天易见,见伊难。

【题解】

　　赏春,通常是春风和煦之际,看春花烂漫正当时。然而此首一开篇就告诉读者,这是一个春寒料峭的日子,何况更兼风雨。那么哪里来的赏春心情,且又是怎样的赏春心情呢?就此吸引住了读者的目光。相对前面几首,这首词体量稍大,于是作了铺陈性的叙述,浓墨直书,和前面几首小词的含蕴隐忍有所不同,但各自都有以情动人的力量。

　　上阕是现在情境。风雨交加的日子,独坐饮酒,回忆前事。作者并没有详说前欢,反倒是曾经的落寞浮上心头。手扶梨枝,伤心寂寞,可知那是另一个春天的故事。原来这种春寒时节的忧伤也不是一回两回了,那次是在春天送别。南浦路,常指送别的地方。芳草孤烟,望断青山,含泪而别。送时是春天,至今送别的那个人依然没有归来。这时,读者才恍然得知主人公的忧伤所在:一年来,甚至更多年来的悠长等待。

　　也许,本来已习惯了这种孤寂,然而昨夜的南柯一梦,骤然唤起她的期待,更令人思念无极,遂有今朝对花饮酒的所谓赏春之举。梦中所见为何?作者只写下"水云间,悄无言"六字,雾霭氤氲之中,相对无言。究竟是梦到南浦之别的"执手相看泪眼",还是别后重逢的相对无言,如孟郊《古怨别》

16

中"含情两相向,欲语气先咽。心曲千万端,悲来却难说"之意? 不论梦别情还是梦相见,其水云都是雾湿的泪眼无可疑议。上阕的"前欢"终或落实于昨宵缠绵之梦,原来这前欢其实也尽皆虚妄。"争奈"是个勾勒字,此下情境一转,幡然梦醒,愁恨依旧。辗转未眠,孤衾难奈,空自懊恼。梦境虽虚,总是强于不能相见,这种退而求其次的心情是何等强烈! 越是执着,越见怅然。词人直呼出"天易见,见伊难",将离别之恨淋漓尽致地宣泄而出。

这首词的写法是由果到因,与大多由因到果的路径相反,可见对于文学作品的叙事而言,因果的顺序、时空的跳跃都是非常灵活的。即如这首词的时空层次很丰富,现在的动作是"对尊前,忆前欢","忆前欢"以下都是过去时,梦境是昨晚,送别则是推及更远之事。最后一句则从过去、现实出发,想见未来的相见难,其空间再度转换。词中思绪来回穿越,却并不突兀,一来思维本就可以跳跃成章,符合思绪的特征;二来依托了一些勾勒字完成时空的转换,如"曾""争奈"等字各有回顾、转折之意;三来靠时间的主动交代,如"前欢""昨宵",使词作获得了丰盈的空间感。

【校注】

①斜风细雨,见唐张志和《渔歌子》"斜风细雨不须归"。

②尊,今作"樽",即古时盛酒的器具。本句融毛滂《浣溪沙》"莫对清尊追往事"意。

③"曾把"句,本白居易《长恨歌》"玉容寂寞泪阑干,梨花一枝春带雨"。阑干:交错杂乱貌。汉赵晔《吴越春秋·勾践入臣外传》:"王与夫人叹曰:'吾已绝望,永辞万民,岂料再还,重复乡国。'言竟掩面,涕泣阑干。"唐岑参《白雪歌送武判官归京》:"瀚海阑干百丈冰,愁云惨淡万里凝。"

④断烟:孤烟。唐贾岛《雪晴晚望》:"野火烧冈草,断烟生石松。"唐赵嘏《宿楚国寺有怀》:"风动衰荷寂寞香,断烟残月共苍苍。"清纳兰性德《好事近》:"再向断烟衰草,认藓碑题字。"南浦:南面的水边,常指送别之地。本《九歌·河伯》"子交手兮东行,送美人兮南浦"、南朝梁江淹《别赋》"春草碧色,春水渌波,送君南浦,伤如之何"。见唐李贺《黄头郎》:"黄头郎,捞拢去不归。南浦芙蓉影,愁红独自垂。"

⑤夤缘:连络,绵延。唐李白《愁阳春赋》:"演漾兮夤缘,窥青苔之生

泉。"王琦注引《韵会》："夤缘,连络也。""结得",四印斋本作"徒得"。"夤",《诗词杂俎》本作"因"。

⑥悄无言,意本唐孟郊《古怨别》："含情两相向,欲语气先咽。心曲千万端,悲来却难说。"

⑦展转:同"辗转"。《诗经·关雎》："求之不得,寤寐思服。悠哉悠哉,辗转反侧。"衾裯:泛指被褥等卧具。《诗经·小星》："抱衾与裯。"毛传:"衾,被也;裯,单被也。""衾裯",《花草粹编》卷七作"翠衾"。

【汇评】

1.郭清襄:这首词是叙述她与情人送别的光景,及别后思念的情形。(《从〈断肠集〉中所窥见的朱淑真的身世及其行为》,《清华周刊》1934年第1期)

2.黄嫣梨:此词长歌当哭,哀痛之至,淑真至情至性,一见于此。词中三字句语的运用连上作态:"对尊前,忆前欢""和别泪,看青山""水云间,悄无言""天易见,见伊难"等句,通是词眼,初读已使人哽咽,再三之后,涕岑岑其若霰矣。惟真情惟能动人,颇信。(《朱淑真研究》,上海三联书店1992年,第154页)

3.唐玲玲:这首《江城子》,以火一般的热情,抒写与心上人离别后心灵深处的忧伤。词人"赏春"所触发的离情别恨的隐痛,无处告说,只能发之于笔墨,诉之于词章。……朱淑真的断肠词,往往写情致缠绵,幽艳感人。这首词是断肠词中的代表作之一,词中所抒写的离愁别恨,与李清照的"怎一个愁字了得"(《声声慢》)的深沉哀怨,有异曲同工之妙。(《古代爱情诗词鉴赏辞典》,辽宁大学出版社1990年,第853页)

【和词】

江城子　春

东风料峭弄余寒。共花前,结新欢。犹记当年,携手绕阑干。只尺天台迷旧路,回首处,是空山。　谁知翻是恶姻缘。梦魂闲,不堪言。愁肠断处,夜雨正萧然。流水落花无处觅,离别易,见时难。(明戴冠《和朱淑真〈断肠词〉》,《全明词》)

减字木兰花

春怨[①]

独行独坐[②],独倡独酬还独卧[③]。伫立伤神,无奈春寒着摸[1]人[④]。　　此情谁见[⑤],泪洗残妆无一半[⑥]。愁病相仍,剔尽寒灯梦不成[⑦]。

【题解】

这依然是一首闺怨主题的作品。很有特点的是,一上来就先以五个"独"字的连用,把主人公深刻的孤独感强烈地渲染出来。和此用法相似的是唐代女诗人李冶的《八至诗》:"至近至远东西,至深至浅清溪。至高至明日月,至亲至疏夫妻。"二者有异曲同工之妙,令人不会觉其重复。

第一句五个"独"字领起的动作一气呵成,将日常生活中的孤独常态写出来,继而造境。如果说行、坐、卧一人也就罢了,偏偏连唱酬这种本来是群体活动的事情,都是"独倡独酬",这就不仅仅是物质生活的孤寂了,而是直接将孤独感渗入精神世界。以下便详说词人这番挥之不去的寂寥心境。词人立于春寒之中,黯然神伤。不说是因为自己的孤独生活,而是埋怨春寒故意撩拨人,这和《谒金门》的"愁来天不管"同样显得有些无理,却是其时心境的合理表达。下阕着重写其凄楚之状。她整日以泪洗面,脸上妆容所余不到一半。何况孤独忧愁的同时,更和着病体,难免情绪低落。愁病交加,寒灯孤映,深夜难眠。现实中既然见不到,词人唯有托之以梦,期望梦中或能相见,可惜不能入睡,连梦也无。词人以这样一种痴缠的想法将相思迢递的无以为计揭示得非常到位。

这首小词书写是按照时间顺序,从白天日常生活的独处,到一个人的

---

〔1〕　着摸,亦即着莫、著摸、著莫等,写法各有不同,未能一是。注释、引文等各从其本。

凭栏眺望、以泪洗面,再到愁病交加、难以成眠,将一日夜的孤寂呈现在人前,并由此推及长久以来的寂寞寒窗。在感情层次上则是步步递进深入,从看似正常的生活,到内心的无助,再到最后的痴妄,令人深深理解词人的寂寞,与开篇五个"独"字的力度相互呼应与契合。

王渔洋发现"耶律文正诗'花落余香著莫人',盖本朱淑真词'无奈春寒著摸人'语。适读宋彭汝砺《鄱阳集》,有《湖湘道中见梅花》绝句云:'滴叶开花妙入神,酥盘忆看北堂春。潇湘此日堪肠断,随处幽香著莫人。'乃前此矣"。由此可知,诗词中语言情境是可以互相取鉴的,不妨以此三首被物候"著莫"的作品为例,看其各自表达的特色。

北宋英宗朝状元彭汝砺《湖湘道中见梅花》绝句后二句写道:"潇湘此日堪肠断,随处幽香著莫人。"结合前二句看,在情感上并无太多纠缠,只说这日湖湘道中,梅花遍开,令人肠断。如何肠断、情归何处,并不是表述重点,也许指向的是北堂春的忆往,但情感上止于花香引起的思念或伤感。

同样是写自然物候对人情的撩拨,朱淑真《减字木兰花》词中以勾勒字"无奈"领起,表达出本想克制、终被物候牵引的无可奈何,更见情难自禁。朱词在此下继续推进病愁等苦况铺陈,使得这番被"著莫"的春情有着更大的情感张力,直至写出深衷。

朱淑真之后是耶律楚材的《河中游西园》:

> 河中春晚我邀宾,诗满云笺酒满巡。对景怕看红日暮,临池羞照白头新。柳添翠色侵凌草,花落余香著莫人。且著新诗与芳酒,西园佳处送残春。

可以看到这首诗和朱词有着更为神似的取境,日暮春残,很能渲染情绪,作者并没有沉迷于描述这种情感的状态,而是点到为止,姑且写诗饮酒便可销愁。当然这种"花落余香"撩拨出来的主要是伤春流年的意绪,不会是女词人那般相思入骨,所以尚且收放自如。由此也能见出诗与词对于情感的表达方式是有差异的,诗歌创作更体现出温柔敦厚的内敛宗旨。

【校注】

①"春怨",《花草粹编》卷二题作"春"。

②独行独坐,相传唐吕洞宾"独自行时独自坐,无恨时人不识我"(宋郑

景望《蒙斋笔谈》)。

③倡:通"唱"。见《诗经·蒡兮》"倡予和女"。酬:即和,一般是指依照别人诗词的题材、体裁、韵律唱和诗词。

④无奈,见白居易《开襟》:"无奈每年秋,先来入衰思。"着摸,张相《诗词曲辞汇释》:"着莫,犹云着落也、约莫也;又犹云撩惹或沾惹也。字亦作着摸、着抹、着末、着么。"宋孔平仲《怀蓬莱阁》:"深林鸟语留连客,野径花香着莫人。"宋毛滂《粉蝶儿》:"正春风,新着摸,花花叶叶。粉蝶儿,这回共花同活。"朱淑真《夏夜有作》诗亦有句:"暑夕炎蒸着摸人,移床借月卧中庭。""春寒",四印斋本作"轻寒"。

⑤"谁",四印斋本注"别作'难'"。

⑥"泪洗"句,李煜入宋后与故宫人书"此中日夕,只以眼泪洗面"(《乐府纪闻》)。残妆:残褪的妆容。唐白居易《伤春词》:"残妆含泪下帘坐,尽日伤春春不知。"唐张谓《扬州雨中张十宅观妓》:"残妆添石黛,艳舞落金钿。"

⑦剔:即剪。本句化用唐白居易《长恨歌》"孤灯挑尽未成眠……魂魄不曾来入梦"。见唐韩偓《闻雨》"闻雨伤春梦不成",宋聂胜琼《鹧鸪天》"寻好梦,梦难成"。"寒灯",四印斋本、《花草粹编》作"孤灯"。

【汇评】

1.(清)王士禛:尝读耶律文正诗"花落余香著莫人",盖本朱淑真词"无奈春寒着摸人"语。适读宋彭器资汝砺《鄱阳集》,有《湖湘道中见梅花》绝句云:"滴叶开花妙入神,酥盘忆看北堂春。潇湘此日堪肠断,随处幽香著莫人。"乃前此矣。唐人唯元、白集中多用此等字,未暇考《长庆集》也。(《渔洋词话·花落余香著莫人》,《词话丛编补编》,中华书局2013年,第750页)

2.(清)张宗柟:案,"著摸"等字,宋元人诗中未易缕举,就愚所忆及者,如孔平仲《怀蓬莱阁》云:"深林鸟语留连客,野径花香著莫人。"《饮梦锡官舍出文君西子小小画真》云:"一樽美酒留连客,千载香魂著莫人。"味此二联,则其义亦晓然矣。孔与彭鄱阳亦同是元祐、绍圣间人也。(王士禛《带经堂诗话》卷十五《字义类》,人民文学出版社1963年,第414页)

3.(清)李调元:余家藏有宋彭汝砺器资钞本《鄱阳集》,卷面有王渔洋亲笔批云："尝读《耶律文正集》，有句云：'花落余香著莫人'，以为本之朱淑真词'无奈春寒著莫人'语也。观《鄱阳集·梅花绝句》云：'滴叶开花妙入神，酥盘忆看北堂春。潇湘此日堪肠断，随处幽香著莫人。'已前此矣。"（《雨村词话补》卷四，《词话丛编补编》，中华书局 2013 年，第 893 页）

4.（清）永瑢等：王士禛《居易录》亦引其《梅花》诗中"潇湘此日堪肠断，随处幽香著莫人"之句，以证朱淑真词、耶律楚材诗内"著莫"二字之所出。（《四库全书总目》卷一百五十三《鄱阳集》，中华书局 1965 年，第 1322 页）

5.（清）吴衡照：朱淑真词"无奈春寒著摸人。""著摸"二字，孔平仲、彭汝砺诗皆用之。（《莲子居词话》卷四，《词话丛编》，中华书局 2005 年，第 2470 页）

6.徐育民、赵慧文：这是一首抒情小令，通过叙事来抒发感情。全词布局严谨，层次分明，从时间讲，由晚到夜；从空间讲，从室外到室内。语言自然流畅，浑然天成。五个"独"字在词中反复运用，突出了孤寂的意境，使悲绪愁情抒发得淋漓尽致。但由于作者是封建社会妇女，所以作品题材较狭窄，情绪偏于低沉。（《历代名家词赏析》，北京出版社 1982 年，第 195 页）

7.黄嫣梨：此词用字精练。语言流畅，浑然天成。起拍以五个"独"字连叠运用，突出了孤寂的意境，使深闺怨妇的悲怆愁怀跃然纸上，"此情谁见"上应"独"字，可见布局不懈。全词情感抒发，可谓淋漓尽致。（《朱淑真研究》，上海三联书店 1992 年，第 155 页）

8.许宗元：开篇连用五个"独"字作五个动词的状语，这五个动词又囊括了词人全部生活内容，处境之孤凄于此一览无余。接下来伫立伤神、泪洗残妆、剔尽灯花不得入眠，把孤凄的内心世界揭示得淋漓尽致。（《中国词史》，黄山书社 1990 年，第 158 页）

【和词】

减字木兰花　春

黄昏独坐，倦来独拥重衾卧。减尽精神，枕簟寒生恼煞人。　几时伊见，花落莺啼春过半。心事仍仍，锦字机中织未成。（明戴冠《和朱淑真〈断肠词〉》，《全明词》）

眼儿媚①

　　迟迟春日弄轻柔②,花径暗香流③。清明过了,不堪回首,云锁朱楼④。　　午窗睡起莺声巧,何处唤春愁? 绿杨影里⑤,海棠亭畔⑥,红杏梢头⑦。

【题解】

　　这首小词写春日的闲居生活,没有强烈的情感,不过一些淡淡的闲愁。

　　春日里,白昼渐长,杨柳轻柔,小径上暗香流动,满满的春天气息。然而这样生机勃勃的春日,却令女主人公不堪回首。原来清明过了,花事已了,令她倍觉时光流逝。因为不堪回首,不再上楼观瞧,所以说是云锁朱楼,不是真不能上,只是不愿意再回顾逝去的春色。至于是否还有其他的故事,不得而知。词中未曾提及,却未必没有发生,前事往往隐藏于含而不露的情感中,不直说,却是抒发的缘起。

　　女主人公百无聊赖,小睡销忧,然而一觉醒来最先惦记的还是逝去的时光,不然为何说黄莺歌声美妙,不知从何处唤来了春愁。这和"无奈春寒着莫人"都是一个意思,明明不关黄莺、春寒之事,都是自己心中蕴含着一怀愁绪,却怨之于物候。此下关于春愁戛然而止,转而将目光投向窗外所见之景:绿杨垂阴,海棠亭畔,红杏枝头,作为"何处"的应答。文字就此收束,余韵悠长,心事自在不言中。

　　周笃文认为最后一句与贺铸《青玉案》"若问闲情都几许? 一川烟草,满城风絮,梅子黄时雨"颇有异曲同工之妙,的确如此。句式相同,都是前有一问,后面以生动的景色表现细腻而不可说清道明的情感。即如沈祖棻《宋词赏析》对贺词结尾评论进行概述,认为贺词以具体生动的景物表现出了抽象、无迹可求和难以捉摸的感情,使这种感情转化为有形之物,使读者从闲愁的形象中受到它的感染。

贺铸末句自是千古佳句,朱词显然造境不及其飘逸,但也有自己的特点。首先朱词的疑问在"何处"唤愁,而非"闲愁"多少。所以后面三处景物看似闲笔,实则回答这个问题。其次从空间感上来讲,朱词的杨柳、海棠、杏花是一个层面上的,未能如贺词一样营造空间弥满的美感。然而,朱词也有她胜出的一面,就是色彩感。杨柳之绿、海棠之艳、杏花之红都跃然于目前,再辅以黄莺的声音之巧,算得上丰富多彩的画面。

越是浓烈的色彩,越是衬出芳心的慵懒无奈。那些美好唤起了春愁,至于美好的春色下往事究竟是什么,便成为隐于词后的深衷了。

【校注】

①《花草粹编》卷四有题作"春情"。

②迟迟:形容春日渐长。本《诗经·七月》:"春日迟迟,采蘩祁祁。"见杜甫《绝句》:"迟日江山丽,春风花草香。"弄轻柔,见宋释道潜《临平道中》"风蒲猎猎弄轻柔",王雱《眼儿媚》"丝丝杨柳弄轻柔"。"迟迟春日",《历朝名媛诗词》卷十一作"风日迟迟"。

③暗香流,见宋林逋《山园小梅》"暗香浮动月黄昏",宋毛滂《摊破浣溪沙》"雨色流香绕坐中"。

④朱楼:指富丽华美的楼阁。见唐白居易《骊宫高》:"高高骊山上有宫,朱楼紫殿三四重。"是句化用了李煜《虞美人》"小楼昨夜又东风,故国不堪回首月明中"、南唐冯延巳《南乡子》"烟锁凤楼无限事"之意。

⑤绿杨影里,本唐白居易《钱塘湖春行》"绿杨阴里白沙堤",宋徐铉《柳枝辞十二首》其五"老大逢春总恨春,绿杨阴里最愁人"。

⑥海棠亭畔,宋释惠洪《冷斋夜话》卷一引《太真外传》记载:唐明皇登沉香亭,召太真妃,于时卯醉未醒,命高力士使侍儿扶掖而至。妃子醉颜残妆,鬓乱钗横,不能再拜。明皇笑曰:"岂妃子醉,直海棠睡未足耳!""亭",四印斋本注"别作'枝'"。

⑦红杏梢头,本宋宋祁《玉楼春》:"绿杨烟外晓寒轻,红杏枝头春意闹。"

【汇评】

1.(清)陈廷焯:婉丽之句自是闺阁中声口。字字绮丽风流。(《云韶集

辑评》卷十,《白雨斋词话全编》,中华书局2013年,第237页)

2. 周笃文:春事将尽,风日清妍,庭前对景,只添惆怅。此正所谓"良辰美景奈何天"之心境。"何处"一问,旋以"绿杨""海棠""红杏"三个排句一答,以丽语写幽怨,凄惋动人。与贺铸之"若问闲情都几许? 一川烟草,满城风絮,梅子黄时雨"颇有异曲同工之妙。(《宋元百家词选》,广东人民出版社1983年,第159页)

3. 惠淇源:这首小词,通过春景的描写,婉转地抒发了惜春情绪。上片写风和日丽,百花飘香,而转眼清明已过,落花飞絮,云锁朱楼,令人不堪回首。下片写午梦初醒,绿窗闻莺,声声唤起春愁。结尾三句,构思新巧,含蕴无限。全词语浅意深,辞淡情浓。清新和婉,别具一格。(《婉约词全解》,复旦大学出版社2007年,第191—192页)

4. 这首词写一闺中女子在明媚的春光中回首往事而愁绪万端。词中从感到的暖意,嗅到的馨香,听到的啼莺,看到的色彩,描绘了一幅鸟语花香的图画。(社科院文学研究所《唐宋词选》,人民文学出版社1982年,第375页)

【和词】

眼儿媚　春半

溪边杨柳弄春柔,花片逐东流。韶光渐老,东君欲去,肠断西楼。厌厌宿雨人初起,满院锁闲愁。海棠如诉,丁香似泣,豆蔻垂头。(明戴冠《和朱淑真〈断肠词〉》,《全明词》)

鹧鸪天①

独倚栏干昼日长②,纷纷蜂蝶斗轻狂③。一天飞絮东风恶,满路桃花春水香④。　　当此际⑤,意偏长⑥,萋萋芳草傍池塘⑦。千钟尚欲偕春醉,幸有荼蘼与海棠⑧。

【题解】

这是一首伤春的小词,然而满幅生气如画,是这首作品在伤春意绪之外最明显的特征。暮春的特点是花落叶长,生机依旧,只是瞬间的繁花落尽、草木葱茏往往让人格外惜春,从而引起年华流逝、好景不长的伤感。所以它和秋天的凋零是完全不同的观感。这首词的特点可以从三个方面进行理解:

首先是对于暮春时节的表现。词人如实铺写,令读者可以感受到动态,可以观察到色彩甚至气味,从而体会到词人在白描上的功力。"纷纷蜂蝶斗轻狂。一天飞絮东风恶,满路桃花春水香",第一句就是"日长蝴蝶飞"的意趣,蜂蝶闹哄哄飞舞,柳絮随东风,桃花随流水,纷飞、舞动、流淌的动态描述将春意盎然的典型特征,轻松地烘托出来。在这种动态中,兼有桃花、海棠、荼蘼的红与白,池塘芳草的深深浅浅绿,还有与酒香相伴的花气袭人,从而令这首小词活色生香。

其次是物我关系的递进。上阕基本是由"我"的视角观察"物",所谓的"日长""轻狂""恶"不仅是物候的自然状态,还是作者以其喜好进行主观判断的对象。下阕"当此际,意偏长"陡然一转,顿时使人与物在感情的层面上更加紧密地联系起来。绿草茂密与池塘相依,主人公无人做伴,唯有借酒浇愁,欲与春共醉。"幸有"二字,实是"唯余"之叹,以其敦厚之旨不说"唯余",反而说是"幸有",其意则一也。偕春共醉,是对"春"进行了人格化的观照,使物我、情景得以交融,而荼蘼与海棠亦成为人情的慰藉——春尚在。

再次是艺术与生活的关系。文学作品模拟自然景物,抒写个人心境,某种程度上是写实的,但这种写实中一定会有艺术层面上的夸张与调度,从而呈现出神思的超越。即如最后一句就曾引起争议,张文锦《〈断肠词〉汇校汇注汇评》按:"张注本与王、乔注'荼蘼'一词有歧义,张注为荼蘼酒,王、乔注为荼蘼花。笔者认为荼蘼酒是正解。荼蘼花花期在夏季,海棠花花期在三月到五月期间,是为春季。本首词写的是春光,此时荼蘼花应当还未开。因此,此首词中词人是在春日里喝着荼蘼酒,赏着海棠花来排遣愁闷的。"这种观点就不免拘泥了。荼蘼与海棠在现实中不是同时开放,但在文学作品中不妨并举,以其强烈的色彩反差共同指代春日花事,是"源于生活,高于生活"的艺术规律所允许的表达方式。

【校注】

①《花草粹编》卷五有题作"春溪"。

②昼日长,化用白居易《苏州李使君赴郡二绝句》其二"馆娃宫深春日长",宋谢克家《忆君王》"依依宫柳拂宫墙,楼殿无人春昼长"。

③纷纷:多而杂乱。唐岑参《白雪歌送武判官归京》:"纷纷暮雪下辕门,风掣红旗冻不翻。"

④"满路"句,本北周庾信《奉在司水看治渭桥》:"春洲鹦鹉色,流水桃花香。"颜师古《汉书》音义云:"《月令》云:'仲春之月,始雨水,桃始华。'盖桃方华时,既有雨水,川谷涨泮,众流盛长,故谓之桃花水。""水",四印斋本注"别作'雨'",《花草粹编》作"雨"。

⑤当此际,本秦观《满庭芳》"销魂,当此际"。

⑥"长",四印斋本注"别作'伤'",《花草粹编》作"伤"。

⑦"萋萋"句,化用《楚辞·招隐士》"王孙游兮不归,春草生兮萋萋"、南朝宋谢灵运《登池上楼》"池塘生春草,园柳变鸣禽"之意。萋萋:草木茂盛的样子。本唐崔颢《黄鹤楼》:"晴川历历汉阳树,芳草萋萋鹦鹉洲。"

⑧荼蘼:落叶小灌木,夏季开白花,洁美清香。或取自北宋王淇《春暮游小园》:"一从梅粉褪残妆,涂抹新红上海棠。开到荼蘼花事了,丝丝天棘出莓墙。"宋辛弃疾《满江红》:"照一架,荼蘼如雪。"

【汇评】

1. 李长路:这首又提到"东风恶",这不是婆婆虐待,便是丈夫反目。说明她是不幸的,是坎坷不平的。但即令如此,她还以荼蘼与海棠为友,还陶醉于"满路桃花春水香",意境是高超与疏放的。(《全宋词选释》,北京出版社 1995 年,第 242 页)

2. 张显成:此为游春之作,意境幽雅恬静。(《李清照朱淑真诗词合注》,巴蜀书社 1999 年,第 300 页)

3. 王新霞、乔雅俊:这首词抒写了女词人在烂漫的春光中无人相伴、借酒浇愁的寂寞情怀。(《漱玉词断肠词》,浙江教育出版社 2007 年,第 86 页)

【和词】

鹧鸪天　春深

春恨撩人觉昼长,秋千背立弄疏狂。隔年不见青鸾翼,帐里空余宝鸭香。　肠欲断,景堪伤,风吹柳絮过横塘。如何春在花先瘦,试遣黄鹂问海棠。(明戴冠《和朱淑真〈断肠词〉》,《全明词》)

清平乐

风光紧急,三月俄三十①。拟欲留连计无及②,绿野烟愁露泣③。　倩谁寄语春宵④,城头画鼓轻敲⑤。缱绻临歧嘱付⑥,来年早到梅梢。

【题解】

这又是一首无计留春住的小词,诚如缪钺先生所说,是一首饯春词。

上阕首四字就说"风光紧急",原因在于已经迫近三月三十日。春季是从正月至三月,转眼就到夏季。即使打算继续流连春色也无计可施,放眼看去,遍野绿色。在一年的光景中,这是春天的尾声,在一日的光景中,偏偏也是暮色霭霭,这就更加令人难以为情,所以会感受到"烟愁露泣"。从这句到下阕,词人将物的拟人化运用得淋漓尽致,也是这首小词别有机巧的地方。

首先是赋予物以人的情感,看似物有情,实则是人伤感。即如"烟"与"露"是即时所见,"愁"与"泣"则是词人所感。物本无悲喜,更无论愁、泣这些动作。难得的是这种拟人化不仅细腻地描绘出烟水之气笼罩的夜暮春景,同时也恰到好处地表达出那一刻心情的迷离和凄黯,使得这种人格化并不生硬和突兀。

如果说前一种人格化的方式为人们所习见,那么后一种直接将物作为倾诉的对象,则更加新颖有趣。下阕开篇即问谁能托个话给春宵,顺承上阕尾声的夜暮即景,此刻时间已入夜,所以是"春宵",且以城头鼓响来确证其来临。"春宵"这样一个不可捉摸的物体,却将其作为对话的对象,结合后面或许理解为"春"更合适。末句是词人饯春之语,和一般的祈愿之词不同,平白如家常,亲切如情人。她情意缠绵,不说自己如何惆怅,只是临别再三叮嘱,明年早点来到。这种情真意切的互动,令"春"的具象感非常明显,也将词心表现得十分真挚。明知春已去不可留,几许痴念,遂落在笔下成为别具会心的神来之笔。

多家评论认为此词化用了贾岛《三月晦日赠刘评事》"三月正当三十日,风光别我苦吟身。共君今夜不须睡,未到晓钟犹是春"之意,的确如此。三月三十日时光的迫促,以春为君的拟人手法,都是相似的。然而古代诗词的相互化用,都会融入个人的独创性,即如贾诗是最后一夜尽力留春,朱词则是叮嘱明年早些到来,都极富意趣,各有千秋。另外词体的情感抒发性更强,女性作者对物候的变迁也普遍敏感,所以"烟愁露泣"的渲染、从黄昏到春宵的时间递进等,都反映出女性词人尤为细腻的表达。

【校注】

①"风光"句,本贾岛《三月晦日赠刘评事》:"三月正当三十日,风光别我苦吟身。"俄:顷刻,一会儿。

②留连计无及,化用欧阳修《蝶恋花》"门掩黄昏,无计留春住"之意。

③烟愁露泣,本晏殊《蝶恋花》"槛菊愁烟兰泣露"。

④"倩谁"句,用贾岛《三月晦日寄刘评事》后二句"共君今夜不须睡,未到晓钟犹是春"之意。倩:请。寄语:传话,转告。陆游《渔家傲·寄仲高》:"寄语红桥桥下水,扁舟何日寻兄弟?""倩谁寄语",《花草粹编》卷三作"凭谁寄与"。

⑤"城头"句,唐宋时城门楼上定时敲鼓,为城门启闭之节。白居易《城上》:"城上冬冬鼓,朝衙复晚衙。"画鼓:外表饰以彩绘的鼓。宋陆游《日出入行》:"高楼锦绣中天开,乐作画鼓如春雷。"

⑥缱绻:情意缠绵,难舍难分的样子。临歧:临别。唐高适《别韦参军》:"丈夫不作儿女别,临歧涕泪沾衣巾。"

【汇评】

1.缪钺:这是一首饯春之词,是在三月三十春末日作的。(《论朱淑真生活年代及其〈断肠词〉》,《四川大学学报(哲学社会科学版)》1991年第3期)

2.俞平伯:上片押入声韵,声情高亢。结尾倒插一句写景。如把"绿野"这句放在开头,就显得平衍了。又云:三月三十夜,才是春光的最后一霎,所以要"寄语春宵""临歧嘱付",却说得婉转,亦贾岛诗中后二句意。(《唐宋词选释》,人民文学出版社2005年,第169页)

3.张显成:此词化用唐贾岛《三月晦日赠刘评事》"三月正当三十日,风光别我苦吟身。共君今夜不须睡,未到晓钟犹是春"诗意,情意缠绵,哀伤凄切,见出作者功力。(《李清照朱淑真诗词合注》,巴蜀书社1999年,第295页)

4.王新霞、乔雅俊:此词化用唐贾岛《三月晦日赠刘评事》"三月正当三十日,风光别我苦吟身。共君今夜不须睡,未到晓钟犹是春"诗意,表现惜春、留春之意。(《漱玉词断肠词》,浙江教育出版社2007年,第86页)

【和词】

清平乐　春暮

韶华箭急,屈指春无十。去路欲追追不及,但见风悲雨泣。　　千金买得良宵,落花又把门敲。可是东君情薄,任他堕尽柔梢。(明戴冠《和朱淑真〈断肠词〉》,《全明词》)

点绛唇①

黄鸟嘤嘤,晓来却听丁丁木②。芳心已逐③,泪眼倾珠斛④。　　见自无心⑤,更调离情曲⑥。鸳帏犹望休穷目⑦。回首溪山绿。

【题解】

这首词有的版本题为"闻莺",词中的情感由莺声引起,莺亦作为一种象征贯穿始终。

上阕第一句化用《诗经·伐木》"伐木丁丁,鸟鸣嘤嘤。出自幽谷,迁于乔木。嘤其鸣矣,求其友声",词则反其意而用之。《伐木》中,"伐木丁丁"本为兴起,亦或因此而令鸟儿惊飞。于这首词而言,虽然在语典上袭用了原文,却在因果上故意逆转。先感于黄鸟的叫声,早上才听到原来是丁丁的伐木声。倒置了发现的顺序,则将词人的情感触动与黄鸟更为严密地关合起来,即其天色未明之际已经深受鸟声触动。等到发现是伐木声,已经收不回恣肆的情感,芳心跟随神思而去,泪水似珍珠倾注而出。

这里的黄莺是真有其实,还是将丁丁之声误以为黄鸟?历来大家都比较认同朱淑真的这首词不仅在语典上袭用了《诗经》,同时还取用了黄鸟觅求知音的象征意义,由此就可以理解,听到黄鸟之声引起易感之心的原因。

下阕词人不说自己沉湎于忧愁,反而埋怨丁丁之声本无心性,更拨弄出离情的曲子。此下终于情不自已,道出离情愁绪之所在。闺中独守,空帏已久,犹自怅望远方,望断天涯终是无计,回首溪山已绿,指明时光已逝,空劳牵挂。

这首小词由黄鸟之声引起,表达出无望的等待之情。参看《伐木》第一节:

> 伐木丁丁,鸟鸣嘤嘤。出自幽谷,迁于乔木。嘤其鸣矣,求其友声。
>
> 相彼鸟矣,犹求友声。矧伊人矣,不求友生?神之听之,终和且平。

可知写小鸟和鸣为求友,实是比兴。鸟尚且如此,人自然更加知重友情。唯有相伴相知,神灵若听,终将赐予和乐与安宁。词人心中渴望着的,也许正是这份得到相伴的真正安宁。

【校注】

①《诗渊》调名误作《减字木兰花》,有题作"闻莺"。

②"黄鸟"二句,本《诗经·伐木》咏鸟鸣求偶意。黄鸟,谓黄莺。"鸟",《诗渊》作"莺"。

③逐:随,跟随。

④珠斛：晋石崇为交趾采访使，"以真珠三斛"买妾绿珠。见唐刘恂《岭表录异》卷上。斛，量器名，十斗为一斛。此句言泪珠之多，可用斗量。

⑤"心"，《诗渊》作"聊"。

⑥调：调弄，弹奏。唐刘禹锡《陋室铭》："可以调素琴，阅金经。"

⑦穷目：谓用尽目力远望。南朝宋鲍照《代阳春登荆山行》："极眺入云表，穷目尽帝州。"唐王之涣《登鹳雀楼》："欲穷千里目，更上一层楼。""犹"，《诗词杂俎》《诗渊》均作"独"。

【汇评】

1.张显成：此词写闺中女子离别的感伤和对情人无尽的思念，词调较为哀怨。（《李清照朱淑真诗词合注》，巴蜀书社1999年，第288页）

2.王新霞、乔雅俊：此词写恋人远行后闺中女子的感伤和对情人无尽的思念。（《漱玉词断肠词》，浙江教育出版社2007年，第88页）

【和词】

点绛唇　闻莺

簧口绵蛮，风和处处闻啼木。声声相逐。唤起愁千斛。　　正是伤心，心事萦心曲。一川花柳夺人目。明日红愁绿。（明戴冠《和朱淑真〈断肠词〉》，《全明词》）

蝶恋花

送春①

楼外垂杨千万缕②。欲系青春③，少住春还去④。犹自风前飘柳絮⑤，随春且看归何处⑥。　　绿满山川闻杜宇⑦。便做无情⑧，莫也愁人苦⑨。把酒送春春不语，黄昏却下潇潇雨。

【题解】

这是一首题为送春的小词，词中寄寓了伤逝之苦。

上阕从眼中所见写起,看到楼外垂杨,同时点明地点是人在楼上。既写垂杨千万缕,则见柳丝已长,并非初黄的春天,俨然进入初夏。于是词人生出妙想,期盼用柳丝把青春系住。古人有柳丝如带,可系住行人或时光之说。亦或由于"柳"与"留"同音之故。即如崔道融《杨柳枝词》"应须唤作风流线,系得东西南北人",司空图《杨柳枝·寿杯》"系得人心免别离",是古人有折柳相送的习俗。词人翻新出奇的地方在于,想用柳系住的不是人,而是春。春是无形之物,试图以有形之物相系,其徒劳可想而知。于是再进一步写那系不住的春的逝去,就如翻飞的柳絮,经风吹去。柳絮是春的意象,是有形之物,它的不任拘束飘然而别,正是将无形转化为有形的妙喻。柳丝、飞絮均为眼中所见,从而生出系春的联想,十分贴切自然。

下阕从耳中所闻写起,听到杜宇之声。杜宇悲啼,是习见的春归意象,同时将上阕的视野从楼前垂杨,推而广之到满目山川,不仅垂杨已经万缕,而且绿满山川,说明春归的大势已定。而杜鹃的悲啼,更是唤起词人的心中悲苦。词人只说无情之人亦受其苦,那么潜台词便是:何况有情之人?有情之人如词人,心中凄然自然更甚。

在这个寂寞的黄昏,词人唯有独自饮酒于楼头。最后两句的写法和取境与欧阳修《蝶恋花》非常相似,欧词云"泪眼问花花不语,乱红飞过秋千去",都是以我观物,以物的无情衬出人的有情。虽有借鉴,亦有创见。即如欧词的焦点始终是花,问花花不语,落花飘飞而去。朱词则欲言还休,问春春无语,转头却不再说春,只说黄昏时潇潇雨滴。欧词的乱红飞过,犹见春意颜色;朱词收束在黄昏雨,颇见萧瑟,显然从情感表达上朱词比欧词更见深衷伤怀。从取境上看,欧词始终是近景、中景,朱词却因弥漫无际的黄昏雨雾画成满幅的远景,意境更见萧索黯沉。

这首小词虽然是习见的伤春母题,但很见章法,上阕从所见引起,下阕从所闻引起,并且取境幽远,对欧词的化用也是别具匠心。

【校注】

①胡慕椿本注:"别作'闺情'。"前片同《花草粹编》卷七、《历朝名媛诗词》卷十一、《古今词统》卷九、《名媛词选》,后片同四印斋本。

②"楼外"句,本唐戴叔伦《堤上柳》:"垂柳万条丝,春来织别离。"唐刘

禹锡《杨柳枝词九首》其七:"御陌青门拂地垂,千条金缕万条丝。""楼外",胡慕椿本作"楼水"。

③欲系青春:古人有柳丝如带,可系住行人或时光之说。唐崔道融《杨柳枝词》:"应须唤作风流线,系得东西南北人。"司空图《杨柳枝·寿杯》:"春风还有常情处,系得人心免别离。"

④"少住"句,见《晋书·庾亮传》:"诸君少住,老子于此兴复不浅。"元颜奎《清平乐·留静得》:"留君少住,且待晴时去。"同此意者,辛弃疾《摸鱼儿》:"匆匆春又归去。"胡云翼《宋词选》注:"照词意,应标点为'欲系青春少住,春还去。'"

⑤犹自:尚且。唐许浑《塞下》:"朝来有乡信,犹自寄征衣。"宋王沂孙《齐天乐·蝉》:"短梦深宫,向人犹自诉憔悴。"

⑥"随春"句,谓春尽。伤春之题,向来咏者甚多。如白居易《大林寺桃花》"常恨春归无觅处",《送春》"三月三十日,春归日复暮",宋黄庭坚《清平乐》"春归何处? 寂寞无行路",宋辛弃疾《杏花天·无题》"有多少莺愁蝶怨,甚梦里春归不管"。

⑦"绿满"句,杜鹃悲啼,常为春归意象。"绿满",四印斋本注"别作'满目'",《花草粹编》卷七、《历朝名媛诗词》卷十一并作"满目"。

⑧便做:即使,纵然。宋秦观《江城子》:"便做春江都是泪,流不尽,许多愁。"明高明《琵琶记·中秋望月》:"便做人生长宴会,几见冰轮皎洁。"

⑨"莫也",胡慕椿本作"莫已"。"苦",缪钺云:毛氏《诗词杂俎》本作"苦",是因为"意"字不叶韵而臆改的,不可从。许昂霄《词综偶评》云:"意字借叶。"所以此处"苦"当改作"意"。

【汇评】

1.(明)倪绾:朱淑真词多柔媚,独《送春》一词颇疏俊可喜。(《群谈采馀》卷九"盏前书",《明词话全编》,凤凰出版社2012年,第3505页)

2.(明)蒋一葵:朱淑真诗词多柔媚,独《清昼》一绝,《送春》一词,颇疏俊可喜,诗云:"竹摇清影罩纱窗,两两时禽噪夕阳。谢却海棠飞尽絮,困人天气日初长。"(《尧山堂外纪》,《明词话全编》,凤凰出版社2012年,第3573页)

3.(明)卓人月、徐士俊:满怀妙趣,成片里出。(《古今词统》卷九,《明词话全编》,凤凰出版社 2012 年,第 4368 页)

4.(明)沈际飞:满怀妙趣,成片里出。○体物无间之言。又:淡情深感。(《草堂诗馀四集》,《明词话全编》,凤凰出版社 2012 年,第 5401 页)

5.(明)茅暎:"楼外垂杨千万缕":哀梨雪藕。(《词的》,《明词话全编》,凤凰出版社 2012 年,第 3847 页)

6.(清)许昂霄:《蝶恋花》(朱淑真)"莫也愁人意",意字借叶。"把酒送春春不语"二句,与"庭院深深"作后结,"妾本钱塘"作前结相似。(《词综偶评·宋词》,《词话丛编》,中华书局 2005 年,第 1568 页)

7.(清)李佳:朱淑真词《蝶恋花》云:"楼外垂杨千万缕……黄昏却下潇潇雨。"情致缠绵,笔底毫无沉闷。(《左庵词话》卷上,《词话丛编》,中华书局 2005 年,第 3131 页)

8.(清)陆昶:淑真诗好,词不如诗,爱其"黄昏却下潇潇雨"句,又词好于诗也。(《历朝名媛诗词》卷一一)

9.(清)陈廷焯:曲折婉转,不减易安。情词凄艳,晏、欧之匹也。(《云韶集辑评》卷十,《白雨斋词话全编》,中华书局 2013 年,第 237 页)

10.(清)陈廷焯:香山《长相思》云:"暮雨潇潇郎不归,空房独守时。"绝不费力,自然凄紧。若"黄昏却下潇潇雨",便见痕迹。(《白雨斋词话》卷七,《白雨斋词话全编》,中华书局 2013 年,第 1279 页)

11.张显成:这首词写惜春之情,通篇将春拟人,并结合柳条、飘絮的形象特征,设想以之系春、留春,想象丰富,曲折缠绵,刻画细腻。(《李清照朱淑真诗词合注》,巴蜀书社 1999 年,第 301 页)

12.这首词写惜春的心情。通篇将春拟人,并结合柳条、飘絮的形象特征,设想用它们来系春、随春,想象丰富活泼。通过由系春而随春,最后不得不送春这种心理变化,有层次地表现了惜春的主题。以"潇潇雨"的景色作结,似是作为春去的脚注,又似是被送而不语的春的回答。不语而语,耐人寻味。(社科院文学研究所《唐宋词选》,人民文学出版社 1982 年,第 376 页)

蝶恋花　送春

翠柳拖烟金缕缕。柳底黄鹂,抵死催春去。雪散平堤风送絮,眼前多少销魂处。　　芳草萋萋连玉宇。岁岁今朝,长是愁人苦。银烛背然无笑语,纱窗几点梨花雨。(明戴冠《和朱淑真〈断肠词〉》,《全明词》)

清平乐

夏日游湖

恼烟撩露①,留我须臾住②。携手藕花湖上路③,一霎黄梅细雨。　　娇痴不怕人猜④,和衣睡倒人怀⑤。最是分携时候⑥,归来懒傍妆台。

【题解】

这是一首旖旎艳情的小词,历来评论纷纭,各有褒贬。

上阕是游湖所见,主要意象是荷花和梅雨。从叙述上来讲,"携手藕花湖上路"虽然置后,却是上阕的表述中心。上阕的重点在"藕花湖上路",如何"携手"则留于下阕。第一句写荷花,因为船行花丛中,不免荷盖叶茎等相牵扯,阻滞船行,所以词人说荷花像故意撩拨人似的,想要留她暂住。这种拟人化的描写形象生动,但是否暗喻船上携手情侣的相互调情,则可以发挥想象。"一霎黄梅细雨"是游湖中的突发情况,黄梅雨是夏季的天气特征,其细雨蒙蒙不仅不会令游人被淋湿而狼狈,倒是因其漫天烟雨增添浪漫的情趣,同时也暗含"东边日出西边雨,道是无情还有情"之意。

上阕侧重于景,下阕浓墨于情。前一句写携手之亲昵,后一句写分携后的慵懒。携手时越是情难自已,分携时就越加难以为情,别后归来便益觉寂寥懒怠。"娇痴不怕人猜,和衣睡倒人怀",这句情到浓时的直白描写向来遭人诟病。客气的评为"写情尤为真率大胆",不客气的则说其放纵太过(详参汇评)。其实民歌中男欢女爱的表达亦有极为炽热的，正如沈际飞认为，《诗归》既然可以评北朝民歌《地驱乐歌》"千情万态，可作风流中经史"，为何却对"和衣倾倒"谓不可训，实在迂腐。

试看《地驱歌乐辞》："侧侧力力，念君无极。枕郎左臂，随郎转侧。摩挲郎须，看郎颜色。"尽管已经直接将笔墨落在了床第之间的互动，却因为是民歌的体裁获得了世人的理解和赞美。由此可知，不同的文学体裁自有体格。在传统观念中词虽是小道，与诗歌相比，在情感上可以更加放纵，但如此露骨仍是有违文人作品的规范。就如同晏殊可以堂而皇之地将自己和柳永的词划下界限，"不曾道'彩线慵拈伴伊坐'"，而柳永却无话可说。

一方面是诗词各有体的问题，一方面也因为作者身为女性，与男性代言同类题材，比较容易收获双标。参看欧阳修《南乡子》："好个人人，深点唇儿淡抹腮。花下相逢，忙走怕人猜。遗下弓弓小绣鞋。划袜重来。半嚲乌云金凤钗。行笑行行连抱得，相挨。一向娇痴不下杯。"同样写男女幽会，上阕写得略闪躲，下阕也算直言其事，历来并无太多非难。也许更主要的原因还在于，词人以女性之身份，不仅写出这等直白情事，更放言"不怕人猜"，毫不理会世人的目光，这多少是会触碰底线的。

无论时代的价值观，我们只从文字和情感的表达层面来进行阐释。要思考的是，这种直白对于词体来说，究竟是恰到好处还是有所损伤，不同时代、不同的读者，自然各有会心。

【校注】

①恼烟撩露，本欧阳修《少年游》："恼烟撩雾，拚醉倚西风。"恼、撩，皆有撩拨、沾惹之意。

②须臾，见唐姚合《寄旧山隐者》："别君须臾间，历日两度新。"

③藕花湖上路，当指杭州西湖，湖上多荷花。宋柳永《望海潮》咏西湖有云："有三秋桂子，十里荷花。"

④"娇痴"句，本欧阳修《南乡子》"花下相逢，忙走怕人猜""一向娇痴不下怀"，又见李清照《浣溪沙》"眼波才动被人猜"。

⑤冀勤《朱淑真集注》校勘："和衣睡倒人怀"，原作"随群暂遣愁怀"。据四印斋本校语改。如此方与上文"留我须臾住，携手藕花湖上路"相应。

⑥分携:分手,离别。唐李商隐《饮席戏赠同舍》:"洞中屡响省分携,不是花迷客自迷。"宋吴文英《风入松》:"楼前绿暗分携路,一丝柳,一寸柔情。"贺铸《小重山》:"花院深疑无路通。碧纱窗影下,玉芙蓉。当时偏恨五更钟。分携处,斜月小帘栊。"

【汇评】

1.(明)赵世杰:姿态横生。(《古今女史》卷十一,明崇祯问奇阁刻本,哈佛大学燕京图书馆藏)

2.(明)卓人月、徐士俊:朱淑真云"娇痴不怕人猜",便太纵矣。(李清照《浣溪纱》"绣面芙蓉一笑开""眼波才动被人猜"句下。)(《古今词统》卷四,《明词话全编》,凤凰出版社2012年,第4240页)

3.(明)沈际飞:《地驱乐歌》:"枕郎左臂,随郎转侧。摩挱郎须,看郎颜色。"《诗归》谓其千情万态,可作风流中经史。注疏"和衣倾倒",谓不可训,迂哉!(《草堂诗馀四集》,《明词话全编》,凤凰出版社2012年,第5418页)

4.(清)吴衡照:易安"眼波才动被人猜",矜持得妙。淑真"娇痴不怕人猜",放诞得妙。均善于言情。(《莲子居词话》卷二,《词话丛编》,中华书局2005年,第2423页)

5.俞平伯:"娇痴不怕人猜,随群暂遣愁怀",这几句仿佛唐人小说《莺莺传》所谓:"于喧哗之下,或勉为语笑,闲宵自处,无不泪零。"虽说得很清淡,而怀人之意却分明。一本作"和衣睡倒人怀",句劣,非。(《唐宋词选释》,人民文学出版社2005年,第168页)

6.缪钺:此词上片写与情人湖上相会,景象空灵清婉,下片写其相爱时的缠绵悱恻之情,"娇痴不怕人猜,和衣睡倒人怀"二句,写情尤为真率大胆。朱淑真与其夫仳离之后,别觅新欢,这是一种很大胆的行为。因为她对于不幸的婚姻的愤慨,怀着逆反的变态心理,冲破封建礼教藩篱,因此也就毫无顾忌地将自己与情人欢会之情尽量泄露于诗词作品中。(《论朱淑真生活年代及其〈断肠词〉》,《四川大学学报(哲学社会科学版)》1991年第3期)

7.惠淇源:此词写天真少女与恋人相会的喜悦和离别的惆怅。上片点明留住须臾,故当时携手情景,藕花细雨,历历在目。下片追写依恋情态,表现出对爱情的大胆追求;歇拍二句,叙分别时难言的情景,只有"最是"两字,蕴含无限眷恋之情,归来后哪得不怅然若失。词中点缀夏日风光,使形象更为饱满。(《婉约词全解》,复旦大学出版社 2007 年,第 191 页)

8.黄嫣梨:这样大胆而又无拘束地表现娇态和痴情,较之李清照的"眼波才动被人猜"(《浣溪沙》)的拘谨,简直不可同日而语。此词的写作技巧也很高明,根据情节的自然发展,由词上漫游的闲适,写到旖旎缠绵的欢聚高潮,再由此甜蜜欢聚,写到分离归家后苦思眷恋、芳心无所安托的低落情绪,把情感的高低起伏,抑扬顿挫,表达得惟妙惟肖。下阕大起大落,凡人难觅仙踪,堪称词家绝境。(《朱淑真研究》,上海三联书店 1992 年,第 152 页)

9.王乙:在那样的时代,一个女子敢于如此淋漓尽致、毫不掩饰地写出这样的词句,无疑是内在情感世界中的爱的倔强外化,是生命内驱力的呈现。这种向外喷射的激情,成了旷日持久的内心压抑的补偿、一种挣脱内心束缚的强烈的冲动。除此而外,她还以敏锐的感触,向我们展示了深广的内心世界。烟、露、藕花、黄梅细雨充实起来的整个空间,激情、凉意、愁绪等一一袭人。当你正处于"娇痴不怕人猜,和衣睡倒人怀"的爱的生命高峰时,却又即刻陷入"最是分携时候"的离别之苦中。这"苦"的深层内涵——美好的事物总是短暂的,所谓"欲系青春,少住春还去"(《蝶恋花·送春》)。这是一个孤独灵魂的不幸感受,而这不幸感受最终成了现实。此后,能证明朱淑真人生价值的爱——自由之爱,与她决绝。现实,再一次向她证明自己的绝对权力和严酷性。(《试论朱淑真的孤独意识》,《云南师范大学学报(哲学社会科学版)》1992 年第 3 期)

10.张显成:此词一题作"夏日游湖",描写一对情人夏日幽会的全过程,其情旖旎缠绵。(《李清照朱淑真诗词合注》,巴蜀书社 1999 年,第 296 页)

11.王新霞、乔雅俊:此词描写一对情人夏日幽会、情意缠绵缱绻的过程。(《漱玉词断肠词》,浙江教育出版社 2007 年,第 87 页)

【和词】

清平乐　夏日游湖

翠荷擎露,好景留人住。拍岸烟波迷去路,那更轻风细雨。　　红妆出水休猜,愁人对此开怀。两两兰舟争发,欢娱疑到阳台。(明戴冠《和朱淑真〈断肠词〉》,《全明词》)

菩萨蛮

秋^①二首

其一

秋声乍起梧桐落^②,蛩吟唧唧添萧索^③。欹枕背灯眠^④,月和残梦圆。　　起来钩翠箔^⑤,何处寒砧作^⑥。独倚小阑干^⑦,逼人风露寒。

【题解】

这篇小词写了夜晚及清晨一日夜的秋日感受,看起来常态的生活,却写出了绵长的幽怨。

上阕写月夜感秋。宋人盛行立秋日"梧叶报秋",所谓一叶知秋,是以第一句即有"秋声乍起梧桐落"之说。唐诗《长恨歌》"春风桃李花开夜,秋雨梧桐叶落时。西宫南苑多秋草,落叶满阶红不扫",元杂剧《唐明皇秋夜梧桐雨》,都非常明确地传达出梧桐叶落之于秋的表现力。词人继而化用了欧阳修《秋声赋》"但闻四壁虫声唧唧,如助余之叹息",秋虫鸣叫之声与叶落之声相和,更添萧索。第二句才将笔触落及到人。倚枕背灯,月和残梦,伴着凄清秋声,自是心下难为,而残梦为何,不曾确切交代。既然以月圆与残梦相对,略可揣度梦中人事悲欢。

下阕写清晨感秋。词中并没有写这一夜是如何度过的,可以想见是一个如常漫长的夜晚,何况秋声萧索,自是难捱。起来挂起帘栊,表现出主人公并没有放弃对生活的希望,然而听到的却是捣衣声。寒风里的捣衣声多为离情远征的意象,至此终于知道主人公难以成眠的原因以及她内心的忧伤。尽管风露寒凉,她依然独自倚阑眺望,悲苦之情、盼归之心由此和盘托出。从《楚辞·九辩》"悲哉!秋之为气也。萧瑟兮草木摇落而变衰"开始,

40

悲秋就是自古以来中国古典文学的创作母题。杜甫《登高》诗"万里悲秋常作客,百年多病独登台",是典型的男子悲秋以伤功业未建而人生短促,这首小词同样感于萧瑟秋日,却局于悲伤离别,格局小而不失真情。

朱淑真对于欧阳修的作品借鉴是比较多的,除了对《秋声赋》语典的化用,还在于全篇对秋声的着意描写:梧桐叶落、秋虫鸣叫、捣衣砧声,不仅以各种典型意象很好地烘托出秋的萧索,渲染出居者的悲愁,而且巧妙地交代了离人远去的缘由。

【校注】

①《词谱》卷六作朱敦儒词,《林下词选》卷二作朱希真(秋娘)词。

②秋声,本欧阳修《秋声赋》:"故其为声也,凄凄切切,呼号愤发。丰草绿缛而争茂,佳木葱茏而可悦;草拂之而色变,木遭之而叶脱。其所以摧败零落者,乃其一气之余烈。"旧说梧桐遇秋叶先落,"如某时立秋,至期一叶先坠,故云:'梧桐一叶落,天下尽知秋。'"(《广群芳谱·木谱·桐》引古《遁甲书》)。唐王昌龄《长信秋词》:"金井梧桐秋叶黄,珠帘不卷夜来霜。"宋人《梦粱录·七月》称盛行立秋日"梧叶报秋",均是将梧桐叶落作为秋日意象。乍:忽然,突然。

③唧唧:鸟鸣、虫吟声。欧阳修《秋声赋》:"但闻四壁虫声唧唧,如助余之叹息。"萧索:萧条,凄凉。宋刘过《谒金门》:"休道旅怀萧索,生怕香浓灰薄。"

④攲:同"敧"。斜:倾斜,以为倚之意。

⑤钩翠箔,五代毛熙震《木兰花》:"掩朱扉,钩翠箔,满院莺声春寂寞。"唐温庭筠《酒泉子》:"掩银屏,垂翠箔,度春宵。"宋陆游《梦至成都怅然有作》:"春风小陌锦城西,翠箔珠帘客意迷。"

⑥寒砧:寒风里的捣衣声,多为离情远征的意象。唐沈佺期《独不见》:"九月寒砧催木叶,十年征戍忆辽阳。"李白《子夜吴歌》:"长安一片月,万户捣衣声。秋风吹不尽,总是玉关情。何日平胡虏?良人罢远征。"杜甫《秋兴八首》之一:"寒衣处处催刀尺,白帝城高急暮砧。"

⑦独倚小阑干,见宋谢逸《蝶恋花》:"独倚阑干凝望远,一川烟草平如剪。""独",四印斋本作"重"。

【汇评】

张显成：此为悲秋怀人之作。（《李清照朱淑真诗词合注》，巴蜀书社1999年，第290页）

【和词】

菩萨蛮　秋

辞枝红叶风前落，满林商意增离索。夜冷恨孤眠，何时镜再圆。

虾须紫锦箔，四壁蛩声作。含泪俯阑干，霜风吹鬓寒。（明戴冠《和朱淑真〈断肠词〉》，《全明词》）

其二

山亭水榭秋方半①，风帏寂寞无人伴②。愁闷一番新，双蛾只旧颦③。　　起来临绣户④，时有疏萤度⑤。多谢月相怜⑥，今宵不忍圆。

【题解】

这首秋词与上一首作为一组，相互呼应。值得注意的是，同样以秋为题，表现手法上的相似与各异，以及如何成为有机结合的作品。

首先是在时间上既拉开距离又互相补充成为周而复始。第一首"秋声乍起"，通常认为是立秋时节；第二首已是"秋方半"，通常认为是中秋前后三天。这两个时间都是秋季非常有代表意义的节点，前者一叶知秋，后者本应人月两圆，而终以人月两不圆寄寓了悲秋自伤之情。时间过去月余，从"秋声乍起"到"秋方半"，伴之以明显的物候变化就是月亮的盈亏。第一首是"月和残梦圆"，即梦虽残而月正圆；第二首"今宵不忍圆"，是月半或如钩。从写作的时序上来看，第一首是从夜到日，第二首是从日到夜，两词一并构成日日夜夜的重复。两种时间上的递进，深刻地表现出无论时间流逝，月亮圆与不圆，其"无人伴"的生活状态却始终未变，由此可知不仅月来如此，更可推及向来的生活莫不孤单寂寞，则其愁苦的深重绵长可以想见。

第一首侧重于秋声即景，情感相对含蓄；第二首更注重于内心情感，可以说是对第一首感情世界的全面阐释。二首作品虽然各有侧重，但情感的中心意旨不变，在此前提下，词人用不同的手法完成了表述，使两首作品同中有异。

即如同样是写月亮，第一首但说"月和残梦圆"，基本是客观描述，月亮作为观照的客体，并未进入主观感情世界。第二首"多谢月相怜，今宵不忍圆"就形成了物我的互动，主人公望其理解自己的苦况，而终获怜惜，以缺月与其相伴。这是无理而妙的范例，月之圆缺当然不会以人的意志为转移，此处只是将女主人公的痴念写出，毕竟唯有月亮才是她终夜相伴的对象。反观第一首，就更能理解夜晚残梦之际，月亮圆满与她孤守所形成的反差对她的情感触动。

同样是写日常所行所见所感，既不重复，也时有呼应。即如本词"起来临绣户，时有疏萤度"，起床后的场景是临户眺望，和前首"起来钩翠箔"略见不同，但都是日常生活中可见百无聊赖的动作，同时和上一首结尾"独倚小阑干"相互呼应。"时有疏萤度"是写所见萤飞，与前一首所闻"寒砧作"略有不同，但同样都是秋天的凄凉物象，并足以引起所感，且在不经意间，将萤飞和上一首"蛩吟唧唧"的虫鸣互为映衬。

这首作品不仅在主题和艺术上都与前一首构成有机结合的组词，其自身亦体现了变与不变的辩证特征，即如"愁闷一番新，双蛾只旧颦"中的新与旧，纵然妆扮一新，奈何忧愁如旧，更见时光流逝中的悲伤无奈。这两首小词在立意上并无新意，正是创作手法的不拘一格，使得这些小词各出机杼，见出味道。

【校注】

①秋方半：通常指中秋节前后三日。宋吴自牧《梦粱录》卷四"中秋"载："八月十五日中秋节，此日三秋恰半，故谓之'中秋'。"唐韩愈《独钓》之四："秋半百物变，溪鱼去不来。"唐元稹《酬乐天八月十五夜禁中独直玩月见寄》："一年秋半月偏深，况就烟霄极赏心。"

②凤帏，见温庭筠《清平乐》："凤帐鸳被徒熏，寂寞花锁千门。"

③双蛾：指双眉。本《诗经·硕人》："齿如瓠犀，螓首蛾眉。巧笑倩兮，美目盼兮。"见南朝梁沈约《昭君辞》："朝发披香殿，夕济汾阴河。于兹怀九

逝，自此敛双蛾。"宋杨无咎《生查子》："秋来愁更深，黛拂双蛾浅。"亦泛指女子，如唐陈子昂《感遇诗》之十二："瑶台倾巧笑，玉杯殒双蛾。"唐白居易《酬刘和州戏赠》："双蛾解佩啼相送，五马鸣珂笑却回。"辛弃疾《摸鱼儿》："蛾眉曾有人妒。""旧"，四印斋本注"别作'暗'"。

④绣户：华丽的居室，多指女子居所。南朝宋鲍照《拟行路难》之三："璇闺玉墀上椒阁，文窗绣户垂罗幕。"宋陆游《蝶恋花》："不怕银缸深绣户，只愁风断青衣渡。"

⑤疏萤度：以夜冷萤飞衬其荒凉凄然。如唐李商隐《隋宫》："于今腐草无萤火，终古垂杨有暮鸦。"白居易《长恨歌》："夕殿萤飞思悄然，孤灯挑尽未成眠。"宋梅尧臣《悼亡三首》其一："窗冷孤萤入，宵长一雁过。"

⑥相怜：指相互怜爱、怜惜。宋王安石《酬宋廷评请序经解》："未曾相识已相怜，香火灵山亦有缘。"

【汇评】

1. 黄嫣梨："多谢月相怜，今宵不忍圆。"以月之有情反衬人之无情，在孤栖的境界中蓄敛着无限的情致，使人回味不已。（《朱淑真研究》，上海三联书店 1992 年，第 150 页）

2. 张显成：此词写闺房寂寞，充满凄凉幽怨的情调。（《李清照朱淑真诗词合注》，巴蜀书社 1999 年，第 290 页）

【和词】

菩萨蛮　秋

空山木落惊秋半，珊瑚枕上无人伴。触目物华新，修眉长是颦。

怕愁局外户，暗把良宵度。肠断有谁怜，天边月自圆。（明戴冠《和朱淑真〈断肠词〉》，《全明词》）

鹊桥仙①

七夕

巧云妆晚②，西风罢暑③，小雨翻空月坠④。牵牛织女几经秋⑤,尚多少、离肠恨泪。　　微凉入袂,幽欢生座⑥,天上人间满意⑦。何如暮暮与朝朝⑧,更改却、年年岁岁。

【题解】

这首小词以七月七日为题,词牌也是合乎节日情境的《鹊桥仙》。此前已有秦观同词牌之作广为流传,这首当然很难超出秦观词的艺术高度,但也体现了作者独到的创作技巧和想象力。

一是在描述物候方面,刻意表述动态的变化。首先是盛夏已去,天已微凉。从上阕的"西风罢暑",到下阕的"微凉入袂",都是着意突出七夕时天气物候的变化,而不仅仅在于铺陈巧云、西风等属于秋天的典型静态物象。其次是"小雨翻空月坠"写得很生动,突然一阵秋雨,因有西风吹动,所以形容其在风中翻飞,而月亮一时被云雨遮住,仿佛落下。这种意料之外情理之中的骤然风雨,打破了原有的静态平衡,而给词带来动态之美。这和《清平乐·夏日游湖》中的"一霎黄梅细雨"实有异曲同工之妙。俗语说一阵秋雨一阵凉,秋雨看似突如其来的闲笔,实则和天气转凉亦相关联,同时启发了作者的联想。

二是就传说本身发挥,阐发自己的奇思妙想。先是由雨联想,这雨水怕是牵牛织女的眼泪吧,经历这么多年的聚散,他们依然每每感伤于离别。宋代民俗中有称"七日雨则云'洒泪雨'",词人由此把民间说法巧妙地纳入情境,遂成为习见题材中的翻新出奇。词人继而展开想象,牛郎织女的相逢应该是别有幽欢,人间天上都为他们的相聚感到欢欣。此下一句"何如暮暮与朝朝,更改却、年年岁岁",认为朝朝暮暮相会多好,为何却要年年一度相逢?就传统故事而言,这个观点并不新鲜,却是针对秦观"两情若是久长时,又岂在朝朝暮暮"的翻案,这种反其意而行之也是对经典文学的另类化用。

【校注】

①鹊桥仙:词牌名,又名"鹊桥仙令""金风玉露相逢曲""广寒秋"等,多应景七夕故事、节俗。《荆楚岁时记》云:"七月七日,为牵牛织女聚会之夜。"韩鄂《岁华纪丽·七夕》"鹊桥已成"注引《风俗通》曰:"织女七夕当渡

河,使鹊为桥。"

②巧云:相传织女工巧,织云为锦。宋张耒《七夕歌》:"河东美人天帝子,机杼年年劳玉指。织成云雾紫绡衣,辛苦无欢容不理。"秦观《鹊桥仙》:"纤云弄巧,飞星传恨。""妆",《花草粹编》卷六作"弄"。

③"罢",四印斋本注"别作'惊'",《花草粹编》作"惊"。

④"小雨"句,宋陈元靓《岁时广记·七夕》引《岁时杂记》云:"七月六日有雨谓之'洗车雨',七日雨则云'洒泪雨'。"月坠:指月亮在西边落下。南唐冯延巳《鹤冲天》:"晓月坠,宿云披,银烛锦屏帏。"唐吴融《和人有感》:"莫愁家住石城西,月坠星沉客到迷。"

⑤牵牛织女:牵牛织女故事,见南朝梁吴均《续齐谐记》:"桂阳成武丁有仙道,常在人间,忽谓其弟曰:'七月七日织女当渡河,诸仙悉还宫,吾向已被召,不得停,与尔别矣。'弟问曰:'织女何事渡河去?当何还?'答曰:'织女暂诣牵牛,吾复三年当还。'明日失武丁,世人至今犹云七月七日织女嫁牵牛。"

⑥幽欢,见宋秦观《醉桃源》:"楚台魂断晓云飞,幽欢难再期。"黄庭坚《定风波》:"小院难图云雨期,幽欢浑待赏花时。"

⑦天上人间,时常合用。南唐李煜《浪淘沙》:"流水落花春去也,天上人间。"宋朱敦儒《鹧鸪天》:"天上人间酒最尊。"

⑧暮暮与朝朝,语出宋玉《高唐赋》:"神女临去曰:'妾在巫山之阳,高丘之阻。旦为朝云,暮为行雨。朝朝暮暮,阳台之下。'"秦观《鹊桥仙》"两情若是久长时,又岂在朝朝暮暮"流传最为广泛。

【汇评】

1.黄嫣梨:温馨之情,溢于言表。经过一段"离肠恨泪"的时期,淑真毕竟能冲破当时旧礼教的藩篱,觅得爱情上的慰藉。收拍四句,痛恨欢情年年岁岁之弄人,对秦观"两情若是久长时,又岂在朝朝暮暮"翻案。少游无可奈何,只得如此说。淑真不甘愿,大胆披露女子心迹,真是可颂可歌。在表达女儿家对爱情的憧憬与心态上,较之秦观,更为缠绵真切。(《朱淑真研究》,上海三联书店1992年,第152页)

2.张显成:此词采用农历七月七日之夜牛郎织女相会的传说,写出一

篇翻案文章。（《李清照朱淑真诗词合注》，巴蜀书社1999年，第301页）

3.王新霞、乔雅俊：秦观有《鹊桥仙》咏民间传说中农历七月七日之夜牛郎织女相会的故事，朱淑真此词反秦词之意，推陈出新，为牛郎织女鸣不平，抒发离情别恨。（《漱玉词断肠词》，浙江教育出版社2007年，第91页）

【和词】

鹊桥仙　七夕

半开月镜，轻传霜粉，风起云鬟斜坠。鹊桥今夜赴佳期，见了却、频频堕泪。　　相逢未久，相思又继，难诉离肠别意。也知去了有来时，争奈是、经年动岁。（明戴冠《和朱淑真〈断肠词〉》，《全明词》）

菩萨蛮

木樨①

　　也无梅柳新标格②，也无桃李妖娆色③。一味恼人香④，群花争敢当⑤。　　情知天上种⑥，飘落深岩洞⑦。不管月宫寒，将枝比并看⑧。

【题解】

　　这是一首咏物词，在比较与衬托中很好地突出了木樨的特征，木樨即为岩桂。

　　上阕如同一个谜面。起句很新颖，不说是什么，只说不是什么，既不是梅柳，也不是桃李。随之而来的个性，就是既非以标格特异，亦非以妖媚争先。此下直言，它的特色就是非常香，香到群花无出其右。词人先后用梅柳、桃李、群花与之相比，突出它最主要特征的同时，仍然不说此花为何，在词的章法中，很好地保持了文字的张力和节奏。

　　下阕解开悬念，再将岩桂与月中桂花作比。"情知天上种"，是说岩桂与月中桂花同出一种，只是岩桂生长于深岩间，由人们更加熟悉的月桂，自然而然地推及岩桂极为特殊的生长环境。而"飘落"二字,贯通了天上人间的空间流动,打破了描述植物要素的平面感。末句出语任性,声言不管月宫如何寒冷,要与月桂比拼一下。这种虚拟自然是不可能的,但词人的大胆假设,不仅提升了岩桂不输月桂的地位,也确认了它不畏严寒的品质,同时让较为平淡的行文平添生气。

南宋咏岩桂的诗词作品并不少见。生活在南北宋之交的曾幾有《岩桂》诗云:"擢本千岩秀,开花八月凉。虽非倾国色,要是恼人香。篱下菊清好,林间兰静芳。可怜遭遇晚,妙语欠苏黄。"南宋中后期,有辛弃疾《清平乐·忆吴江赏木樨》:"大都一点宫黄,人间直恁芳芬。怕是九天风露,染教世界都香。"李曾伯《郡圃木樨开第二花》:"苍苍仙种自谁栽,一度秋光两度开。故遣宝花装世界,重教金粟见如来。香于月下开樽对,意似霜前把菊催。生怕重阳风雨近,亟须领略莫迟回。"可以看出吟咏木樨是一时风气,比较关注的都是它虽非艳压群芳,但香气冠绝。如曾诗"虽非倾国色,要是恼人香",辛词"染教世界都香",李诗"香于月下";李曾伯与朱词同样提到它是仙种,并置于月下情境等,可以推知其时均看重岩桂的香气、仙种之说,但将其如此密切并风姿摇曳地与月桂相联系,则算得上词人的匠心独运。

从纯粹咏物上来讲,这首小词通过与不同事物的比较,有效地呈现了岩桂香、生长于深岩的基本属性。是否属于自况,则可斟酌。周念先《唐宋咏物词选》认为岩桂是词人自我形象的写照,并且暗含了对婚姻命运的不满(详参本词汇评),亦可作为一说。从接受美学的角度来讲,正如谭献《复堂词话》所云:"作者之用心未必然,而读者之用心何必不然。"

【校注】

①木樨:即岩桂。《广群芳谱·花谱》:"岩桂,俗呼为木樨。"注云:"纹理如犀,故名木犀。"此首玉海楼藏旧钞本误入朱敦儒《樵歌》。

②标格:指风度。宋苏轼《荷华媚·荷花》:"霞苞电荷碧,天然地、别是风流标格。"梅柳标格,见范成大《梅谱·后序》:"梅以韵胜,以格高。"

③妖娆:此处形容花的妩媚多姿。唐何希尧《海棠》:"著雨胭脂点点消,半开时节最妖娆。""李",《诗渊》册六《花木类》作"杏"。

④恼人:指撩拨人。宋王安石《夜直》:"春色恼人眠不得,月移花影上阑干。"

⑤敢当:谓所当无敌。《急就篇》卷一:"石敢当。"颜师古注:"敢当,言所当无敌也。"

⑥情知:即深知,明知。唐骆宾王《艳情代郭氏答卢照邻》:"情知唾井终无理,情知覆水也难收。不复下山能借问,更向卢家字莫愁。"宋辛弃疾《鹧鸪天》:"情知已被山遮断,频倚栏干不自由。"天上种:传说月中有桂树。宋之问《灵隐寺》:"桂子月中落,天香云外飘。"《咸淳临安志》卷二三僧遵式《月桂峰诗序》云:"相传月中桂子尝坠此峰,生成大树,其华白,其实丹。"宋钱易《南部新书》:"杭州灵隐寺多桂,寺僧曰:'此月中种也。'至今中秋望夜,往往子坠,寺僧亦尝拾得。""知",《诗渊》作"和"。

⑦"飘落"句:岩桂丛生岩林间,故云"飘落深岩洞"。

⑧比并:指比较,相比。宋仲殊《惜双双·墨梅》:"留与梨花,比并真颜色。"宋王安石《山樱》:"山樱抱石荫松枝,比并余花发最迟。"

【汇评】

1.周念先:这首咏桂花的词,着重写她香压群芳,表现诗人高洁的情志。上片写桂花的香,用比较的方法先抑后扬,写她风度、外貌不如梅柳和桃李,然后突出她的清香非群芳可比。下片从她的身世写起,"情知"二句,其中暗含有对自己的婚姻和命运的不满。结尾仍归到与群芳比并,加深上片意思的表达。这首词以侧面描写、议论来突出桂花的幽香,也是诗人自我形象的写照。(《唐宋咏物词选》,江苏古籍出版社1989年,第55页)

2.黄嫣梨:此词便是遗貌取神的一个成功的例子。作者咏的是桂花,但完全没有花费笔墨去刻画其外形,却集中力量去描写其神态、性格。上阕以淡淡几笔勾出了桂花的特征:论其标格,不如梅柳;论其妖娆,不如桃李;然论其芬芳,则无与伦比,众卉群芳,无不拜倒。下阕根源从宋之问"桂子月中落,天香云外飘"(《灵隐寺》)推出,以标出桂花奇香之缘。作者以神来之笔,把读者引向神话世界,幻想吴刚在月宫伐桂,一粒桂子从月宫飘落在幽深的岩洞顶上,长出桂树。她从人间的桂树联想到月中的桂影，以比照月桂与人间桂树的风姿。词中写的是清香的桂花，实际上是作者高洁、清逸的人格象征。(《朱淑真研究》，上海三联书店1992年，第158—159页)

3.张显成：这首咏物词写桂花奇特的幽香，词浅意深，想象亦奇。(《李清照朱淑真诗词合注》，巴蜀书社1999年，第291页)

【和词】

菩萨蛮　木犀

移来蟾窟清奇格，不随桃李争春色。暮雨散天香，芬芳不可当。

仙人偏好种，偃蹇白云洞。秋气入岩寒，折来和月看。(明戴冠《和朱淑真〈断肠词〉》，《全明词》)

点绛唇

冬

风劲云浓，暮寒无奈侵罗幕①。髻鬟斜掠，呵手梅妆薄②。

少饮清欢③，银烛花频落。恁萧索④，春工已觉⑤，点破梅香萼⑥。

【题解】

这首小词写冬日的寒冷，以及在寒冬中枯寂的生活与守望。

上阕主要描写冬天最重要的物理特征——寒冷，用风、云等自然现象以及冷的感知来共同完成描述。时间是冬季，夜幕已经降临，就更觉寒意。风很大，因为天色黯淡，所以说是"云浓"。寒风吹开帘幕，直接侵入闺房，从而引起居者的个人感受。发髻斜垂，略有妆容不整之意。末句形容巧妙，先用了精准的小动作"呵手"来表明手冷，继而明明风吹面寒，却不直说，反说是因为脸上妆容太薄，挡不住寒冷。一方面写出了对冷真实的感知，一方面以发乱、妆薄来说明居家苦闷、无心打扮的情态，从而和下阕的主观情感形成有效的呼应。

下阕写居者在这个寒冷的冬天的主观意绪，难得缠绵却并不消沉。第一句写独自饮酒，清淡欢愉，看似静好，然而频频剪落灯花，可知在这样寒冷的冬夜里长夜难眠，和《减字木兰花·春怨》"剔尽寒灯梦不成"意思相同。是以其下语意突转，直言"恁萧索"。然而词人并未沉溺在这种冬夜萧索之中，而是宕开一笔，期待梅花很快绽放，春天就要来到。这里不仅将"春工"拟人化了，而且赋予"春工"施以梅花的动作，"点破"二字，用得准确且有韵味：梅花破萼而出带来春的信息，"点"亦见"春工"的轻灵化于无痕。春将至，无疑成为寒夜中居者对生活的希望所在。周而复始，一年轮回，故人或将与春一起归来。

在戴冠的和作中，这首同题之作是比较生动而富有才情的一篇。相对大多和作，难得跳出了原作的束缚，呈现出个人的生活领悟。词云：

和作往往因为受到原题和步韵的束缚，失之呆板。但这首小词突破了原词的羁绊，原词以风、云、寒冷写冬，兼及词人的经冬意绪。戴冠和词则重新设定了飞雪情境，代言的部分落在慵妆、衫薄、远望、深夜未眠，这些意旨基本符合原作的精神，但意象却根据重新设定的情境进行了新的书写。即如不是风而是雪扰乱了闺中人，感觉寒冷的不是手与脸而是罗衫；同样是难以入睡，原词以剔尽寒灯作张本，和词则以听尽窗外微末的声音来表现。所以这首和词做了很好的示范，不同的情境与意象完全可以表达相同的情感体会，它不仅延续了原词的冬日思绪，还完成了一段原词未见、实则符合生活逻辑的时光补白。

【校注】

①罗幕：丝罗帐幕。李煜《临江仙》："子规啼月小楼西，玉钩罗幕，惆怅暮烟垂。"宋晏殊《秋蕊香》："罗幕轻寒微透。"

②"呵手"句，本欧阳修《诉衷情·眉意》："清晨帘幕卷轻霜，呵手试梅妆。都缘自有离恨，故画作远山长。思往事，惜流芳，易成伤。拟歌先敛，欲笑还颦，最断人肠。"又见宋苏轼《四时词》之四："起来呵手画双鸦，醉脸轻匀衬眼霞。"明杨慎《冰雪封途马蹄踏之铿然有声》："老狂不怕玄冬冷，呵手挥毫兴未阑。"梅妆：即梅花妆。见《生查子》(年年玉镜台)"梅蕊宫妆"注。

③清欢：清雅恬适之乐。宋苏轼《浣溪沙》："人间有味是清欢。"武衍《复归丝桐芸居以诗见贺纪述备尽报以长篇兼简葵窗》："夕阳催雨入烟城，回忆清欢如梦里"。

④"恁"，四印斋本注"别作'凭'，又作'添'"，《花草粹编》卷一作"添"。

⑤春工：春季造化万物之工。柳永《剔银灯》："何事春工用意，绣画出，万红千翠。"

⑥点破，见宋石孝友《减字木兰花·赠何藻》："小小新荷，点破清光景趣多。""梅香"，四印斋本注"别作'梅花'"，《花草粹编》亦作"梅花"。《全宋词》作"香梅"。

【汇评】

张显成：此词写冬日的严寒及深闺女子的孤寂落寞。"觉"字看似不经意，却透露出姑娘美好的期望和对春来的惊喜。（《李清照朱淑真诗词合注》，巴蜀书社 1999 年，第 289 页）

【和词】

点绛唇　冬

冬日慵妆，六花片片来重幕。轻黏轻掠，不管罗衣薄。　　洞合龙冈，一望迷村落。夜半寒，鸦栖不定，惊起翻冰萼。（明戴冠《和朱淑真〈断肠词〉》，《全明词》）

念奴娇

催雪

冬晴无雪，是天心未肯①，化工非拙②。不放玉花飞堕地③，留在广寒宫阙④。云欲同时⑤，霙将集处⑥，红日三竿揭⑦。六花剪就⑧，不知何处施设。　　应念陇首寒梅⑨，花开无伴，对景真愁绝⑩。待出和羹金鼎手⑪，为把玉盐飘撒⑫。沟壑皆平，乾坤如画，更吐冰轮洁⑬。梁园燕客⑭，夜明不怕灯灭。

【题解】

这是一首冬日催雪的词,与下一首同调咏雪词可互相参看。亦是朱淑真作品中较为少见的长调,可以展现她对于词体章法的技巧。

上阕揣测冬日无雪的原因,运用了推己及人的拟人手法,将"天工"人情化。冬日晴好,词人想象奇妙,认为不下雪不是因为自然的造化不足或技拙,而是"天工"犹自不肯放雪花飞落人间,暂时将其留在广寒宫中。词人进一步充满期待地描述一切就绪,雪云、雪霰都已经准备好,只是时光已晚仍未出发。雪花早已裁剪好,只是"天工"尚未决定施布于何处。词人为"天工"寻找的种种托词俨然在理,将这一切看不到的布局想象得似假还真,生趣益然,而词人通达的情绪亦令这首催雪词显得积极乐观。

对于"天工"的拟人化,是由一系列动词连缀,一气呵成,塑造出"天工"富有人情的饱满形象。"不放""留在",是对"天心未肯"爱而不舍的具化;"剪就",则是对"化工非拙"的补充。雪花六角,故曰六出花、六出、六花。古代文学中常以六出指代雪花,"剪就"二字不仅突出了雪花六角之形,并由此呼应了"天工"之巧,将人间的习见常情赋予"天工",人间天上,便由这番想象自然而然地衔接一处,具有了生活化的气息。

下阕应题催雪,亦是人情满满的好言相劝,告知天工有这么多生灵正在翘首以待,强调它对自然、民生的意义所在。第一句写植物之期许,选择了与雪最相契合的梅花意象,称寒梅无雪相伴甚是孤单,不经意间将梅花与雪俱作了拟人化的处理。第二句写生民之期待,用了"和羹金鼎"的典故,来表现雪对农作物生长的重要作用,亦是国泰民安的重要保障;第三句假想下雪以后山川风物的美轮美奂,如入画境;末句想象雪后人们的意兴横飞,借"梁园燕客"之典,以文人墨客集聚,趁晚作文赏雪为例,推及雪后人们普遍欢欣鼓舞的场面。

催雪诗词本身有唐宋文人文学游戏的性质。这篇长调章法格局清晰,上阕体谅"天工"深心,下阕写万物企盼,未见明催,却以推己及人的方式动之以情,晓之以理,人情味满满,别有生活情调。相较其他小令,这一首典故使用比较密集。语典如"乾坤如画",见陈师道《雪后黄楼寄负山居士》诗:"云日明松雪,溪山进晚风。人行图画里,鸟度醉吟中。"

"沟壑皆平"，本唐孟浩然《赴京途中遇雪》诗"积雪满山川"。亦用事典，如"梁园燕客"假借梁孝王在梁园与司马相如等人夜间宴集情景，描绘雪夜宴饮场面。

【校注】

①天心：天意。北周刘璠《雪赋》云："天地否闭，凝而成雪。"雪未成，故云"天心未肯"。

②化工：犹天工，自然的造化。唐陆畅《惊雪》诗"天人宁许巧，剪水作花飞"，宋黄庭坚《咏雪》诗"天巧能开顷刻花"，均是天工巧为雪花的意思。语本汉贾谊《鵩鸟赋》："且夫天地为炉兮，造化为工。"又见宋范成大《荔枝赋》："钟具美于一物，繁化工之所难。"元元淮《立春日赏红梅之作》："应是化工嫌粉瘦，故将颜色助花娇。"

③玉花：比喻雪花。宋苏舜钦《小酌》："寒雀喧喧满竹枝，惊风淅沥玉花飞。"宋陆游《九月十六日夜梦觉而有作》："朔风卷地吹急雪，转盼玉花深一丈。"玉花飞堕地，本苏轼《和田国博喜雪》诗"玉花飞半夜"、王安石《次韵王胜之咏雪》诗"玲珑剪水空中堕"意。

④广寒宫：即月宫。唐陆龟蒙《上元日道室焚修寄袭美》："三清今日聚灵官，玉刺齐抽谒广寒。"宋杨万里《木犀初发呈张功父》："尘世何曾识桂林，花仙夜入广寒深。"

⑤云欲同时，本《诗经·信南山》"上天同云，雨雪雰雰"，《韩诗外传》"雪云曰同云"。

⑥霰将集处，本《诗经·頍弁》"如彼雨雪，先集维霰"。霰，雪珠。南朝宋谢惠连《雪赋》："霰淅沥而先集，雪纷糅而遂多。"

⑦红日三竿：即日上三竿，谓时光已晚。刘禹锡《竹枝词》："日出三竿春雾消。"宋谢逸《蝶恋花》："红日三竿帘幕卷，画楼影里双飞燕。"元吕止庵《集贤宾·叹世》套曲："有何拘系？则不如一枕安然，直睡到红日三竿未起。"

⑧六花：雪花六角，故曰六出花、六出、六花。《太平御览》卷十二引《韩诗外传》："凡草木花多五出，雪花独六出。雪花曰霙。"南朝陈徐陵《咏雪》："岂若天庭瑞，轻雪带风斜。三农喜盈尺，六出舞崇花。"唐元稹《赋得春雪

映早梅》："飞舞先春雪，因依上番梅。一枝方渐秀，六出已同开。"唐贾岛《寄令狐绹相公》："自著衣偏暖，谁忧雪六花。"宋崔德符《雪》："朔风万里卷龙沙，剪出千林六出花。"宋楼钥《谢林景思和韵》："黄昏门外六花飞，困倚胡床醉不知。"元无名氏《朱太守风雪渔樵记杂剧》第二折："我则见舞飘飘的六花飞，更那堪这昏惨惨的兀那彤云霭。"

⑨陇首：古山名，泛指高山之巅。南朝梁沈约《钟山诗应西阳王教》五章之三："春光发陇首，秋风生桂枝。"唐李白《古风》之二十二："秦水别陇首，幽咽多悲声。"宋柳永《醉蓬莱》："渐亭皋叶下，陇首云飞，素秋新霁。"

⑩愁绝：指愁到极处。唐戴叔伦《转应词》："明月，明月，胡笳一声愁绝。"

⑪和羹金鼎手，本《尚书·说命》。商王武丁立傅说为相，命曰："若作和羹，尔惟盐梅。"谓宰相燮理阴阳，犹如和羹调鼎。此喻调和阴阳之大才。孔传："盐咸梅醋，羹须咸醋以和之。"本谓盐多则咸，梅多则酸，盐梅适当就成和羹。

⑫"为把"句，本《世说新语·言语》："谢太傅寒雪日内集，与儿女讲论文义。俄而雪骤。公欣然曰：'白雪纷纷何所似？'兄子胡儿曰：'撒盐空中差可拟。'兄女曰：'未若柳絮因风起。'"

⑬冰轮：谓明月。苏轼《宿九仙山》："夜半老僧呼客起，云峰缺处涌冰轮。"

⑭梁园：汉梁孝王筑园以宴宾客，又称为兔园。本谢惠连《雪赋》："梁王不悦，游于菟园，乃置旨酒，命宾友。"李白《书情题蔡舍人雄》："一朝去京国，十载客梁园。"

【汇评】

1.黄嫣梨：此首词创意极为别致，乃淑真催老天爷速速降雪，好赐大地一片美景的幻作，首二句"冬晴无雪，是天心未肯，化工非拙"写无雪之因。"不放玉花飞堕地，留在广寒宫阙"是无雪的描画。"云欲同时"五句勾勒无雪。下片"应念陇首寒梅，花开无伴，对景真愁绝"正是催雪。"待出和羹金鼎手，为把玉盐飘撒"再强调"催"字，偏翻谢朗句而不落谢道韫柳絮因风之窠白。也可以看出淑真之聪明拗厉处，"沟壑"以后是催雪的

结果。全词造意甚新,遣词亦清隽可喜。(《朱淑真研究》,上海三联书店
1992年,第161页)

2.张显成:此词构思巧妙,通篇围绕一"催"字作笔,咏物拟人,浑成一
片。(《李清照朱淑真诗词合注》,巴蜀书社1999年,第303页)

3.王新霞:这是一首咏雪词,描写作者盼雪的心情及想象中雪景的美
丽。(《自是花中第一流李清照词》,山东文艺出版社2015年,第97页)

【和词】

念奴娇

历冬无雪,料云英已剪,冯夷非拙。敢是天公怜好朵,闭却玉楼银阙。
夜夜月明,时时风起,云箔空高揭。问天无语,化机有甚施设。　　可惜墨
浪翻云,遗蝗得志,入地应难绝。从此万家憔悴,谁把千金轻掷。更启天
心,又祈神力,一霎冰山洁。积岸盈沟,恨天此念才灭。(明戴冠《和朱淑真
〈断肠词〉》,《全明词》)

念奴娇

鹅毛细剪①,是琼珠密洒②,一时堆积。斜倚东风浑漫
漫③,顷刻也须盈尺④。玉作楼台⑤,铅镕天地⑥,不见遥岑
碧⑦。佳人作戏,碎揉些子抛掷⑧。　　争奈好景难留⑨,风僝
雨僽⑩,打碎光凝色。总有十分轻妙态⑪,谁似旧时怜惜。担
阁梁吟⑫,寂寞楚舞⑬,笑捏狮儿只⑭。梅花依旧,岁寒松竹
三益⑮。

【题解】

上一首催雪,这首继篇,雪被催至,遂有咏雪。

上阕是目力所见。首先形容雪花翻飞之状,选择的喻体有两种,其一
鹅毛,取其颜色洁白,落体形态飘逸,配以"细剪"形容其飘落的柔美;其二

琼珠,取其色泽通透,落体状态细密,配以动词"密洒"形容其大雪纷飞的迅急。雪势较大,一下子就铺满了地面。何况冬风助力,更是漫天飞舞,很快积雪到尺余。前两句词人竭力呈现落雪的动态之美及雪势之迅猛,其下则写雪花堆积之状。词中列举的雪花覆盖对象随着视线由近至远,从近处琼楼玉宇,到中景天地苍茫,再至远山白头,无不是一片白茫茫。再下视线又拉回近景,从景物回到人物,写佳人们互相抛掷雪球。上阕描述的最大特点是充满了动感,雪花翻飞迅急、白雪覆盖天地、佳人游戏园中,都在在地表现出涌动的生机。

上阕已然完成落雪与积雪的过程描述,下阕建立起雪与人事的关系。前半写词人的忧心忡忡,眼下风光虽好,却怕它转瞬即逝,倘若被雨水浇却,晶莹剔透的雪景将不复存在。纵然飘雪时节意态轻盈,招人怜爱,但时过境迁,谁能长忆旧时美好?与"惜春常怕花开早"实为同一意旨,既爱自然的美,又恐其匆匆流逝,由此引起美好事物未能长久永恒的幽怨与忧患。数句之间,既写了雪易融化的特征,又推物及人,引起韶华易逝、欢悰易尽的自我感伤,其中使用了"争奈""总有"等勾勒字,使得感情的转折与递进层次很清晰。

下阕后半进入个人行止的描述,并再度以岁寒三友作为观照。词人不欲沉溺于感伤的情绪,暂且及时行乐,雪中游戏,堆积蛮狮。最后宕开一笔,不再写人事惆怅,而是收束在经历风雪依旧挺立的岁寒三友,并以此反观自我,作为自况之喻。

这首咏雪词与上一首催雪词取境上没有过多的重复之处,构思也各有章法和机巧。意象上可互为呼应的地方在于:一是梅花,催雪词中写道:"应念陇首寒梅,花开无伴,对景真愁绝。"咏雪词对雪中梅花虽无具体描述,却可依据前词进行补白,有雪相伴的梅花自是香冷孤绝,从而补足"梅花依旧"的留白,并进一步完成凌寒孤芳自赏的自喻。二是"梁园燕客,夜明不怕灯灭"的典故使用,与"担阁梁吟"可以相互关合。耽搁了期待中的长夜欢集,只剩寂寞楚舞,强自排遣,笑捏狮儿。总体说来,两首词基本可以看作一组,完整地描述了从盼雪、雪落、赏雪而终至自伤自解的全过程。

【校注】

①鹅毛:喻雪。见唐司空曙《雪》"乐游春苑望鹅毛",唐白居易《雪夜喜李郎中见访兼酬所赠》"可怜今夜鹅毛雪,引得高情鹤氅人",宋梅尧臣《十五日雪三首》其二"密雪斗鹅毛"。

②琼珠:冰珠。北周庾信《郊行值雪》:"雪花开六出,冰珠映九光。""是琼珠",《花草粹编》卷十作"纵轻抛"。

③漫漫:浩荡貌。见唐戎昱《早春雪中》诗"阴云万里昼漫漫",宋王安石《胡笳十八拍》"东风漫漫吹桃李,尽日独行春色里"。"斜倚"句,见南朝梁裴子野《咏雪》"因风卷复斜",谢惠连《雪赋》"其为状也,散漫交错"。

④顷刻:片刻。唐白居易《花下对酒二首》其二:"年芳与时景,顷刻犹衰变。"盈尺:形容地上积雪很深。谢惠连《雪赋》:"盈尺则呈瑞于丰年,丈尺则表沴于阴德。"徐陵《咏雪》:"三农喜盈尺,六出舞崇花。"

⑤玉作楼台:本宋王初《雪霁》诗"昆玉楼台珠树密"。

⑥铅镕天地:铅粉色白,喻指雪。刘禹锡《终南秋雪》:"雾散琼枝出,日斜铅粉残。"《初刻拍案惊奇》卷二四:"千山浑骇铺铅粉,万木依稀拥素袍。"

⑦"不见"句,化用元稹《西归绝句十二首》其十一"云覆蓝桥雪满溪,须臾便与碧峰齐"之意。

⑧些子:一点点,少许。唐李白《清平乐三首》其三:"花貌些子时光,抛人远泛潇湘。"宋苏轼《东坡志林·论修养帖寄子由》:"寻常静中推求,常患不见;今日闹里忽捉得些子。"明高明《琵琶记·文场选士》:"才学无些子,只是赌命强。"抛掷:投、扔。唐曹唐《织女怀牵牛》:"封题锦字凝新恨,抛掷金梭织旧愁。""抛",《花草粹编》作"相"。

⑨争奈:即怎奈,无奈。唐顾况《从军行》之一:"风寒欲砭肌,争奈裘袄轻?"宋张先《百媚娘》:"乐事也知存后会,争奈眼前心里?"元王实甫《西厢记》第一本第一折:"春光在眼前,争奈玉人不见?"

⑩风僝雨僽:互文见义,即风雨僝僽。僝僽,折磨,摧残。此为拟人手法。黄庭坚《宴桃源》:"天气把人僝僽,落絮游丝时候。"宋张辑《如梦令·比梅》:"僝僽,僝僽,比着梅花谁瘦。"宋辛弃疾《蝶恋花·和杨济翁韵》:"可

惜春残风雨又,收拾情怀,闲把诗僝僽。"

⑪轻妙态:谓雪花飘舞之姿。梅尧臣《雪咏》:"密势因风力,轻姿任物形。"宋柳永《两同心》:"绮筵前,舞燕歌云,别有轻妙。""总",《花草粹编》作"纵"。

⑫担阁:谓延搁不得归。梁吟:一说《梁甫歌》。《琴操》:"曾子耕太山之下,天雨雪冻,旬日不得归,思其父母,作《梁甫歌》。"一说为《梁园吟》省称,即指梁孝王夜宴梁园赋雪之事。

⑬楚舞,见唐李白《书情题蔡舍人雄》:"楚舞醉碧云,吴歌断清猿。"宋辛弃疾《水调歌头·壬子三山被召陈端仁给事饮饯席上作》:"何人为我楚舞,听我楚狂声?"清彭而述《卫藩旧邸遇酒南将军》:"若能为楚舞? 何处得秦声?""寞",四印斋本以平仄不协改为"寥"。

⑭"笑捏"句,谓堆雪狮子。宋张耒《雪狮》:"六出装成百兽王,日头出后便郎当。"陆游《雪》:"老子方惊飞蛱蝶,儿群已说聚狻猊。"狻猊,即狮子。皆写当时雪节民俗。

⑮岁寒松竹:松、竹、梅,称为岁寒三友。宋葛立方《满庭芳·和催梅》:"梅花,君自看。丁香已白,桃脸将红。结岁寒三友,久迟筇松。"明程敏政有《岁寒三友图赋》。三益,《论语·季氏》有云"益者三友",谓直、谅、多闻。晋挚虞《答杜育》:"赖兹三益,如琢如切。"南朝梁江淹《杂体诗·效陶潜田居》:"素心正如此,开径望三益。"宋代推衍为梅、竹、石。见宋梅尧臣《观王介夫蒙亭记因记题蒙亭》:"风物稍佳时,把酒会三益。"宋罗大经《鹤林玉露》卷五:"东坡赞文与可梅竹石云:'梅寒而秀,竹瘦而寿,石丑而文,是为三益之友。'"亦借指良友。

【汇评】

1.(明)陈霆:"斜倚东风浑漫漫,顷刻也须盈尺。"已尽雪之态度。继云:"担阁梁吟,寂寥楚舞,空有狮儿只。"复道尽雪字,又觉蕴藉也。(《渚山堂词话》卷二,《词话丛编》,中华书局 2005 年,第 361 页)

2.张显成:此词为咏雪之作。上片描绘大雪纷飞、整个天地笼罩在一片白雪之中的壮景。下片转入写对残雪的怜惜之情,并以"梅花依旧"暗

59

喻自己品节之高洁。(《李清照朱淑真诗词合注》,巴蜀书社 1999 年,第304 页)

3.王新霞:此词同为咏雪之作,描写大雪飘落的奇景及在雪地上游戏的场面。(《自是花中第一流李清照词》,山东文艺出版社 2015 年,第 98 页)

【和词】

念奴娇　雪

乘风舞下,任悠扬自在,欲飞还积。疑是空中倾玉屑,平地一时三尺。逐马随车,打窗著户,占尽人间碧。疏疏密密,夜深更静犹掷。　　晓起卷幔遥观,青山老却,天地浑同色。记得党家风味,只恁良辰堪惜。旋刻银狮,新妆宝獠,是处成双只。逢春须化,看来今日无益。(明戴冠《和朱淑真〈断肠词〉》,《全明词》)

卜算子

咏梅①

竹里一枝梅②,映带林逾静③。雨后清奇画不成,浅水横疏影④。　　吹彻小单于⑤,心事思重省⑥。拂拂风前度暗香⑦,月色侵花冷⑧。

【题解】

这首咏梅的小词写得宁静致美。

上阕写梅化用各种语典,着重刻画了两种典型环境。一是"竹里一枝梅",将梅置于竹林之中,从而形成幽静的意象。唐代刘言史《竹里梅》"竹里梅花相并枝,梅花正发竹枝垂"、宋代向子諲"竹里一枝梅"、韩元吉"竹里疏枝总是梅",均是写梅而将竹、梅并举,作为有效的衬托。之所以"竹里一枝梅"能形成典型的美学效应,首先在于竹林幽深的环境符合理想中的梅花生长之处,二者同样具有幽冷贞静的气质面貌;就视觉上来讲，藏于竹林间的一枝梅，既构成了一与多的对比，亦造成了绿色背景与浅色花朵的色彩冲突之美，于是二者互相掩映生趣。第二种典型环境是"浅水横疏影"，自林逋"疏影横斜水清浅，暗香浮动月黄昏"以来，水边梅影便成为咏梅最为典型的环境书写。词中不仅直接化用了这一语典，并在此基础之上赋予雨中梅花清新之感，与水中倒影相互呼应，着意绘形，更见轻灵。

上阕写眼中所见，下阕纳入更多的参照元素，借声音谱缠绵，以风动写暗香，以月光写幽冷，并将人事寄寓其中。"吹彻小单于"化用颇多，或取宋赵佶《眼儿媚》"家山何处，忍听羌笛，吹彻梅花"，以其北狩极写去国幽怨，从而引起词人的重重心事。所思为何，就此戛然而止，仿佛无心的一笔，转而续写梅花的香与色。"暗香""疏影"是梅花最为普遍的特征，同样写"暗香"，朱词借助了吹动的风，风不经意间送来香气，非常符合生活中的切身体验。而"月色侵花冷"，不说月光照映，反说是月色"侵"入梅花，这个动词很富有想象力，也具有动态的生命力，与"拂拂风前"一样，给习见的"暗香浮动月黄昏"带来新鲜的面貌。

整首小词意境清冷，与词人欲语还休的含蓄浑然一体。

【校注】

①"咏梅"，四印斋本、《花草粹编》卷二题作"梅"。

②"竹里"句，唐刘言史《竹里梅》云："竹里梅花相并枝，梅花正发竹枝垂。"宋向子諲《卜算子》："竹里一枝梅，雨洗娟娟静。疑是佳人日暮来，绰约风前影。"宋韩元吉《一剪梅》："竹里疏枝总是梅。月白霜清，犹未全开。""梅"，四印斋本作"斜"。

③林逾静，本王籍《入若耶溪》："蝉噪林逾静，鸟鸣山更幽。"

④疏影，本林逋《山园小梅》："疏影横斜水清浅，暗香浮动月黄昏。""疏"，《花草粹编》《全芳备祖》前集卷一作"斜"。

⑤吹彻：犹吹遍。宋无名氏《如梦令》："指冷玉笙寒，吹彻小梅春透。"宋赵佶《眼儿媚》："家山何处，忍听羌笛，吹彻梅花。"小单于，曲调名。宋郭茂倩云："唐大角曲亦有《大单于》《小单于》《大梅花》《小梅花》等曲。"（《乐

府诗集·横吹曲辞》"梅花落题解")。唐韦庄《绥州作》:"一曲单于暮烽起,扶苏城上月如钩。"宋黄庭坚《渔家傲》:"一见桃花参学了,呈法要,无弦琴上单于调。"

⑥"思重",《花草粹编》《全芳备祖》《诗渊》册四并作"重思"。

⑦拂拂:指风吹动的样子。唐李贺《舞曲歌辞·章和二年中》:"云萧索,风拂拂,麦芒如篘黍如粟。"暗香:犹幽香。唐羊士谔《郡中即事》之二:"红衣落尽暗香残,叶上秋光白露寒。"宋李清照《醉花阴》:"东篱把酒黄昏后,有暗香盈袖。"

⑧"花",四印斋本作"檐"。

【汇评】

1.(明)陈霆:(朱淑真)咏梅云:"湿云不渡溪桥冷,嫩寒初破霜风影。溪下水声长,一枝和月香。"别阕云:"拂拂风前度暗香,月色侵花冷。"梨花云:"粉泪共宿雨阑珊,清梦与寒云寂寞。"凡皆清楚流丽,有才士所不到。而彼顾优然道之,是安可易其为妇人语也。(《渚山堂词话》卷二,《词话丛编》,中华书局2005年,第361页)

2.黄嫣梨:全词和东坡原韵,意境幽冷,造词清疏淡雅,微有东坡《卜算子》(黄州定慧院寓居作)的韵味。(《朱淑真研究》,上海三联书店1992年,第160页)

3.张显成:此词极写梅的幽逸之姿,颇能传达梅花的神采。(《李清照朱淑真诗词合注》,巴蜀社1999年,第293页)

【和词】

卜算子　梅

带雪傍溪桥,月上黄昏静。时有幽人策蹇来,低首怜寒影。　　赋得惜花诗,好句无人省。兴尽归来欲曙天,梦断罗浮冷。(明戴冠《和朱淑真〈断肠词〉》,《全明词》)

菩萨蛮

咏梅①

湿云不渡溪桥冷②,蛾寒初破霜钩影③。溪下水声长④,一枝和月香⑤。　　人怜花似旧⑥,花不知人瘦⑦。独自倚栏干⑧,夜深花正寒。

【题解】

同为咏梅词,上一首着意在梅,这首着意在人。

上阕由远及近,慢慢推近梅花,营造出梅花寒冷幽静的外部环境。湿云,是冬季潮湿阴冷的意象,湿云都不愿渡过溪桥,可见溪桥彼岸更见阴冷。词人用拟人、衬托的手法,推出梅花绽放的环境。既曰"溪桥",可见有溪,与其后"溪下水声长"相呼应。继以湿云写阴冷,再以寒月写环境之凄清。"寒""霜"连用极写其寒,并且点明了时间,是月亮如钩的夜晚,自然月光幽暗。再次写静,"溪下水声长"与"蝉躁林逾静"的手法相同,均是以动写静,以水声的幽咽极写月夜之宁静。在藉湿云、钩月、溪水烘托出梅花开放的环境之后,一枝梅花终于千呼万唤始出来。与前景相互映照,和着幽冷的月光,成为"暗香浮动"的完整诠释。

下阕归到赏梅之人。第一句人与梅花对看,以有情之人观照无情之物,倍增意绪。人怜梅花如旧,而梅花却不知人已消瘦。这里埋下了伏笔对照,在时间跨度上勾连起过去和现在:一是"依旧"二字,梅花依旧,可知往时曾经观赏,但见年复一年岁月流逝,人情未必似旧;二是"人瘦",针对容颜今日与彼时的不同,隐藏其下的定然是人情变故。花如旧而人已瘦,和"年年岁岁花香似,岁岁年年人不同"感慨相同,一方面是伤逝之感,一方面是愁怨离绪。小小的埋怨貌似针对梅花不解人情,实是通过对梅的拟人,借无理而见深情。

末句"独自"回应了其上的种种伏笔,情感的处理温柔敦厚,在微微透露出独自倚栏的孤寂信息后,把笔墨宕回梅花,总结全篇"夜深花正寒"。寒的自然不只是梅花,还有心境。整个环境的烘托并非纯为写花,而是衬托夜阑之际独自赏梅之人的凄清绝艳。

这首词的作者归属一直在苏轼与朱淑真之间存在争议,根据版本流传,大多数意见将之归为朱词。且不论其作者,简单地考察一下这两首字句几近相同的作品,《全芳备祖》苏轼词云:

> 湿云不动溪桥冷,嫩寒初透东风影。桥下水声长,一枝和月香。
>
> 人怜花似旧,花比人应瘦。莫凭小阑干,夜深花正寒。

比较明显的不同主要在于两句,一是"嫩寒初透东风影"与"蛾寒初破霜钩影"之别,前者写梅花被东风吹开,后者仅落笔于寒月光影,物象选择不同,形成春ददददददससस临与幽远霜寒的情境差别;二是"人怜花似旧,花比人应瘦"与"人怜花似旧,花不知人瘦"之别,前者是较为客观的物我比较,后者则运用拟人等手法进行了主观的物我观照。从意象选择和表达手法上来看,朱词更能有效地传达出花与人的幽深和凄寂感。总体来说,《菩萨蛮·咏梅》是朱词中颇为蕴藉含蓄的一首,其造境幽远、人情敦厚符合文人词作的要求。

【校注】

①此首《全芳备祖》作苏轼词。"咏梅",《花草粹编》卷三题作"梅"。

②湿云:指雨云。意本苏轼《再和杨公济梅花十绝》其四"不堪细雨湿黄昏"。溪桥,见唐张谓《早梅》:"一树寒梅白玉条,迥临村路傍溪桥。"宋黄庭坚《菩萨蛮》:"半烟半雨溪桥畔,渔翁醉着无人唤。""渡",四印斋本注"别作'断'"。

③开头二句,与唐崔道融《梅》诗"溪上寒梅初满枝,夜来霜月透芳菲"意相近,又见唐杨濬《送刘散员赋得陈思王诗明月照高楼》:"镜华当牖照,钩影隔帘生。""蛾寒初破霜钩影",《花草粹编》作"嫩寒初透东风景"。"蛾",四印斋本注"别作'嫩'",胡慕椿本作"嫩"。"破",四印斋本注"别作'透'"。"霜钩影",《古今女史》作"东风景",四印斋本作"双钩影",《全宋词》本作"东风影"。

④"溪",四印斋本注"别作'桥'",《花草粹编》作"桥"。

⑤"一枝"句,见唐韦庄《春陌》诗"一枝春雪冻梅花"。和月,见李煜《捣练子令》:"深院静,小庭空,断续寒砧断续风。无奈夜长人不寐,数声和月到帘栊。"北宋孔夷《水龙吟·梅》:"疏影沉沉,暗香和月。"宋无名氏《太常引》:"江梅开似蕊珠宫。报桃李、又春风。蓦岫看前峰。待摘取、横斜盏中。魏林楚岭,素妆清绝,不与众芳同。和月映帘栊。羡几点、施朱太红。""月",四印斋本注"别作'雪'",《花草粹编》作"雪"。

⑥"人怜"句,本李商隐《忆梅》诗:"寒梅最堪恨,长作去年花。"亦宋侯寘《满江红》"花似旧,人非昨"之意。

⑦"花不知人瘦",宋陈景沂《全芳备祖》前集卷一作"花比人应瘦"。李清照《醉花阴》词:"帘卷西风,人比黄花瘦。""不知人",《古今女史》作"比人应"。

⑧独自倚栏,常为孤寂意象。南唐冯延巳《临江仙》:"酒余人散后,独自凭阑干。"宋欧阳修《蝶恋花》:"独倚危楼风细细。望极离愁,黯黯生天际。"宋谢逸《蝶恋花》:"独倚阑干凝望远,一川烟草平如剪。""独自倚",《古今女史》《名媛词选》《全芳备祖》前集卷一均作"莫凭小"。

【汇评】

1.(明)董其昌:朱淑真《咏梅》"湿云""蛾寒",词中佳句。(《新锓订正评注便读草堂诗馀续集》卷上,上海古籍出版社 1986 年)

2.(明)卓人月、徐士俊:不犯梅事,超。(《古今词统》卷五,《明词话全编》,凤凰出版社 2012 年,第 4304 页)

3.(明)沈际飞:玄慧,不犯梅边事,超。"人""花"二句伤神。绪长。(《草堂诗馀四集》,《明词话全编》,凤凰出版社 2012 年,第 5392 页)

4.(清)陈廷焯:清隽。不落咏梅俗套。宛丽无比。(《云韶集辑评》卷十,《白雨斋词话全编》,中华书局 2013 年,第 237 页)

5.张显成:此词咏梅以"湿云""桥冷""和月香""花正寒"等语构成一种孤寂、冷艳的气氛,衬出人瘦、人愁、不甘流俗、追求高洁的意境。(《李清照朱淑真诗词合注》,巴蜀书社 1999 年,第 292 页)

【和词】

菩萨蛮　梅

娟娟霜月侵肌冷，窗纱夜静抚真影。相见恨偏长，隔帘闻暗香。
莫言人似旧，人比花尤瘦。寂寞苦相干，花寒人也寒。（明戴冠《和朱淑真
〈断肠词〉》,《全明词》）

【考辨】

1.任德魁：这首词列在戴和词的最末一阕，《花草粹编》卷三亦作朱淑
真词。但南宋理宗时成书的《全芳备祖》前集卷一梅花门乐府祖却注此词
作者为"东坡"。《全宋词》第1册332页据以辑为苏轼佚词，并附案语云：
"案：此首亦见朱淑真《断肠词》，但《断肠词》颇多舛误，疑以《备祖》所载为
是。"同时，唐圭璋先生又据《紫芝漫钞》本《断肠词》将之列为朱淑真词，且
在辨析互见词的时候谓此词"《全芳备祖》作苏轼词，而《东坡乐府》不载，当
以作朱词为是"（上海古籍版《词学论丛》290页。另见《全宋词》第5册附录
《互见词》）。可见唐先生亦在两可之间。今以《备祖》所载苏词与汲古阁本
相校，略有异处，且看《全芳备祖》苏轼词：

> 湿云不动溪桥冷，嫩寒初透东风影。桥下水声长，一枝和月香。
> 人怜花似旧，花比人应瘦。莫凭小阑干，夜深花正寒。

汲古阁本《断肠词》则为：

> 湿云不渡溪桥冷，蛾寒初破霜钩影。溪下水声长，一枝和月香。
> 人怜花似旧，花不知人瘦。独自倚阑干，夜深花正寒。

其相异之处，读者自见。另外，在《四库全书》本南宋杨冠卿的《客亭类
稿》卷十四乐府编中有《菩萨蛮·雪中送李常川》一阕（亦见《全宋词》第3
册1862页），与此词韵脚全同，是否偶然，识者当有以告我。（《朱淑真〈断
肠词〉版本考述与作品辨伪》，《文学遗产》1998年第1期）

2.邹同庆、王宗堂：此词《全宋词》既作苏轼词，又作朱淑真词。苏轼
词末注："《全芳备祖》前集卷一梅花门。"又云："案此首亦见朱淑真《断肠
词》。但《断肠词》颇多讹误，疑以《备祖》所载为是。"朱淑真词题作"咏
梅"，异文甚多，末注："案此首《全芳备祖》前集卷一'梅花门'作苏轼词。"
赵万里《宋金元名家词补遗》据《全芳备祖》补作苏轼词。案：此词诸本

《东坡词》均不载，仅《全芳备祖》作苏轼词，迹属可疑。查《紫芝漫钞》本、《宋元名家词》钞本、汲古阁《诗词杂俎》本、胡慕春辑本、四印斋校本《断肠词》均收，《类编笺释续选草堂诗馀》卷上、《草堂诗馀续集》卷上、《花草粹编》卷三、《词的》卷一、《古今词统》卷五、《古今诗馀醉》卷一三、《古今女史》卷三、《历代诗馀》卷九亦并作朱淑真词。明戴冠《邃谷词》有和朱淑真《菩萨蛮·梅》一首，即和此词。故以作朱词为是。又《本事词》卷下以及《词苑丛谈》卷八、《词林纪事》卷一九、《词苑萃编》卷二四等引《名媛集》、《听秋声馆词话》卷八作朱希真(秋娘)词。《全宋词》朱希真词不收，仅于第五册三九一五页"订补附记"中列作朱希真存目词，注："朱淑真作，见《断肠词》。"由此可知《全宋词》最后订补时，已确认此词既非东坡作，亦非朱希真作，而系朱淑真词。唐圭璋《宋词互见考》亦云"当以朱(淑真)词为是。"(《苏轼词编年校注·附编三、误入苏集词》，中华书局2007年，第950页)

采桑子

王孙去后无芳草①。

【题解】

这篇残句保留在集句词《采桑子》首句，化用了淮南小山《招隐士》"王孙游兮不归，春草生兮萋萋"之意。

【校注】

①此句见《花草粹编》卷二，朱秋娘《采桑子》集句引。按《全宋词》存目，此词皆集唐宋女郎诗句，《词谱》卷五收此。黄嫣梨《朱淑真研究》："《采桑子》起拍即集淑真句，全词如下：'王孙去后无芳草(朱淑真)，绿遍书阶(李季兰)。尘满妆台(吴淑姬)。粉面羞搽泪满腮(王幼玉)。教我甚情怀(李易安)。去时梅蕊全然少(窦夫人)，等到花开(苏小小)。花已

成梅(陶氏)。梅子青青又待黄(胡夫人),兀自未归来(王娇姿)。'"王孙,本淮南小山《招隐士》:"王孙游兮不归,春草生兮萋萋。"见白居易《赋得古原草送别》诗:"远芳侵古道,晴翠接荒城。又送王孙去,萋萋满别情。"

【考辨】

(清)谢章铤:淑真又有《采桑子》,皆集唐宋女郎诗句,见《花草粹编》,此尤集句之雅谈欤!(按:淑真所集,校以四十四字体,上下两结句后皆多一五字句,凡五十四字。考之诸家谱律,俱不载《采桑子》有此体,且黄、来同押,尤为可疑,当博询知者。)(《赌棋山庄词话》卷十二,《词话丛编》,中华书局 2005 年,第 3479 页)

西江月

春半①

办取舞裙歌扇②,赏春只怕春寒③。卷帘无语对南山④,已觉绿肥红浅⑤。　　去去惜花心懒⑥,踏青闲步江干⑦。恰如飞鸟倦知还⑧,淡荡梨花深院⑨。

【题解】

这是一首春半时节的惜春小词,同时借景抒情表达了淡淡的忧伤。

上阕从准备赏花的欣喜,到寂寥伤春。本来准备好了舞裙与歌扇,要盛装并尽兴赏春,然而此下陡转,却怕突如其来的倒春寒,于是打消了赏春的乐事,就此宅在室内。卷起帘栊,独望南山,无语是因为无人可以说话,也可以理解为孤单寂寥。词人没有细说缘由,只将这种慵懒的情绪归于已经发现绿叶日渐茂盛,而红花日渐色衰,眼看春天将逝。

下阕写主人公强自排遣,春天越去越远,何必自苦惜花。于是懒下心来,索性来到江边散步,姑且以为踏青。末句以倦鸟归林比喻自己踏青归来,取陶潜《归去来兮辞》"云无心以出岫,鸟倦飞而知还"之意。回到深院,春风和舒,吹落梨花,取晏殊"梨花院落溶溶月"之境。最后一句因为是化用前人诗句,经典情境的直接借鉴,使这首小词意境格外隽永,颇见诗情,这也是化用前人语典事半功倍的地方。

词人比较擅于在词中作出动态的呈现,即如这篇摹写日常生活常态的小词,一是因其情绪的抑扬和忧喜而起伏,从一开始欣然准备赏春,到中道放弃,意兴萧散,再到强颜欢笑,强自解忧,终是寂寞深院,情绪颇见波折。二是在叙事中有明线与暗线的平行交错,明面上是写从赏春改为踏青,再到归来深宅。暗里却可见出不仅并无游兴,而且满腹心事,甚至倦鸟之比或许也是针对那不归人。这些明暗抑扬的情事使得这首小词摇曳生姿,不致平淡无奇。

【校注】

①此首汲古阁《诗词杂俎》本无,据明陈耀文编《花草粹编》卷四补。

②办取:犹准备,取得。宋吴潜《水调歌头·喜晴赋》:"办取黄鸡白酒,演了山歌村舞,等得庆年丰。"歌扇:歌舞道具,或者是写有曲目的折扇。北周庾信《和赵王看伎》:"绿珠歌扇薄,飞燕舞衫长。"唐戴叔伦《暮春感怀》:"歌扇多情明月在,舞衣无意彩云收。"宋晏几道《鹧鸪天》:"舞低杨柳楼心月,歌尽桃花扇底风。"

③"赏",四印斋本作"当"。

④南山:泛指南面的山。晋陶潜《饮酒》之五:"采菊东篱下,悠然见南山。"唐李贺《江南弄》:"鲈鱼千头酒百斛,酒中倒卧南山绿。"

⑤绿肥红浅,李清照《如梦令》词"知否,知否? 应是绿肥红瘦"与此意同。"绿肥",四印斋本作"绿深"。

⑥去去:越离越远。旧题苏武《古诗》:"去去从此辞。"唐孟浩然《送吴悦游韶阳》:"去去日千里,茫茫天一隅。"柳永《雨霖铃》:"念去去,千里烟波,暮霭沉沉楚天阔。"

⑦踏青:春日郊游。唐人李淖《秦中岁时记》载:"上巳(三月初三),赐宴曲江,都人于江头禊饮,践踏青草,曰踏青。"唐孟浩然《大堤行》:"岁岁春草生,踏青二三月。"宋人踏青风气亦盛。江干:江边。南朝梁范云《之零陵郡次新亭》:"江干远树浮,天末孤烟起。"唐王勃《羁游饯别》:"客心悬陇路,

69

游子倦江干。"

⑧恰如：正如。李煜《清平乐》："离恨恰如春草，更行更远还生。"飞鸟倦知还，本屈原《哀郢》："鸟飞反故乡兮。"陶潜《归去来兮辞》："云无心以出岫，鸟倦飞而知还。"《归园田居》："羁鸟恋旧林，池鱼思故渊。"《饮酒》其二："山气日夕佳，飞鸟相与还。"

⑨淡荡：形容春风和舒。唐陈子昂《与东方左史虬修竹篇》："春风正淡荡，白露已清泠。"

【汇评】

张显成：此词表面上是写游春、赏春，实则是惜春、伤春的闺怨。（《李清照朱淑真诗词合注》，巴蜀书社1999年，第305页）

【和词】

西江月　赏春

剪就桃花新扇，恼人天气犹寒。晓来对镜画春山，黛绿任他浓浅。

欲待问花情懒，无言独倚阑干。楼空人去几时还，烟锁绿杨深院。（明戴冠《和朱淑真〈断肠词〉》，《全明词》）

月华清

梨花①

雪压庭春②，香浮苑月③，揽衣还怯单薄④。欹枕徘徊⑤，又听一声干鹊⑥。粉泪共、宿雨阑干⑦，清梦与、寒云寂寞⑧。除却⑨。是江梅曾许⑩，诗人吟作。　　长恨晓风漂泊⑪。且莫遣香肌，瘦减如削⑫。深杏夭桃⑬，端的为谁零落⑭。况天气、妆点清明⑮，对美景、不妨行乐⑯。翻着⑰。向花前时取⑱，一杯独酌。

【题解】

这是一首题为梨花的词作,朱词的长调不多,基本都是咏物词。

上阕第一句意象多样,节奏明快。先写其颜色之白,以雪喻之,衬托以春色。梨花花色如雪,前人诗中多有描述,即如岑参《白雪歌送武判官归京》"忽如一夜春风来,千树万树梨花开",黄庭坚《次韵晋之五丈赏压沙寺梨花》"风飘香未改,雪压枝自重",都是以白雪、梨花互喻色白。庭春,当指梨花枝叶,以春代指,其绿色生机可以想见,遂由此四字形成梨花雪白与嫩绿的颜色对比。次写梨花之香,并以月光与之形成互动。香气浮动在月光之中,以月光的笼罩与辉映,摹写暗香的无处不在与动感状态,同时点明时间为晚上。"雪压庭春,香浮苑月"八个字下得风雅精准,对仗工整,有效地烘托出梨花压枝的月夜清冷。

此下转到人物,月夜花香,披衣犹自感觉寒冷。之所以觉得寒冷,是因为夜已深,夜深犹自未睡;是因为心事重重,各种思量。辗转难眠之际,忽听到窗外喜鹊叫声,正如五代《鹊踏枝》词"叵耐灵鹊多谩语,送喜何曾有凭据"之中相类的怨艾,女主人公顿时难以为情,不能安睡。何况更兼窗外夜雨,于是起身徘徊,眼泪和雨一起纵横零落。是夜纵然有梦也与寒云一般寂寞,其下终于和盘托出这番凄楚的缘由,除非旧盟依旧。此处由梨花跳跃至去冬江梅之约,依稀道出前情。

下阕第一句从以人观物的视角为梨花设想。明明上阕梨花犹盛,下阕开篇却忧心忡忡,担心好花被风吹散。这里"香肌""瘦减"用了拟人化的手法,以女性容颜的特征形容想象中的梨花凋败,亦含自况之意。词人进一步推而广之,不仅梨花易衰,春天的杏花、桃花都不知为何零落。何况天气转眼就到了清明,一般在古人的理解中,过了清明,花事已了。想着春天的短暂与无常,词人自慰不如及时行乐,索性花前一杯,自斟自酌。

此篇意象略见堆砌,全篇重心并不完全在于吟咏梨花,而是从梨花兴起,推及伤春意绪。这首词里女主人公的形象始终是孤寂的,就连其词作中习见的物我关系都没有设定,深夜看花、夜雨无眠、想见前事、伤春自遣等种种情绪,都是着笔于女主人公一己内心,颇见深衷曲折,但手法略显单调,后片较为乏力。

【校注】

①此首《诗词杂俎》本无,据明陈耀文编《花草粹编》卷十补,并见《诗渊》册四、《词系》卷十二。

②"庭",四印斋本注"别作'亭'",《诗渊》册四作"夜"。雪压庭春,本岑参《白雪歌送武判官归京》:"忽如一夜春风来,千树万树梨花开。"梨花色白,故以喻雪。见黄庭坚《次韵晋之五丈赏压沙寺梨花》:"风飘香未改,雪压枝自重。"

③"苑",《词系》卷十二作"花"。香浮:香气浮动。林逋《山园小梅》:"疏影横斜水清浅,暗香浮动月黄昏。"宋韩忠彦《赏梨花》:"蝶舞只疑残压坠,月明惟觉异香浓。"

④揽衣:提起衣衫。白居易《长恨歌》:"揽衣推枕起徘徊",《酬集贤刘郎中对月见寄兼怀元浙东》:"下有白头人,揽衣中夜起。"

⑤徘徊:犹彷徨,游移不定貌。晋向秀《思旧赋》:"惟古昔以怀今兮,心徘徊以踌躇。"唐柳宗元《南涧中题》:"索寞竟何事,徘徊只自知。"

⑥干鹊:即喜鹊。《诗经·鹊巢》:"维鹊有巢",马瑞辰《通释》:"鹊即乾(干)鹊,今之喜鹊也。""鹊性喜晴,故名乾(干)鹊。"一说"乾"音"虔",鹊为阳鸟,故名。见宋吴曾《能改斋漫录·辨误一》:"前辈多以'乾鹊'为'乾'音'干',或以对'湿萤'者有之。唯王荆公以为'虔'字,意见于'鹊之强强',此甚为得理。余尝广之曰:'乾,阳物也。乾有刚健之意。'而《易》统卦有云:'鹊者,阳鸟,先物而动,先事而应。'《淮南子》曰:'乾鹊知来而不知往,此修短之分也。'以是知音'干'为无义。"晋葛洪《西京杂记》卷三载汉陆贾语:"乾鹊噪而行人至,蜘蛛集而百事喜。"五代王仁裕《开元天宝遗事》:"时人之家闻鹊声,皆为喜兆,故谓'灵鹊报喜'。"

⑦粉泪:与脂粉相和之泪。用白居易《长恨歌》"玉容寂寞泪阑干,梨花一枝春带雨"意境,语出后蜀毛熙震《木兰花》:"匀粉泪,恨檀郎,一去不归花又落。"宿雨:指夜雨。王安石有诗名《宿雨》,见宋欧阳修《应天长》"宿雨初晴云未散"。

⑧清梦,见宋苏轼《临江仙·赠送》:"酒阑清梦觉,春草满池塘。"宋陆游《枕上述梦》:"江湖送老一渔舟,清梦犹成塞上游。"宋文天祥《览镜见须

髯消落为之流涕》:"青山是我安魂处,清梦时时赋大刀。"

⑨除却:除了。韦庄《女冠子》:"除却天边月,没人知。"唐元稹《离思》:"曾经沧海难为水,除却巫山不是云。"

⑩江梅曾许,本李白《与史郎中饮听黄鹤楼上吹笛》"江城五月落梅花"。见林逋《梅花》:"幸有微吟可相狎,不须檀板共金尊。"

⑪长恨:深恨。唐白居易《大林寺桃花》:"长恨春归无觅处,不知转入此中来。"宋苏轼《临江仙》:"长恨此身非我有,何时忘却营营。"晓风漂泊,本柳永《雨霖铃》:"今宵酒醒何处,杨柳岸、晓风残月。"漂泊:比喻行踪不定。北周庾信《哀江南赋》序:"下亭漂泊,高桥羁旅。楚歌非取乐之方,鲁酒无忘忧之用。追为此赋,聊以记言。"宋苏轼《与子由同游寒溪西山》:"我今漂泊等鸿雁,江南江北无常栖。""晓",《诗渊》作"晚"。

⑫"瘦",《诗渊》作"销"。瘦减:犹瘦损。唐元稹《三月二十四日宿曾峰馆夜对桐花寄乐天》:"是夕远思君,思君瘦如削。"宋周邦彦《意难忘·美咏》:"些个事,恼人肠,试说与何妨?又恐伊,寻消问息,瘦减容光。"宋卢祖皋《水龙吟·赋酴醾》:"不似梅妆瘦减,占人间、丰神萧散。"

⑬深杏,见宋张九成《午睡》"深杏小桃喧午昼,游丝飞絮搅长空"。夭桃,本《诗经·桃夭》:"桃之夭夭,灼灼其华。"见宋曾巩《南湖行》之二:"蒲芽荇蔓自相依,踯躅夭桃开满枝。"

⑭端的:究竟。零落:指草木凋落。宋陆游《卜算子·咏梅》:"零落成泥碾作尘,只有香如故。"

⑮妆点:指妆饰点缀。宋柳永《柳初新》:"柳台烟眼,花匀露脸,渐觉绿娇红姹。妆点层台芳树。"

⑯"对美景"句,古人将良辰、美景、赏心、乐事作为"四美",即美好的时光和景物。南朝宋谢灵运《拟魏太子邺中集诗》序:"天下良辰、美景、赏心、乐事,四者难并。"唐杨炯《祭刘少监文》:"良辰美景,必躬于乐事;茂林修竹,每协于高情。"明汤显祖《牡丹亭·惊梦》:"良辰美景奈何天,赏心乐事谁家院。"

⑰"翻",《诗渊》《词系》并作"拚",《全宋词》本作"拌"。

⑱冀勤本:"前"原阙,据《诗渊》补;"时",《词系》作"唤"。花前独酌,见

李白《月下独酌》:"花间一壶酒,独酌无相亲。"明刘基《题梅屏》之二:"独酌梅花下,怜花与鬓同。"

【汇评】

1. 黄嫣梨:全首意境幽冷雅洁,令人悱恻。(《朱淑真研究》,上海三联书店 1992 年,第 162 页)

2. 张显成:此词为咏梨花之作。作者将梨花放在人物的生活、活动中加以描写,把惜春相思与咏花结合起来,托物言情,寄言遥深。(《李清照朱淑真诗词合注》,巴蜀书社 1999 年,第 306 页)

3. 王新霞、乔雅俊:此词为咏梨花之作,在咏梨花的同时,也寄寓了自己孤寂飘零、青春逝去的忧愁。(《漱玉词断肠词》,浙江教育出版社 2007年,第 97 页)

阿那曲^①

春宵

梦回酒醒春愁怵^②,宝鸭烟销香未歇^③。薄衾无奈五更寒^④,杜鹃叫落西楼月^⑤。

【题解】

这首作品的争议在于究竟是诗还是词。

任德魁《朱淑真〈断肠词〉版本考述与作品辨伪》认为,此词本见于《断肠诗集》卷三,题为《春宵》,且《阿那曲》是唐代七言歌诗的曲调,宋人从无填者,因而《全宋词》以其是诗非词而列为存目完全合理。考清人沈雄《古今词话·词辨》,称"唐人为《阿那曲》,宋人为《鸡叫子》,仄韵绝句"。清万树《词律》认为,《阿那曲》"即仄韵七言绝句,平仄不拘。又按此调《词谱》未收,疑即《纥那曲》之转音,《纥那曲》本五言七言绝句也"。大致可知清人即已认为《阿那曲》是从唐代入乐府的绝句体词牌。

《断肠诗集》由宋人魏仲恭编定于宋,明末卓人月《古今词统》始将此首列为词作,可见其中有体裁认知的变化。既然明清以下约定俗成,《阿那曲》以绝句之体承载了词格,那么不妨考察一下唐代以下的部分《阿那曲》《鸡叫子》作品。

世传唐杨太真《阿那曲》:

> 罗袖动香香不已,红蕖袅袅秋烟里。轻云岭上乍摇风,嫩柳池边初拂水。

唐代姚月华《阿那曲》二首:

> 与君形影分胡越,玉枕经年对离别。登台北望烟雨深,回身泣向寥天月。

> 银烛清尊久延伫,出门入门天欲曙。月落星稀竟不来,烟柳瞳昽鹊飞去。

宋代张耒《鸡叫子》:

> 平池碧玉秋波莹,绿云拥扇青摇柄。水宫仙子斗红妆,轻步凌波踏明镜。

清代李淑媛《鸡叫子·春烟》:

> 带雾连云轻冉冉,朦胧浮翠深还浅。若非淡扫柳梢头,定教浓抹桃花面。

清代梁德绳《阿那曲》:

> 风吹枯叶自相语,霜洗银蟾淡如许。梅花也惜锁窗寒,不放清香过窗去。

从同词牌作品看其共性,首先是女性作者较多,从世传首唱的杨太真,到收入《全唐诗》两首《阿那曲》的唐代才女姚月华,再到清代女诗人梁德绳、朝鲜人李淑媛;其次是从内容上来看,写女性生活内容或以女性特征喻物的较多,即使男子作品也时有代言意味;再次从格律上来看,诸篇作品都是仄韵绝句,首句即仄收,这些都为朱淑真《春宵》在明清重新被冠名为《阿那曲》提供了可能性。

从这篇作品的内容本身来看,显然也更偏向词风的旖旎香艳、愁绪无端。词中写闺中醉饮,醒来犹怕春愁撩人,香烟已尽而余味犹存,都是愁绪难以弃舍的意味。后半写彻夜难眠,第三句直接化用了李煜《浪淘沙》"罗衾不耐五更寒",末句则见个人特色。因为睡不着,所以对外面的声音极为敏感,眼看时间流逝,听得窗外鸟叫,鸟儿啼叫多是将要天明之际,一夜未能成眠,不说漫漫长夜难捱,只怨杜鹃叫落了月亮,算得无理而妙。杜鹃的啼声一向是悲苦的象征,也是词人心境自况。这种缠绵不尽的幽怨,比较具有词的风格。这大约也是明清以来人们将《春宵》诗改头换面置于词中的内在原因。

【校注】

①阿那:即婀娜。此据《古今词统》卷一补。原作诗题《春宵》,见《断肠诗集》卷三。唐圭璋《全宋词》列入存目词,并附录词集后。

②梦回酒醒,本晏几道《临江仙》:"梦后楼台高锁,酒醒帘幕低垂。"

③宝鸭:即鸭形香炉。宋洪刍《香谱》云:"香兽,以涂金为狻猊、麒麟、凫鸭之状,空中以燃香,使烟自口出,以为玩好。"唐孙鲂《夜坐》:"划多灰杂苍虬迹,坐久烟消宝鸭香。"宋范成大《减字木兰花》:"宝鸭金寒,香满围屏宛转山。"明王錂《春芜记·邂逅》:"宝鸭香消帘半卷,梦初醒。天气好,花事又凋零。"

④"薄衾"句,化用李煜《浪淘沙》"罗衾不耐五更寒"句。

⑤"杜鹃"句,宋郑元佐注:"古《最高楼》词'子规叫断黄昏月'。"是词化用此句。西楼,泛称楼台。宋欧阳修《玉楼春》:"大家金盏倒垂莲,一任西楼低晓月。"

【汇评】

1.(明)卓人月、徐士俊:坡词"角声吹落梅花月",不期而合。(《古今词统》,《明词话全编》,凤凰出版社 2012 年,第 4265 页)

2.(清)沈雄:《古今词谱》曰:唐人为《阿那曲》,宋人为《鸡叫子》,仄韵绝句。唐女郎姚月华歌二曲,即"手拂银瓶秋水冷""烟柳瞳昽鹊飞去"也。其夫北游,有感于诗而归⋯⋯朱淑真曾为《阿那曲》云:"梦回酒醒春愁怯。宝鸭烟销香未歇。薄衾无奈五更寒,杜鹃叫落西楼月。"时有作《西楼月》调者,宋人有《双调鸡叫子》。(《古今词话·词辨》上卷"阿那曲",《词话丛编》,中华书局 2005 年,第 892 页。)

3. 黄嫣梨：淑真词亦有独特的个人用语，例如《阿那曲》最后的一句"杜鹃叫落西楼月"的"叫落"二字，绘形绘声，转用二字为及物动词，虽然来源于晏几道词"舞低杨柳楼心月，歌尽桃花扇底风"（《鹧鸪天》）的"舞低""歌尽"二语，但未曾抄袭，且自铸伟词，将杜鹃整夜的哀鸣与凄清的月夜勾划一起，词练意深，写法十分传神。（《朱淑真研究》，上海三联书店1992年，第149页）

4. 张显成：此词写独处闺中的女子彻夜难眠的春愁。全词以"梦回"为结穴，通首全写梦回后的情景，梦中多少事，不着一字，只留下令人心怯的春愁的梦影残痕。（《李清照朱淑真诗词合注》，巴蜀书社1999年，第308页）

5. 王新霞、乔雅俊：此词写独处闺中的女子彻夜难眠时无法消除的春愁。（《漱玉词断肠词》，浙江教育出版社2007年，第99页）

【考辨】

任德魁：此词本见于《断肠诗集》卷三，题为《春宵》。明末卓人月《古今词统》始将之列为词作，调《阿那曲》。况周颐校补汲古阁未刻本《断肠词》据《古今词统》辑入。张璋、黄畲校注本亦收之。我们对于词调的辨析要立足于历史的考察，如果宋人都不以之为词，晚在明末的卓氏又将何以为据而归作词调呢？更何况《阿那曲》是唐代七言歌诗的曲调，宋人从无填者。因而《全宋词》以其是诗非词而列为存目完全合理。（《朱淑真〈断肠词〉版本考述与作品辨伪》，《文学遗产》1998年第1期）

卷二

浣溪沙

春夜①

玉体金钗一样娇②,背灯初解绣裙腰,衾寒枕冷夜香销③。
深院重关春寂寂④,落花和雨夜迢迢⑤,恨情和梦更无聊。

【题解】

这是一篇作者有争议的作品,曾经出现在唐人韩偓的集中。

词题春夜,写女主人公寂寥的春夜情绪。上阕从近处写起。一个人的夜晚,玉体娇懒,背着灯解开绣罗裙,本以为是欢愉的夜晚,实则独自休息,衾寒枕冷。玉体和金钗,都是以部分代指整体。第二句有欲抑先扬之意,然略见情色,不够含蓄。

下阕写春深梦遥,寂寞春庭,落花和雨,长夜漫漫,营造了空间的美感。写幽深,不仅落笔即是"深院",其下又道"重关",极写其深杳。写春寂,用落花和雨声以动写静,更添其静。既深杳且寂静的夜晚,何况独自一人?夜香销尽,可知夜漏已深。恨情和梦,从不能成眠到入梦,恨情终是不能消却,而且更见无聊,则平日之无聊可见。

这首小词由近及远,寂寂者不关春夜,实关春情。其中比较副词"一样""更",作为勾勒字有效地推动了情感的递进。总体风格上确实和唐五代香艳词风接近,尤以上阕为甚。

【校注】

①此词又见唐韩偓集,文字稍异。详见"考辨"。

②玉体:指女子身体。玉体金钗,均是以部分代指整体。三国魏曹植《美女篇》:"明珠交玉体,珊瑚间木难。"宋刘过《沁园春·美人指甲》:"算恩情相着,搔便玉体,归期暗数,画遍阑干。"清赵翼《白桃花和既堂》:"虢国蛾眉晨淡扫,小怜玉体夜横陈。""玉体",《古今图书集成·闺媛编》卷二十作

"卸下"。

③衾：被子。《说文解字》："衾，大被。从衣，今声。"段玉裁注："寝衣为小被，则衾是大被。"夜香：夜间烧的香。元王实甫《西厢记》第一本第四折："老夫人闲春院，崔莺莺烧夜香。"

④重关：层层的屋门。唐李嘉祐《送陆士伦宰义兴》："知君日清净，无事掩重关。"寂寂：寂静无声貌。宋王安石《浣溪沙》："小院回廊春寂寂，山桃溪杏两三栽。"三国魏曹植《释愁文》："愁之为物，惟恍惟惚。不召自来。推之弗往，寻之不知其际，握之不盈一掌。寂寂长夜，或群或党，去来无方，乱我精爽。"唐王维《寒食汜上作》："落花寂寂啼山鸟，杨柳青青渡水人。"宋叶适《叶君宗儒墓志铭》："亭院深芜，竟日寂寂。""重"，《古今图书集成》作"不"。

⑤迢迢：时间久长貌。唐戴叔伦《雨》："历历愁心乱，迢迢独夜长。"

【和词】

浣溪沙　春怨

风暖雕梁燕语娇，不堪憔悴削春腰，射媒慵爇觉香消。　　宿雨闭门人悄悄，寒灯入夜恨迢迢，思君不见倍无聊。（明戴冠《和朱淑真〈断肠词〉》，《全明词》）

【考辨】

任德魁：此词冀、张两校本均称又见于《香奁集》，作韩偓词。《全宋词》亦因此而将之列为存目。施蛰存先生《读韩偓词札记》云：韩偓《浣溪沙》二首见于《尊前集》，又《花庵绝妙词选》。汲古阁本《香奁集》亦有，调下注云'曲子'，而涵芬楼影印旧钞本则无。此二首当为韩偓作无可疑。然不当在《香奁集》中，盖毛晋所辑入者，非旧本原有也。"（《中华文史论丛》1979年第4辑）所言极是。所以本词的真正出处是《尊前集》，而非《香奁集》。检《尊前集》，其词为：

拢鬓新收玉步摇，背灯初解绣裙腰，枕寒衾冷异香焦。　　深院不关春寂寂，落花和雨夜迢迢，恨情残醉却无聊。

分明是一个贵族妇女怨抑无聊、孤独感伤的场景，其中的"玉步摇""异香焦"与"残醉"透露着富贵繁华中的苦闷。而《断肠词》各本几乎均为：

玉体金钗一样娇,背灯初解绣裙腰,衾寒枕冷夜香销。 深院
重关春寂寂,落花和雨夜迢迢,恨情和梦更无聊。

如果细心体味,也许会发现前后二词或者并不是很相同。而且此二词
同见于《花草粹编》,该书以词调字数为次,韩词见于《浣溪沙》调的第二阕,
朱词则为此调末起第三阕,相隔并不太远。虽然我们不能断定编者是否有
意两存之,但无论是陈氏失审误收还是有意两存,都至少说明了二者命意、
词境上有所不同。从《断肠诗集》郑元佐注可以看出,朱淑真尤擅化用前人
诗句,有时甚至是整句的挪用。如《暮春三首》"燕子楼台人寂寂"句下郑注
云"唐白居易诗全句";《海棠》诗"胭脂为脸玉为肌"注云"东坡诗全句";《新
冬》诗"日一北而万物生"注云《太玄经》全句";《得家嫂书》诗"非干病酒与
悲秋"注云"《凤凰台上忆吹箫》词:非干病酒,不是悲秋"。其他郑元佐未出
注的如《春归》诗"片片飞花弄晚晖,杜鹃啼血唤春归"联融入秦观《八六子》
词"那堪片片飞花弄晚"句和北宋王令《送春》诗"子规夜半犹啼血,不信东
风唤不回"句意;《湖上小集》"门前春水碧于天"直用五代词人韦庄《菩萨
蛮》"春水碧于天"句,等等,不胜枚举。一如李清照引《世说新语》中"清露
晨流,新桐初引"句入《念奴娇》"萧条庭院"词且浑融无间,宛若己出,这些
句子一经朱淑真化入作品,便别具韵味,别开生面,成为诗歌意境中的有机
组成。因而,笔者以为,朱淑真"借他人酒杯,浇自己块垒",对自己喜爱的
作品稍加点窜,并不是不可想象的。当然这只是个人看法,在没有力证之
前只能归于揣测,仅供参考而已。(《朱淑真〈断肠词〉版本考述与作品辨
伪》,《文学遗产》1998 年第 1 期)

柳梢青

咏梅①三首

其一

玉骨冰肌②，为谁偏好，特地相宜③。一味风流④，广平休赋，和靖无诗⑤。　　倚窗睡起春迟，困无力、菱花笑窥⑥。嚼蕊吹香，眉心点处，鬓畔簪时⑦。

【题解】

《柳梢青·咏梅》三首，现代学术研究基本论定是南北宋之交画家杨无咎（1097－1171）的题画词，其可能混淆的原因参看第三首末任德魁《朱淑真〈断肠词〉版本考述与作品辨伪》考辨。这三首作品既有宋末元初周密、陈允平的题画唱酬，亦有明人戴冠为朱淑真所作和词，可知至少在明代就已被广泛认为是朱淑真作品。这一组《柳梢青》引起的两次异时唱和，因为唱和对象的认知、题写对象的物质状态不同，在发现其异文缘起的同时，亦可兼及题画词作范例、异时唱和心理等多元问题的探讨。**首先通过考察作品流传中的异文，来窥知版本传写和文本接受中的现象。**

	朱淑真词	杨无咎词	异同
其一	玉骨冰肌，为谁偏好，特地相宜。一味风流，广平休赋，和靖无诗。　　倚窗睡起春迟，困无力、菱花笑窥。嚼蕊吹香，眉心点处，鬓畔簪时。	玉骨冰肌，为谁偏好，特地相宜。一段风流，广平休赋，和靖无诗。　　绮窗睡起春迟，困无力、菱花笑窥。嚼蕊吹香，眉心贴处，鬓畔簪时。	"倚窗"与"绮窗" "眉心点处"与"眉心贴处"

	朱淑真词	杨无咎词	异同
其二	冻合疏篱，半飘残雪，斜卧枝低。可便相宜，烟藏修竹，月在寒溪。　亭亭伫立移时，拚瘦损、无妨为伊。谁赋才情，画成幽思，写入新词。	茅舍疏篱，半飘残雪，斜卧低枝。可更相宜，烟笼修竹，月在寒溪。　亭亭伫立移时，判瘦损、无妨为伊。谁赋才情，画成幽思，写入新诗。	"冻合疏篱"与"茅舍疏篱" "可便相宜"与"可更相宜" "烟藏修竹"与"烟笼修竹" "拚"与"判" "新词"与"新诗" "亭亭"，文津阁四库本作"宁宁"
其三	雪舞霜飞，隔帘疏影，微见横枝。不道寒香，解随羌管，吹到屏帏。　个中风味谁知，睡乍起、乌云甚欹。嚼蕊妆英，浅颦轻笑，酒半醒时。	月堕霜飞，隔窗疏瘦，微见横枝。不道寒香，解随羌管，吹到屏帏。　个中风味谁知，睡乍起、乌云任欹。嚼蕊挼英，浅颦轻笑，酒半醒时。	"雪舞霜飞"与"月堕霜飞" "隔帘疏影"与"隔窗疏瘦" "乌云甚欹"与"乌云任欹" "嚼蕊妆英"与"嚼蕊挼英" "解随"，文津阁四库本作"解谁"

　　杨无咎《柳梢青》三首虽然不知何时进入《断肠词》，但相较冀勤以汲古阁本为底本收录的朱淑真三首同名作品，可以明显地发现版本上的文字差别，抛开作者，基本体现了版本流传过程中可能出现的问题和讹误。

　　第一首的"点"与"贴"，词意皆可，并无损伤。主要是平仄问题。此字大多为平声，"贴"应为后来为符合格律而修改。明人刊书，喜作修改。"倚窗""绮窗"，当为形近之误，意皆可通。一动词，一形容词。"倚窗"下接"睡起"，动作一气呵成。"绮窗"下应"春迟"，更见闺房春色。

　　第二首最大的异文在于起首四字"冻合疏篱"与"茅舍疏篱"，并形成了意境上的不同侧重。前者焦点在于寒冷，与其下"飘雪"相互呼应。后者重在表现清雅，突出幽隐的环境，当是刻意改动，高下判断实据个人喜好或有不同。"可便相宜"与"可更相宜"的便、更之别，在于偏旁脱衍，无碍词意。"烟藏修竹"与"烟笼修竹"的藏、笼之别,在于前者是烟与竹,俱为部分,后者由于一"笼"字,而得以合成一个整体。"亭亭"与"宁宁"意态差别较大,是刻意修改还是形近之误,未能确认。前者可以理解为梅的姿态,后者可视作画者专注看梅的情状。从上片写景、下片画梅的内容衔接来看,"宁宁"为胜。"判"当为"拚",是传写中的音近相误。"新词"与"新诗",在《佩文诗韵》中"诗""词"均为四支韵部,参看周密、陈允平和词,周密尾句"今古无诗",陈允平尾句"一二联诗",可知"词"乃后人为确指其体而做的修改。

第三首的出入差别主要在用字考量上。首四字"雪舞霜飞"与"月堕霜飞"之别,可以看到延续了第二首"冻合疏篱"与"茅舍疏篱"的修改意图,即从寒冷意象转向风雅意象,将"雪舞"改为"月堕",动感状态未变,但阴晴全改,亦更符合清空意韵的文人审美。但从题画词本身考虑,雪作为具体物象,或是原本出现在词中的原因。参考周密和词中的"雪初晴后,月未残时",陈允平和词中的"风前疏树,雪后残枝",都可以佐证雪梅应是图画所见,"雪舞"当为原文。其余"隔帘疏影"与"隔窗疏瘦","瘦"字或为形似之误,或为刻意改之。"瘦"字更"影"之形状,且合乎文人于梅枝瘦硬的玩赏态度,取境益见生动。"乌云甚欹"与"乌云任欹"的"甚""任",当为音近之误,意思上都还可以说通;"嚼蕊妆英"与"嚼蕊挼英","妆"字取梅花妆之典,"挼"则取咀嚼、搓揉之聊赖动作,二者或是形近之误,但皆可说通。

除了在版本流传中比较习见的音近、形近造成的错字,更需要注意的是人为的着意修改,即如第二首、第三首中"茅舍""月堕"对"冻合""雪舞"的改造,体现了原作从题画词到文人词,在接受过程中从画面感到情境感的改动意图,也令人发现一字之改往往对诗词境界起到重大调整作用。

其次从题画词的异时唱和,窥知题画唱和的基本范式。

杨无咎自号逃禅老人,尤擅墨梅。有近 21 首《柳梢青》作品,约 13 首写梅。《柳梢青》词下,有其《四梅图》小序一篇云:"范端伯要予画梅四枝:一未开、一欲开、一盛开、一将残,仍各赋词一首。画可信笔,词难命意,却之不从,勉徇其请。予旧有《柳梢青》十首,亦因梅所作,今再用此声调,盖近时喜唱此曲故也。端伯奕世勋臣之家,了无膏粱气味,而胸次洒落,笔端敏捷,观其好尚如许,不问可知其人也。要须亦作四篇,共夸此画,庶几衰朽之人,托以俱不泯耳。乾道元年七夕前一日癸丑,丁丑人扬无咎补之书于豫章武宁僧舍。"[1](以上四首见《铁网珊瑚画品》卷一扬补之《四梅卷》)可知杨无咎画梅、咏题梅图的心得与寄寓。

宋末陈允平和周密因机缘得见杨无咎《双清图》,遂在卷下各题和词四首,其中两首原作与朱词所收重合,遂以此为例,探讨异时题画唱和的相关问题:一是作画者与赏画者的不同视角,二是创作中的艺术共鸣与个性展现。

原词二[2]:

> 茅舍疏篱,半飘残雪,斜卧低枝。可更相宜,烟笼修竹,月在寒溪。
> 亭亭(宁宁)伫立移时,挤瘦损、无妨为伊。谁赋才情,画成幽思,写入新诗。

和词:

> 映水穿篱,新霜微月,小蕊疏枝。几许风流,一声龙竹,半幅鹅溪。
> 江头怅望多时,欲待折、相思寄伊。真色真香,丹青难写,今古无诗。(周密)

> 菊谢东篱,问梅开未,先问南枝。两蕊三花,松边傍石,竹外临溪。
> 尊前暗忆年时,算笛里、关情是伊。何逊风流,林逋标致,一二联诗。(陈允平)

原作上片写景,陪衬梅花的意象有疏篱、残雪、修竹、冷月、寒溪,都具有冷清风雅的特点,更见梅之幽约。下片应题画意旨,写画家专注观察、尽力摹画、画成赋诗的过程。上片是画家眼中所见或者想象,下片则是书画创作的历程。原画及题画词作于南宋初年,周密、陈允平步韵已是南宋末年癸酉冬,即咸淳九年(1273),离杨无咎去世已经百年。在跨越了一个世

---

〔1〕 唐圭璋编纂:《全宋词》第 2 册,北京:中华书局 1999 年,第 1564 页。

〔2〕 周密、陈允平和词原作取杨无咎词文字,戴冠和词原作取朱淑真词文字。

纪的时间后,两位宋季文人唱和了杨无咎的《双清图》。除了完全步韵,尽量纳入原作的意象外,和原作不尽相同的地方在于,和作作者是图画的欣赏者,所以上片即使依然写景,也是画图中所见之景;下片同样写人,却是想象中的画家活动及其与梅花的关系,而这中间,画图便是跨越时间实现艺术共鸣的媒介。

两首和作的上片基本都书写了原作中梅花的陪衬意象,有的更加生动,甚至进行了拓展。即如周密的"映水穿篱",将溪水与篱相结合,使得静中有动。陈允平的"菊谢东篱","菊"是原画及词中没有出现的意象,但因诸篇都提到了"篱",可知画面上确实有篱存在,那么陶渊明深入人心的"采菊东篱下"自然联想而出,何况以菊花谢于东篱之下,引出秋冬季节的时序转换,以及呼应梅花及人物的品质高洁,都是顺理成章的。"问梅开未,先问南枝",也颇见生活气息。下片是对原作的诠释与评价,周词主要诠释画家创作的投入与寄情,陈词则借何逊、林逋等典故,对画家的标格进行揄扬。

原词三:

月堕霜飞,隔帘疏瘦,微见横枝。不道寒香,解随(谁)羌管,吹到屏帏。   个中风味谁知,睡乍起、乌云任欹。嚼蕊接英,浅颦轻笑,酒半醒时。

和作:

夜鹤惊飞,香浮翠藓,玉点冰枝。古意高风,幽人空谷,静女深帏。芳心自有天知,任醉舞、花边帽欹。最爱孤山,雪初晴后,月未残时。(周密)

片片花飞,风前疏树,雪后残枝。划地多情,带将明月,来伴书帏。岁寒心事谁知,向篱落、微斜半欹。添得闲愁,酒将阑处,吟未成时。(陈允平)

第二首原作主要以梅引起闺怨。上片由屋外雪飞梅开,写到屋帷之内,是由外及内。下片则着笔闺中情事,由现在略及前事。上片霜雪见出天寒,隔帘所以说是"微见",绰约见到梅花的枝影。本来没有心情卷帘关注窗外的风景,而香气和着笛声不经意地透帘而来,香气与声音的穿透力这种生活经验,被生动地写入作品。羌笛幽怨更添闺中居者心事,是以直接引发下片"个中风味谁知"的强烈感受。继而写睡起慵懒,颇见闲适,嚼梅蕊,挼梅花,犹自聊赖,不意最后一句"酒半醒时"陡然反转,道出前夜愁苦,和上片垂帘之举相互呼应。

和作二首也是在此情绪基调上以梅写人。周密词作首句"夜鹤惊飞",既是以动写静,也是用"梅妻鹤子"之典,下片续力,以孤山与林逋的梅鹤相映衬,并用《诗经·静女》之典,暗示"爱而不见"的忧愁,给平白如话的原词赋予更多的意蕴。原词结语"酒半醒时"再不多说,是敦厚之处;周词"雪初晴后,月未残时"则指出温暖寄望的向上一路。陈允平和词下片看似重复原作,转到末句忽然笔锋一转,所谓"酒将阑处,吟未成时",补足原词中略过的"酒半醒时"情境,可谓各出机杼。

通过对两组题画词原作与和作的简单分析,可以看到和作对于原作精神内核的尊重和延续,同时在艺术创作手法与空间想象中尽力展现的个人魅力。附录另外二组未入《断肠词》的作品以为参考:

柳梢青

雪艳烟痕,又要春色,来到芳尊。却忆年时,月移清影,人立黄昏。
一番幽思谁论,但永夜、空迷梦魂。绕遍江南,缭墙深苑,水郭山村。(杨无咎)

和作:

约略春痕,吹香新句,照影清尊。洗尽时妆,效颦西子,不负东昏。
金沙旧事休论,尽消得、东风返魂。一段清真,风前孤驿,雪后前村。(周密)

藓迹苔痕,香浮砚席,影蘸吟尊。雪正商量,同云淡淡,微月昏昏。
孤山往事谁论,但招得、逋仙断魂。客里相逢,数枝驿路,千树江村。(陈允平)

柳梢青

傲雪凌霜,平欺寒力,挽借春光。步绕西湖,兴余东阁,可奈诗肠。
娟娟月转回廊,悄无处、安排暗香。一夜相思,几枝疏影,落在寒窗。(杨无咎)

89

和作：

> 万雪千霜，禁持不过，玉雪生光。水部情多，杜郎老去，空恼愁肠。
> 天寒野屿空廓，静倚竹、无人自香。一笑相逢，江南江北，竹屋山
> 窗。（周密）

> 沁月凝霜，精神好处，曾悟花光。带雪煎茶，和冰酿酒，聊润枯肠。
> 看花小立疏廓，道是雪、如何恁香。几度巡檐，一枝清瘦，疑在蓬
> 窗。（陈允平）

**再次，以戴冠和词作比照，考察基于唱和对象的认知、题写对象的物质
状态不同，给词作带来的不同特征。**

周密、陈允平的题画唱和对象，是杨无咎及其画作《双清图》，有真切
的画家和具象的画作，是以唱和词中能够充分贯彻原作中的精神，呼应
画作中的风物。明人戴冠在和朱淑真词中，有《跋〈菩萨蛮〉梅》言及创作
缘起：

> 始予得朱淑真《断肠词》于钱唐处士陈逸山，阅之，喜其清丽，哀而
> 不伤。癸亥岁除之夕，因乘兴，遍和之，且系以诗，盖欲益白朱氏之心，
> 非与之较工拙也。已而携之游都下，以呈大复先生，间有一二字为所
> 许者，比来渐觉玩物丧志，欲遂弃之，窃叹当时好事，故不忍焉。况历
> 今寒暑几易，而所就莫加于前，抑又何也？乃题而藏之篋底，以惩旷
> 废。或者他日苟有所进，亦得以正其谬盖云耳。弘治乙丑九月望后三
> 日题。[1]

则知戴冠唱和的初心在于"欲益白朱氏之心"，"益白"的结果便是将原作中
相对幽约中性的情感，在和作中放大情绪的层面，明言无绪的根由。《柳梢
青•咏梅》此时已失去了题画作品的原本标签，乱入《断肠词》，以纯粹咏梅
的意味出现。在减少了唱和题咏束缚的同时，亦流失了对于创作赏鉴、画
师心灵共鸣的多元层次，而仅限于咏物。然而咏物的同时，又因为视为朱
淑真的作品，而在唱和中自然而然将闺中之人纳入吟咏，这样一减并一增，

---

〔1〕 明戴冠：《邃谷词》，《明词话全编•戴冠词话》，南京：凤凰出版社 2012
年，第 1298—1299 页。

所触及的吟咏范畴与书写对象,呈现出男性视角下的女性心理和闺中意态。从画家与画家的鉴赏之美,到男性视野下对女性词人生活情境的揣摩,异时空下的同题唱和其对象和风格已然相去甚远。细看戴冠和词《柳梢青·梅》三首:

原作一:

玉骨冰肌,为谁偏好,特地相宜。一味风流,广平休赋,和靖无诗。

倚窗睡起春迟,困无力、菱花笑窥。嚼蕊吹香,眉心点处,鬓畔簪时。

和词:

谁识芳肌,西湖桥畔,雪夜偏宜。疏影横斜,暗香浮动,尚忆林诗。

相逢莫恨迟迟,有多少、凡花未窥。纸帐低垂,纱窗半掩,人未眠时。

原作二:

冻合疏篱,半飘残雪,斜卧枝低。可便相宜,烟藏修竹,月在寒溪。

亭亭伫立移时,挤瘦损、无妨为伊。谁赋才情,画成幽思,写入新词(诗)。

和词:

傍竹依篱,风吹影乱,雪压枝低。寂寞黄昏,香飘绣户,蕊散冰溪。

孤标莫怨非时,向腊里、传春是伊。记得当年,广平作赋,何逊题诗。

原作三:

雪舞霜飞,隔帘疏影,微见横枝。不道寒香,解随羌管,吹到屏帏。

个中风味谁知,睡乍起、乌云甚欹。嚼蕊妆英,浅颦轻笑,酒半醒时。

和词:

雾锁烟飞,春归庾岭,先到南枝。冷落冰魂,月生沧海,人在香帏。

含真我与君知,更不问、枝斜影敧。携手窗前,相看今夜,却忆当时。

第一首原作主要是以女子映衬梅花,通过其来使用与梅花相关的典

91

故。而可嚼梅香、可化梅妆、可簪梅花等小动作，使得梅花与女子的活色生香相得益彰。在这些动作之间，呈现的是一种雅淡闲致的生活，并没有情绪的波折。但戴冠和作则有意识地放大了情绪的暗示，和盘托出其生活起居之所，用"纸帐低垂，纱窗半掩，人未眠时"描摹欲说还休、终究有些愁怨的闺中情态。

第二首原作下阕提及"谁赋才情，画成幽思，写入新词（诗）"，和作"记得当年，广平作赋，何逊题诗"即作应答，宋璟曾作梅花赋，何逊曾咏早梅诗。回答之外，戴冠和词仍然着意于突出作者的情绪状态，即如"寂寞黄昏，香飘绣户"，既写梅花之香，亦从"香飘绣户"捎带女词人的个中情绪，以气味作为衔接的纽带，突出梅花与女词人共同的孤寂感。

第三首原作中的女性描写最为丰富，从上阕"吹到屏帏"引起下阕女子醒后一系列举动，描绘出的是半醉半醒之间的慵懒、闲散。戴冠的和作旨在寻求原作中女子醉酒的深衷，上阕以"人在香帏"四字，不仅与"吹到屏帏"相合衬，同样借此代言引起下阕女子闺中的情绪表达。原来是因情人远去，念及曾经欢好，今夜不免独自感伤。戴冠和词遂以个人想象中的女子寂寞，道出原作中"酒半醒"的原委。

从幽约到浓墨的闺中意态，从慵懒无绪到欲求之实，戴冠和作难免陷入传统士大夫想象中愁思多情的女性形象的代言窠臼。因为已经失去了题画的原意，和作中自然不再有表达画中风物的意愿。从点染虚实相生的画中情境，到落实于闺阁之中的体认，作为对象更迭的异时空唱和已将女性作为书写重点。与此同时，原属题画词唱和的周密、陈允平和作，其基于艺术鉴赏的共鸣特征，至此转而更多具有了男性视角下对女性情感的共情特征。

最后，再辨《柳梢青·咏梅》三首词被冠以朱淑真之名的内在原因。

按照任德魁的解释："朱淑真生当其时且工于书画，见到'江西墨梅'且由此得到其词的可能性不言自明。而扬词又实在写得清新工丽，与朱淑真风格相仿佛，无怪乎后人未能将之从朱集中剔去。至于朱淑真当时或手自书之，吟赏把玩，或学画江西墨梅，偶题其词于纸上，均不可想见矣。"朱淑真亦善画梅，她将杨词写到自己的画卷上，从而引起这桩署名公案，有一定的偶然性,姑且不论。至于杨词"清新工丽,与朱淑真风格相仿佛,无怪乎后人未能将之从朱集中剔去"或可略及一二。

其实混淆于朱词的三首作品,共通的地方在于咏梅的同时都有女性形象的显著描写。第二首作为杨词认定的时候,下片视点可以理解为题画者;置于朱词,亦可作为闺中女子,在情境上并不违和。就总体形象而言,词中女性虽有闲愁,但均无恩怨痴缠,不失少女情怀。出以慵懒形象如"睡起春迟""乌云甚欹",语浅情深如"亭亭伫立移时""个中风味谁知""酒半醒时",情境真切如"嚼蕊吹香""嚼蕊妆英,浅颦轻笑"。这些共性特征或是《柳梢青》三首混入朱淑真集且至今未能剔去的原因。有其偶然性,也有其必然性。

杨无咎其余《柳梢青》相关咏梅词附录其下,以备参考。

柳梢青四首

渐近青春,试寻红璎,经年疏隔。小立风前,恍然初见,情如相识。
为伊只欲颠狂,犹自把、芳心爱惜。传与东君,乞怜愁寂,不须要勒。

嫩蕊商量,无穷幽思,如对新妆。粉面微红,檀唇羞启,忍笑含香。
休将春色包藏,抵死地、教人断肠。莫待开残,却随明月,走上回廊。

粉墙斜搭,被伊勾引,不忘时霎。一夜幽香,恼人无寐,可堪开匣。
晓来起看芳丛,只怕里、危梢欲压。折向胆瓶,移归芸阁,休薰金鸭。

目断南枝,几回吟绕,长怨开迟。雨浥风欺,雪侵霜妒,却恨离披。
欲调商鼎如期,可奈向、骚人自悲。赖有毫端,幻成冰彩,长似芳时。

(以上四首见《铁网珊瑚画品》卷一扬补之《四梅卷》)

柳梢青

月转墙东，几枝寒影，一点香风。清不成眠，醉凭诗兴，起绕珍丛。

平生只个情钟，渐老矣、无愁可供。最是难忘，倚楼人在，横笛声中。

又

天付风流，相时宜称，著处清幽。雪月光中，烟溪影里，松竹梢头。

却憎吹笛高楼，一夜里、教人鬓秋。不道明朝，半随风远，半逐波浮。

又

屋角墙隅，占宽闲处，种两三株。月夕烟朝，影侵窗牖，香彻肌肤。

群芳欲比何如，瞭儒岂、膏粱共途。因事顺心，为花修史，须记中书。

又

水曲山傍，寒梢冷蕊，隐映修篁。细细吹香，疏疏沉影，恼断回肠。

为伊驻马横塘，漫立尽、烟村夕阳。空袅吟鞭，几多诗句，不入思量。

【校注】

①此首又作扬无咎词，见《逃禅词》"咏梅"。四印斋本、《花草粹编》卷四题作"梅"。

②玉骨冰肌，见孟昶《玉楼春》："冰肌玉骨清无汗。"宋毛滂《蔡天逸以诗寄梅诗至梅不至》："冰肌玉骨终安在，赖有清诗为写真。"

③特地：指特别，格外。宋赵长卿《朝中措》："客路如天杳杳，归心能地宁宁。"相宜：指合适。见宋陆游《梨花》："开向春残不恨迟，绿杨窣地最相宜。"

④一味，见宋陆游《次韵张季长正字梅花》："一味凄凉君勿叹，平生自不愿春知。"风流：指洒脱放逸，风雅潇洒。唐牟融《送友人》："衣冠重文物，诗酒足风流。"

⑤广平休赋，和靖无诗，是互文见义。即宋璟、林逋都不及吟诗作赋。

宋璟少以《梅花赋》知名,林逋以《山园小梅》"疏影横斜水清浅,暗香浮动月黄昏"闻名。

⑥菱花:指菱花镜,亦泛指镜子。唐李白《代美人愁镜》之二:"狂风吹却妾心断,玉箸并堕菱花前。"明唐寅《二郎神》曲:"整云鬟,对菱花,教人怕见愁颜。"清孔尚任《桃花扇·却奁》:"两个在那里交扣丁香,并照菱花,梳洗才完,穿戴未毕。"

⑦"簪",四印斋本注"别本误'插'"。

【汇评】

吴梅:如《菩萨蛮》之"湿云不渡"、《忆秦娥》之"弯弯曲"、《柳梢青》之"玉骨冰肌"、《蝶恋花》之"楼外垂杨",皆谐婉可诵。(《吴梅词曲论著四种·词学通论》,商务印书馆 2017 年,第 406 页)

【和词】

柳梢青　梅

谁识芳肌,西湖桥畔,雪夜偏宜。疏影横斜,暗香浮动,尚忆林诗。

相逢莫恨迟迟,有多少、凡花未窥。纸帐低垂,纱窗半掩,人未眠时。(明戴冠《和朱淑真〈断肠词〉》,《全明词》)

其二①

冻合疏篱②,半飘残雪,斜卧枝低③。可便相宜④,烟藏修竹,月在寒溪⑤。　　亭亭伫立移时⑥,拚瘦损、无妨为伊⑦。谁赋才情,画成幽思⑧,写入新词⑨。

【校注】

①此首又作扬无咎词,见《逃禅词》。

②冻合:指冰封。唐李益《盐州过胡儿饮马泉》:"从来冻合关山路,今日分流汉使前。"宋苏轼《雪诗》之一:"石泉冻合竹无风,夜色沉沉万境空。""冻合",《诗渊》册四作"茅舍"。

③"枝低",胡慕椿本作"枝低",别本作"低枝"。

④相宜:即合适。唐李白《待酒不至》:"春风与醉客,今日乃相宜。"宋陆游《梨花》:"开向春残不恨迟,绿杨窣地最相宜。"

⑤"月在寒溪",四印斋本作"月印寒池"。

⑥亭亭:直立的样子。唐温庭筠《夜宴谣》:"亭亭蜡泪香珠残,暗露晓风罗幕寒。""移",四印斋本注"别作'多'"。

⑦拚:豁出去,舍弃不顾惜。晏几道《鹧鸪天》:"彩袖殷勤捧玉钟,当年拚却醉颜红。"瘦损:消瘦。苏轼《红梅三首》之二:"细雨裛残千颗泪,轻寒瘦损一分肌。"为伊,取柳永《蝶恋花》中"衣带渐宽终不悔,为伊消得人憔悴"意。

⑧幽思:指郁结于心的思想感情。宋朱敦儒《卜算子》:"幽思有谁知,托契都难可。"宋司马光《和子骏秋意》:"彩笔动高兴,瑶徽发幽思。"

⑨"词",四印斋本注"别作'诗'"。

【汇评】

张显成:这是一首对梅花充满向往赞赏之情的咏梅之作。通篇表现出一种凄清幽思的情调和意境。……"可便相宜"以下三句:是说"半飘残雪,斜卧低枝"的梅树,同"烟笼修竹,月印寒池"的景色,正好相配,显得非常和谐。可,刚刚,正好。这三句描绘出烟波笼罩下的竹林及月光映照的寒溪的背景,构成一幅朦胧而和谐的月下梅竹图,同时又流露出一种衰飒凄凉的意味。(《李清照朱淑真诗词合注》,巴蜀书社1999年,第299页)

【和词】

柳梢青　梅

傍竹依篱,风吹影乱,雪压枝低。寂寞黄昏,香飘绣户,蕊散冰溪。

孤标莫怨非时,向腊里、传春是伊。记得当年,广平作赋,何逊题诗。(明戴冠《和朱淑真〈断肠词〉》,《全明词》)

其三^①

雪舞霜飞^②，隔帘疏影^③，微见横枝^④。不道寒香，解随羌管^⑤，吹到屏帏^⑥。　个中风味谁知^⑦，睡乍起、乌云甚欹^⑧。嚼蕊妆英^⑨，浅颦轻笑^⑩，酒半醒时。

【校注】

①此首又作扬无咎词，见《逃禅词》。

②"雪舞"，四印斋本注"别作'月坠'"，《诗渊》册四作"月堕"。

③"帘"，四印斋本注"别作'窗'"，《诗渊》作"窗"。"疏"，四印斋本作"花"，《诗词杂俎》本作"疏"。

④横枝，梅花的一种。夏承焘笺校："绿萼、横枝，皆梅别种。"宋朱敦儒《鹊桥仙》："横枝依约影如无，但风里，空香数点。"宋姜夔《卜算子·梅花八咏》："绿萼更横枝，多少梅花样。""微"，四印斋本注"别本误'彻'"。

⑤羌管：即羌笛。唐李商隐《和郑愚赠汝阳王孙家筝妓二十韵》："羌管促蛮柱，从醉吴宫耳。"唐温庭筠《题柳》："羌管一声何处曲，流莺百啭最高枝。"宋范仲淹《渔家傲》："羌管悠悠霜满地。"

⑥屏帏：具体指屏帐，泛指内室。前者如唐白居易《和杨师皋伤小姬英英》："玳瑁床空收枕席，琵琶弦断倚屏帏。"后者如南唐冯延巳《酒泉子》："屏帏深，更漏永，梦魂迷。"

⑦个中：其中。唐寒山《诗》之二五五："若得个中意，纵横处处通。"宋陆游《对酒》："个中妙趣谁堪语，最是初醺未醉时。"元杨景贤《刘行首》第四折："淡饭黄齑，才得个中味。"风味：事物特有的色彩和趣味。见宋惠洪《冷斋夜话》卷七："渊明千载人，子瞻百世士；出处固不同，风味亦相似。"

⑧乍起：即突然起来。唐元稹《酬乐天初冬早寒见寄》："乍起衣犹冷，微吟帽半欹。"南唐冯延巳《谒金门》："风乍起，吹皱一池春水。""甚"，四印斋本注"别作'任'"，《诗渊》作"任"。

⑨"妆",四印斋本注"别作'挼'",《诗渊》作"挼"。

⑩浅颦:微微皱眉,亦称轻颦。浅颦轻笑,俱指轻浅颦笑,互文见义。南唐李煜《长相思》:"云一緺,玉一梭,淡淡衫儿薄薄罗,轻颦双黛螺。"宋周邦彦《玉楼春》:"浅颦轻笑百般宜,试着春衫犹更好。"《剪灯新话·翠翠传》:"誓海盟山心已许,几番浅笑轻颦。"

【汇评】

张显成:此词写傲霜斗雪的梅花,见到其刚劲挺拔之姿。任风刀霜剑恣意摧残,寒梅依旧斗雪怒放,铁骨铮铮。(《李清照朱淑真诗词合注》,巴蜀书社 1999 年,第 299 页)

【和词】

柳梢青　梅

雾锁烟飞,春归庾岭,先到南枝。冷落冰魂,月生沧海,人在香帏。

含真我与君知,更不问、枝斜影欹。携手窗前,相看今夜,却忆当时。(明戴冠《和朱淑真〈断肠词〉》,《全明词》)

【考辨】

任德魁:这三首词又见于南北宋之交著名画家扬无咎的《逃禅词》,《全宋词》因此将之从朱淑真词中删去,置为存目。但历来无论是《断肠词》的任一版本,还是明代的选本《诗渊》、《花草粹编》,还是南宋晚期的类书《全芳备祖》,都归为朱淑真所作。《全宋词》注语甚略,今补证如下:这三首咏梅词其实是扬无咎的题画之作。翻开宋末词人周密的词集《蘋洲渔笛谱》卷二有这样一段话:"余生平爱梅,仅一再见逃禅真迹。癸酉冬,会疏清翁孤山下,出所藏《双清图》,奇悟入神,绝去笔墨畦径。卷尾补之自书《柳梢青》四词,辞语清丽,翰札遒劲,欣然有契于心。……因次其韵,载名于后。"他所次韵的扬词原作即"雪艳烟轻""傲雪凌霜""茅舍疏篱""月堕霜飞"(按:《断肠词》此词首句略异,作"雪舞霜飞"。然《诗渊》引朱淑真此词正作"月堕霜飞")四词。这四首词,与周密同时的词人陈允平也有和作(见其词集《日湖渔唱》)。扬无咎,字补之,清江人,自号逃禅老人。《四库提要·逃禅词》称其在秦桧时耻于依附,屡征不起,所画墨梅,历代宝重。又刘克庄的《题扬补之词画》云:"其墨梅擅天下,身后寸纸千金。所制梅词《柳梢青》十阕,不减花间、香奁及小晏、秦郎得意之作。词画既妙,而行书姿媚精绝,可与陈简斋相伯仲。顷见碑本,已堪宝玩,况真迹乎!"(《后村先生大全集》)刘克庄所说的梅词十阕,当即包括前面提到的四词。从宋人和作及记载来看,《断肠词》中的《柳梢青》三首应归于《逃禅词》,绝无可疑。但它们又是如何窜入朱集的呢?

　　由明杜琼《题朱淑真梅竹图》、明沈周《题朱淑真画竹》(参见冀勤本附录)等材料可知朱淑真工于书画。她的题为《代谢人见惠墨竹》的七言古诗,风神爽朗,笔健兴逸,洵为难得。更有《墨梅》诗云"若个龙眠手,能传处士诗。借他窗上影,写作雪中枝"("龙眠"指北宋著名画家李伯时,号龙眠居士。"处士诗"指北宋号为孤山处士的林逋所作的咏梅佳句"疏影横斜水清浅,暗香浮动月黄昏")之句。我们知道,墨梅从扬补之开始成为一时风尚,广为流传。扬补之在渡江之后,声价满江湖,其书迹亦曾刻石传世。朱淑真生当其时且工于书画,见到"江西墨梅"且由此得到其词的可能性不言自明。而扬词又实在写得清新工丽,与朱淑真风格相仿佛,无怪乎后人未能将之从朱集中剔去。至于朱淑真当时或手自书之,吟赏把玩;或学画江西墨梅,偶题其词于纸上,均不可想见矣。(《朱淑真〈断肠词〉版本考述与作品辨伪》,《文学遗产》1998年第1期)

生查子

元夕①

　　去年元夜时②,花市灯如昼③。月上柳梢头④,人约黄昏后。　　今年元夜时,月与灯依旧。不见去年人,泪湿春衫袖⑤。

【题解】

　　这首词的作者历来争议较大,有欧阳修、秦观、李清照、朱淑真等不同

说法,主要集中在欧阳修与朱淑真之间。从文献流传上来说,自宋代起多
种版本就将此词归于欧阳修名下,直至明代杨慎始将这首作品归于朱淑
真,并将朱淑真《元夕》诗与《生查子·元夕》词相比,论证其相似性。现将
各朝代收录及论证情况大致列表如下:

	欧阳修	朱淑真
宋	周必大编欧阳修《欧阳文忠公集》一百三十一卷	
	宋曾慥《乐府雅词》	
明	明陈耀文《花草粹编》	杨慎《词品》
		卓人月《古今词统》卷三
		毛晋《宋名家词》六十一种
		《情史》《西湖游览志馀》
清	《四库全书总目》卷百九十九:"此词今载欧阳修《庐陵集》第一百三十一卷中,不知何以窜入朱淑真集内,诬以桑濮之行。"	
	况周颐《蕙风词话》:"《生查子》词今载《庐陵集》,宋曾慥《乐府雅词》、明陈耀文《花草粹编》并作永叔。慥录欧词特慎,《雅词·序》云:'当时或作艳曲,谬为公词,今悉删除。'此阕适其选中,其为欧词明甚。"	
	陆以湉《冷庐杂识》王士禛《池北偶谈》	
当代	胡云翼、俞平伯、姚奠中	

由上表可知,除元方回《瀛奎律髓》卷十六引"月上柳梢头"句作李清照词外,宋代别集或选集收录均将此词归于欧阳修,二书编者周必大是南宋初年人,曾惜生活在南北宋之交。至明代杨慎始将此词归于朱淑真,之后影响甚大,除了《花草粹编》归于欧阳修,《续草堂诗馀》归于秦观,明代其他重要选本如《古今词统》《宋名家词》皆从其说。直至清代《四库全书总目》《蕙风词话》从文献角度论证作者是欧阳修而非朱淑真,陆以湉《冷庐杂识》、王士禛《池北偶谈》以及现当代学者胡云翼、俞平伯、姚奠中皆从其说。从文献角度而论,作者系欧阳修的确更为合理。值得注意的是,除文献先出以外,更多的论证动力仍在于为朱淑真辩诬的伦理价值观念,即反驳杨慎"词则佳矣,岂良人家妇所宜耶"的判断。

　　回到作品本身,可以从两个角度尝试比较,一是从作者的性别差异来考察作品的创作视角。这首小词用语极为平淡,深衷浅语,意境隽永,是它成为经典的原因。上片回忆去年元夜时的欢会,灯火通明,人约黄昏,柳前月下,情意缠绵。下片回到现在,依然元宵佳节,风景如旧,曾经花前月下的那个人已经不在身边,唯有泪洒衣襟。跳跃的时间线索,给不变的空间赋予完整的故事情节。这首词的对比手法运用得很突出:今与昔,是喜与忧的对比;月灯依旧与人事已变,是永恒与刹那的对比;花市与人,是热闹与清冷的对比。在这三重对比之下,足以逼出泪湿春衫的无以为情。很多评论会将其词中所体现出来的今昔怅然之感,与崔护的《题都城南庄》"去年今日此门中,人面桃花相映红。人面不知何处去,桃花依旧笑春风"相比,其物是人非之感,确有异曲同工之妙。

　　可以想见,如果是欧阳修的代言体,读者所能体会到的是文学创作手法的灵活与笔触的细腻生动。如果是朱淑真所作,那么读者会感同身受于她的忧伤,也许正是文学接受过程中,出于读者对作品实现共鸣的愿望和期待,成就了朱淑真于这首小词的著作权。

　　二是通过《生查子·元夕》词与《元夕》诗的比较,考察杨慎推论的合理性。杨慎《词品》云:"朱淑真《元夕·生查子》云:'去年元夜时,花市灯如昼。月上柳梢头,人约黄昏后。今年元夜时,月与灯依旧。不见去年人,泪湿春衫袖。'词则佳矣,岂良人家妇所宜邪?又其《元夕》诗云:'火树银花触目红,极天歌吹暖春风。新欢入手愁忙里,旧事经心忆梦中。但愿暂成人缱绻,不妨长任月朦胧。赏灯那得工夫醉,未必明年此会同。'与其词意相合,则其行可知矣。"

这首诗写元夕之夜与情人相会的情景,并且因为回忆起过去的欢情短暂,从而表露出及时行乐的强烈意愿。第一联极力渲染元宵佳节的热闹情景,第二联写与新欢相会,依稀记得旧情似梦。由此推出第三、四联的感情决断,只求这一刻的缱绻尽兴,无暇赏灯游逛,唯恐此情明年不再。月色朦胧下,当然是极尽亲密的举止。所以这首诗奔放果敢,决不循规蹈矩,与《生查子》词中的含蓄幽约以及苦苦守候的观念主张均是背道而驰。从这一点上来说,并不能同意杨慎"与其词意相合,则其行可知矣"的看法。当然,如果将之理解为对《生查子》后续的补白,倒也不失为具有延续性的想象。更大的可能,《元夕》诗是惯于学习欧阳修作品的朱淑真对《生查子》一词的化用借鉴与个性化演绎。

【校注】

①方回《瀛奎律髓》卷十六引"月上柳梢头"句作李清照词,曾慥《乐府雅词》、陈耀文《花草粹编》作欧阳修,《续选草堂诗馀》卷上作秦观词,《名媛词选》作蒋景祁小令。

②元夜:即元夕、元宵,农历正月十五夜。宋孟元老《东京梦华录》卷六"元宵"记元夜开封宣德门外"灯山上彩,金碧相射,锦绣交辉","各以草把缚成戏龙之状,用青幕遮笼,草上密置灯烛数万盏,望之蜿蜒如双龙飞走"。《武林旧事·元夕》记:"宫漏既深,始宣放烟火百余架,于是乐声四起,烛影纵横,而驾始还矣。"参见《忆秦娥》"弯弯曲"词下注释。

③花市,周密《南宋市肆纪》记"花市在官巷口"。前蜀韦庄《奉和左司郎中春物暗感而成章》:"锦江风散霏霏雨,花市香飘漠漠尘。"

④"上",四印斋本注"别作'在',又作'到'"。

⑤春衫,见唐韦庄《菩萨蛮》:"如今却忆江南乐,当时年少春衫薄。"宋苏轼《菩萨蛮》:"落花闲院春衫薄,薄衫春院闲花落。"宋晏几道《鹧鸪天》:"醉拍春衫惜旧香,天将离恨恼疏狂。""湿",四印斋本作"满"。

【汇评】

1.（明）杨慎：词则佳矣，岂良人家妇所宜邪？又其《元夕》诗云："火树银花触目红，极天歌吹暖春风。新欢入手愁忙里，旧事经心忆梦中。但愿暂成人缱绻，不妨长任月朦胧。赏灯那得工夫醉，未必明年此会同。"与其词意相合，则其行可知矣。（《词品》卷二，《词话丛编》，中华书局2005年，第451页）

2.（明）毛晋：先辈拈出元夕诗词，以为白璧微瑕，惜哉！（《断肠词跋》，《明词话全编》，凤凰出版社2012年，第4017页）

3.（明）卓人月、徐士俊：元曲之称绝者，不过得此法。（《古今词统》卷三，《明词话全编》，凤凰出版社2012年，第4285页）

4.（明）沈际飞：王实甫词本此。〇调甚佳，非良家妇所宜有。（《草堂诗馀四集》，《明词话全编》，凤凰出版社2012年，第5387页）

5.（清）梁绍壬：《漱玉》《断肠》二词，独有千古。而一以"桑榆晚景"一书致诮，一以"柳梢月上"一词贻讥。后人力辩易安无此事，淑真无此词，此不过为才人开脱；其实改嫁本非圣贤所禁，《生查子》一阕，亦未见定是淫奔之词；此与欧公簸钱一事，今古哓哓辩论，殊可不必；不若竹垞翁之直截痛快，曰："吾宁不食两虎豚，不删风怀二百韵也。"（《两般秋雨庵随笔》卷三，广益书局，第179页）

6.（清）陈廷焯：陈云伯大令云：宋人小说，往往污蔑贤者。如《四朝闻见录》之于朱子，《东轩笔录》之于欧阳公，比比皆是。又谓"去年元夜"一词，本欧阳公作，后人误编入《断肠集》，遂疑朱淑真为洗女，皆不可不辨。案"去年元夜"一词，当是永叔少年笔墨。渔洋辨之于前，云伯辨之于后，俱有挽扶风教之心。余谓古人托兴言情，无端寄慨，非必实有其事。此词即为朱淑真作，亦不见是洗女，辨不辨皆可也。（《词坛丛话》"陈云伯辨小说之非"，《词话丛编》，中华书局2005年，第3726页。）

7.（清）陈廷焯：此词一云欧阳公作，渔洋辨之于前，云伯辨之于后，俱有挽扶风教之心。然淑真本非洗女，不得以一词短之。（《词则辑评·闲情集》卷二，《词话丛编补编》，中华书局2013年，第2475—2476页。）

8.（清）胡薇元：又海宁朱淑真，乃文公族侄女。有《断肠词》，亦清婉

103

作。传乃因误入欧阳永叔《生查子》一首"月上柳梢头,人约黄昏后"云云,遂诬以桑濮之行,指为白璧微瑕。此词今尚见《六一集》中,奈何以冤淑真? 宋两女才人著作所传,乃均造谤以诬之,遂为千载口实。而心地欹斜者,则不信辨白之据,喜闻污蔑之言,尤不知是何心肝矣!(《岁寒居词话》,《词话丛编》,中华书局 2005 年,第 4036 页)

9.刘衍文:宋欧阳修《生查子》词:"去年元夜时,花市灯如昼。月上柳梢头,人约黄昏后。今年元夜时,月与灯依旧。不见去年人,泪湿春衫袖。"按:此词尝误认为朱淑真所作。而清叶申芗《本事词》卷上则又云:"此六一居士词,世有传为朱秋娘作,遂疑朱为失德女子,亟为辩之。秋娘名希真,与朱敦儒之字正同。"按朱乃南宋人,适徐必用。传其所作亦非是。此阕词与崔护诗构思间架皆无以异,亦是"物是人非"之感慨,然读来不觉落套。一是自然而又自如,二是有"月上柳梢头,人约黄昏后"两句对仗点染生色,着墨不多,而画面之精气出矣。三为结束处"泪湿春衫袖"句,显露人物身份,亦如蜻蜓点水,耐人追怀。四则上下片之间,以"春衫袖"与"柳梢头"互相辉映,不致浓淡失调。倘下片不用此语,则有偏枯之失矣。故吾以此乃极好极情之作,娥眉淡扫而非不扫,是最为得体之修饰矣夫。(《雕虫诗话》卷三,《民国诗话丛编》,上海书店出版社 2002 年,第 563 页)

【考辨】

1.(清)王士禛:今世所传女郎朱淑真"去年元夜时,花市灯如昼"《生查子》词,见《欧阳文忠集》一百三十一卷,不知何以讹为朱氏之作? 世遂因此词疑淑真失德妇。纪载不可不慎也。(《池北偶谈》卷十四《谈艺四·欧阳词》,中华书局 1982 年,第 321 页)

2.(清)四库馆臣:杨慎升庵《词品》载其《生查子》一阕,有"月上柳梢头,人约黄昏后"语,晋跋遂称为白璧微瑕。然此词今载欧阳修《庐陵集》第一百三十一卷中,不知何以窜入淑真集内,诬以桑濮之行。慎收入《词品》,既为不考。而晋刻《宋名家词》六十一种,《六一词》即在其内。乃于《六一词》漏注互见《断肠词》,已自乱其例。于此集更不一置辨,且证实为白璧微瑕,益卤莽之甚。今刊此一篇,庶免于厚诬古人,贻九泉之憾焉。(《四库全书总目》卷一百九十九《断肠词一卷》,中华书局 1965 年,第 1821 页)

3.(清)沈涛:《断肠》一集,特以儿女缠绵,写其幽怨。"月上柳梢头"词见欧阳公集,明人选本嫁名淑真,致蒙不洁之名,亟应昭雪。(《瑟榭丛谈》下,《聚学轩丛书》第5集,江苏广陵古籍刻印社1982年)

4.(清)况周颐:欧阳永叔《生查子·元夕》词,误入朱淑真集。升庵引之,谓非良家妇所宜。《钦定四库全书提要》辨之详矣。……[1]《生查子》词,今载《庐陵集》第一百三十一卷(《四库提要》),宋曾慥《乐府雅词》、明陈耀文《花草粹编》,并作永叔。慥录欧词特慎。《雅词》序云:"当时或作艳曲,谬为公词,今悉删除。"此阕适在选中,其为欧词明甚。余昔斠刻汲古阁未刻本《断肠词》,跋语中详记之。兹复著于篇。(《蕙风词话》卷四《生查子误入朱淑真集》,《词话丛编》,中华书局2005年,第4494—4496页)

5.(清)况周颐:曩余撰词话,辨朱淑真《生查子》之诬,多据集中诗比勘事实。沈匏庐先生《瑟榭丛谈》云:"淑真菊花诗'宁可抱香枝上老,不随黄叶舞秋风'实郑所南《自题画菊》'宁可枝头抱香死,何曾吹落北风中'二语所本。志节皎然,即此可见。"其论亦据本诗,足补余所未备,亟记之。(《蕙风词话》卷四"朱淑真菊花诗",《词话丛编》,中华书局2005年,第4497页)

6.(清)徐釚:钱塘朱淑真,所从非偶,诗多嗟怨,名《断肠集》。尝元夜赋《生查子》词:"去年元夜时,花市灯如昼。月上柳梢头,人约黄昏后。今年元夜时,月与灯依旧。不见去年人,泪湿春衫袖。"杨升庵《词品》云:"词则佳矣,岂良人妇所宜耶?"《词品》卷二案此欧公词,《词品》误。(《词苑丛谈》卷三《品藻一》,中华书局2008年,第75页)

7.(清)彭孙遹:按此词见《庐陵集》一百三十一卷,不知何时窜入《断肠词》中,博洽如升庵,犹不为之一辨,可慨也。(《词藻》卷二,中华书局1985年,第20页)

8.(清)沈雄:"月上柳梢头,人约黄昏后。"朱淑真元夕词也。有云:"词则佳矣,岂良人妇所宜为邪?"(案此乃欧阳修词,杨慎误作朱淑真。后人亦多沿误。)(《古今词话·词品下卷》,《词话从编》,中华书局2005年,

---

〔1〕 省略部分系以诗证朱淑真生平事迹,故详见"附录·生平传记",此处但出结论,以避重复。

9.(清)陆以湉:(陈云伯大令)又谓:"'去年元夜'一词本欧阳公作。后人误编入《断肠集》(渔洋山人亦尝辨之),遂疑朱淑真为泆女,皆不可不辨。"按"去年元夜时"词非朱淑真作,信矣。(《冷庐杂识》卷四,中华书局1984年,第185页)

10.(清)谢章铤:朱淑真以《生查子》一词,传者疑其失德。然《池北偶谈》曰:"是词见《欧阳文忠公集》一百三十一卷。"然则非朱氏之作明矣。(《赌棋山庄词话》卷十二,《词话丛编》,中华书局2005年,第3479页)

绛都春

梅花①

寒阴渐晓②。报驿使探春③,南枝开早④。粉蕊弄香,芳脸凝酥琼枝小⑤。雪天分外精神好⑥,向白玉堂前应到⑦。化工不管,朱门闭也,暗传音耗⑧。　　轻渺,盈盈笑靥,称娇面、爱学宫妆新巧⑨。几度醉吟⑩,独倚栏干黄昏后,月笼疏影横斜照⑪。更莫待、单于吹老⑫。便须折取归来,胆瓶插了⑬。

【题解】

这是一首咏梅的长调。基本上是朱词习见的写作手法,上阕写梅,下阕借梅写人。

首四字点明时间季候,阴冷的冬天,清晨破晓时分。第二句写梅花绽放,春信早到。用陆凯《赠范晔诗》"折梅逢驿使,寄与陇头人。江南无所有,聊赠一枝春"典。南枝,指梅花。接着描摹梅花的颜色、香气,勾勒外形,一个"弄"字逗起了梅花的拟人特征,"芳脸凝酥"以女性的容颜美貌和通透肤色形容梅花的娇嫩。继而用雪景衬托梅花的精神气节。其下以"白玉堂前""朱门闭也"为过渡,将梅花引入高楼深院,和闺中人物相关合。这里用了王安石《送吴显道》"白玉堂前一树梅,为谁零落为谁开"之意,颇见惜花寂寥之意,与"朱门闭也,暗传音耗"合看,一个"暗"字,透露出高楼深院的难通款曲。在此基础上再看下阕女主人公的生活场景,就更能体会深闺寂寞中的聊以自慰。

下阕写人,人物之美与梅花相互映衬。生活场景看似温暖曼妙:她盈盈浅笑,爱学宫妆新巧。南朝宋武帝女寿阳公主,人日卧于含章殿檐下,"梅花落公主额上,成五出之花,拂之不去"。所谓新巧宫妆应指梅花妆,因在眉心间画五瓣梅花而得名,简称梅妆。朱淑真词中经常用到此典,如《生查子》"年年玉镜台,梅蕊宫妆困",《点绛唇·冬》"髻鬟斜掠,呵手梅妆薄",可资印证。首句看似闲情轻巧,下句陡转,透出个中消息:"醉吟""独倚",原来她不仅醉酒,还是几番;不仅独倚栏干,还是黄昏时候,其凄冷寂寞可知。至此,时间已然从梅开破晓、倚栏黄昏,及至月上东山。疏影、月光、暗香,虽不言及人物,人物及其情感自在其中,以景语抒发蕴藉的哀愁。结语重新振起,折花插瓶,赏春惜春。取"有花堪折直须折,莫待无花空折枝"之意,并反用"吹彻梅花"之典,以梅花喻己,惜春之余,更含年华易逝、无人见采的忧伤。

这首咏物词由梅及己,以梅喻人,表达了女子惜春伤逝之情,推进层次清晰,情感含蓄,符合文人的创作理念。这首词曾署名无名氏,被纳入朱集后存在争议,因其文献上有一定佐证,所以学界保留存疑,详见"考辨"。从作品本身而言,遣词用典明快之处与朱词相近,其长调章法又似乎为朱词所不常见。

【校注】

①此首《诗词杂俎》本无,据明陈耀文编《花草粹编》卷十补,又见《草堂诗馀》后集卷下,作无名氏词。

②寒阴:寒气。唐李白《登瓦官阁》:"山空霸气灭,地古寒阴生。"唐姚合《早春山居寄城中知己》:"阳和潜发荡寒阴,便使川原景象深。"宋刘镇《阮郎归》:"寒阴漠漠夜来霜。"亦取北宋秦观《浣溪沙》"漠漠轻寒上小楼,晓阴无赖似穷秋"之意。

③报驿使探春,用陆凯《赠范晔》诗"折梅逢驿使,寄与陇头人。江南无

所有,聊赠一枝春"典。宋陆游《老学庵笔记》卷八亦记:"国初尚《文选》,当时文人专意此书,故草必称'王孙',梅必称'驿使',月必称'望舒',山水必称'清晖'。"

④南枝:指梅花。宋苏轼《次韵苏伯固游蜀冈送李孝博奉使岭表》:"愿及南枝谢,早随北雁翩。"王文诰辑注引赵次公曰:"南枝,梅也。"清宋琬《送别李素臣归荒隐草堂》:"相思试折南枝寄,东阁官梅尚有无?"

⑤凝酥:犹凝脂。宋苏轼《薄命美人》:"双颊凝酥发抹漆,眼光入帘珠的皪。"宋梅尧臣《梅花》:"冻雨浴脂凝。"清陈维崧《解语花·咏美人捧茶,和王元美韵》:"沉香亭婢,只领略、凝酥佳丽。"琼枝:喻嘉树美卉,常与玉树、花蕊相映衬。见唐李群玉《人日梅花病中作》:"今年此日江边宅,卧见琼枝低压墙。"南唐李煜《破阵子》:"玉树琼枝作烟萝。"金元好问《同漕司诸人赋红梨花二首》其二:"琼枝玉蕊静年芳,知是何人与点妆。"明沈璟《义侠记·取威》:"看琼枝玉树,偏将冻蕊争开。"

⑥分外:即特别,格外。宋秦观《风入松·西山》:"青冥杳霭无尘到,比龙宫、分外清凉。"

⑦白玉堂:神仙所居,亦喻指富贵人家的邸宅。古乐府《相逢行》:"黄金为君门,白玉为君堂。"唐卢照龄《长安古意》:"昔日金阶白玉堂,即今唯见青松在。"唐李商隐《代应》:"本来银汉是红墙,隔得卢家白玉堂。"宋王安石《送吴显道》:"白玉堂前一树梅,为谁零落为谁开。"

⑧音耗:音信,消息。唐吴融有诗名为《得京中亲友书讶久无音耗以诗代谢》。明李唐宾《李云英风送梧桐叶》第一折:"等闲离别,一去故乡音耗绝。"清蒲松龄《聊斋志异·局诈》:"如期往伺之,日暮,并无音耗。"

⑨学宫妆新巧,民间以学宫中新妆为时尚。唐高适《听张立本女吟》诗:"危冠广袖楚宫妆,独步闲庭逐夜凉。"宋梅尧臣《送刁景纯学士赴越州》诗:"二分学宫装,艳色斗京洛。"

⑩几度:几次。五代《鹊踏枝》:"叵耐灵鹊多谩语,送喜何曾有凭据?几度飞来活捉取,锁上金笼休共语。"宋苏轼《西江月》:"世事一场大梦,人生几度秋凉。"

⑪"月笼"句,用宋林逋《山园小梅》诗"疏影横斜水清浅,暗香浮动月黄

108

昏"句意。

⑫莫待:不要等到。唐杜秋娘《金缕曲》:"花开堪折直须折,莫待无花空折枝。"宋欧阳修《玉楼春》:"劝君著意惜芳菲,莫待行人攀折尽。"单于:曲调名。唐韦庄《绥州作》:"一曲单于暮烽起,扶苏城上月如钩。"宋黄庭坚《渔家傲》词:"一见桃花参学了,呈法要,无弦琴上单于调。""单于",《历代诗馀》、四印斋本作"笛声"。

⑬胆瓶:长颈大腹的花瓶,因形如悬胆而得名。宋陈傅良《水仙花》:"掇花置胆瓶,吾今得吾师。"清纳兰性德《梦江南》:"急雪乍翻香阁絮,轻风吹到胆瓶梅。"

【汇评】

张显成:此词咏早梅,从字面看,既无惊人之语,又未多用事典,似乎寓意不深,但仔细玩味,就可感受到作者对梅的喜爱赞赏之情和流淌在其中的淡淡的闲愁。(《李清照朱淑真诗词合注》,巴蜀书社1999年,第308页)

【考辨】

任德魁:此词《断肠词》各本均不载,最早见于元至正本《草堂诗馀》,列在《孤鸾》词之前,周邦彦《花犯》词之后。此词与《孤鸾》词均未注撰人,《全宋词》据以作无名氏词。但是明代陈耀文《花草粹编》将《孤鸾》词署名朱希真(即朱敦儒),将《绛都春》署名朱淑真。明嘉靖间一部舛误甚多的《类编草堂诗馀》又将二词同题为朱希真作,不知何据。《花草粹编》收朱淑真词达25首之多,几近于全集,且其中所载不见于《断肠词》各本的《月华清》(雪压庭春)词又见于明初抄本《诗渊》,可证其不谬。可见,《粹编》将《绛都春》列为朱淑真词还是不容轻易否定掉的。更何况由洪武刻本《草堂诗馀》中《绛都春》调下阴文小注之"新增"字样可知,就算《草堂诗馀》最初成书时未收朱词,但在其流传过程中的增辑、添补时也可能将已流传于世而失去了撰人名姓的朱词收入。故而此词至少应慎重地列为存疑,而不可遽然否定。(《朱淑真〈断肠词〉版本考述与作品辨伪》,《文学遗产》1998年第1期)

酹江月

咏竹①

　　爱君嘉秀②,对云庵、亲植琅玕丛簇③。结翠筠梢④,津润腻,叶叶竿竿柔绿。渐胤儿孙⑤,还生过母,根出蟠蛟曲。潇潇风夜⑥,月明光透筛玉⑦。　　雅称野客幽怀⑧,闲窗相伴,自有清风足。终不凋零材异众,岂似寻常花木。傲雪欺霜⑨,虚心直节⑩,妙理皆非俗⑪。天然孤澹,日增物外清福。

【题解】

　　这首词的作者争议详见任德魁《朱淑真〈断肠词〉版本考述与作品辨伪》,辨析精当,应为全真派道士谭处端作品无疑。

　　冀勤在辑佚时提到《诗渊》中"朱淑真在册十三中共有三首咏竹的诗词,她的名字仅在第一首《咏竹一律》上出现,次则是《酹江月》咏竹词,又次则是《咏直竹》(已见于朱集之《后集》卷五)一诗"。任德魁则将影印本中实际排列状况略举如下:

　　　　咏竹一律　宋朱淑真　一径浓阴覆古墙……

　　　　咏竹　酹江月　爱君嘉秀……

　　　　咏直竹　宋朱淑真　劲直忠臣节……

　　不妨将这三首作品对读,尝试考虑在文献校勘以外,作品解读是否能提供意见参考。这首词与其说是咏竹,不如说是借竹揄扬自己清修的生活状态。上阕首先进入视角的是种竹之人,因为主观上喜爱竹的嘉秀,所以在居住的云庵深处种下它们。其下写竹子翠绿清透的颜色、润泽的光彩、繁茂的枝叶,以及盘根错节、极易繁衍等特性,继而回到"嘉秀"主旨,以风、夜、月衬托竹的清幽之美。下阕以议论为主,赞美竹子和作者幽怀相称,与之相伴正是两相得宜,其"傲雪欺霜"的品质足以超越寻常花草,相对修行可以日增清福。这里用的"妙理""非俗""物外清福"等语,都是方外词汇,所以邓红梅会以此作为朱淑真曾入尼庵的证明,也正基于这些特征,任德魁发现它本在全真教道士谭处端名下。

再看两首均确认为朱淑真诗作的咏竹诗。

咏直竹

劲直忠臣节,孤高烈女心。四时同一色,霜雪不能侵。

竹

一径浓阴覆古墙,含烟敲雨暑天凉。猗猗肯羡天桃艳,凛凛终同劲柏刚。风籁入时添细韵,月华临处送清光。凌冬不改青坚节,冒雪何伤色转苍。

两首咏竹诗的重点,都在于以竹四时不变的特征,升华到精神层面的刚直禀性。绝句的主题表达很直接,以议论为主,分别以忠臣和烈女比喻竹的风骨,后二句则以霜雪作为陪衬,说明其四时不变,即使霜雪亦不能令之变色的气节。律诗《竹》因为体量较大,在议论之外仍有充分的描述和铺陈,对竹的外在情境描写从多方面展开,即如第一联描绘墙边竹林凉荫覆盖,第三联描写其在风中月下的清光幽韵。第二、四联同一意旨,赞美竹四时不改的气节,如同松柏一样刚劲,和绝句主题相同。

总体而言,这两首咏竹诗体现了鲜明的气节操守等儒家伦理观念,其四时不变的入世之心,与咏竹词以竹为世外清修观照之意,确实有着较大的差别。以此而言,这首词的作者认定可与文献甄别相互印证。

【校注】

①毛氏汲古阁未刻词本无此首,据北京图书馆藏明钞本《诗渊》册十三《竹》补。冀勤按:《诗渊》册十三于此首下未标作者姓名。但于此首前的《咏竹一律》下标明朱淑真作,于此首之后又录朱淑真的《咏直竹》,亦未标作者姓名,为此,疑此首并为朱淑真所作。

②嘉秀,见元王丹桂《无俗念》(本名《念奴娇·咏竹,谨继长春真人韵》)"此君嘉秀"。

③云庵:建于高山上的房舍。唐陆龟蒙《秋日遣怀十六韵寄道侣》:"药

鼎高低铸,云庵早晚苦。"宋苏轼《初自径山归述古召饮介亭以病先起》:"惯眠处士云庵里,倦醉佳人锦瑟旁。"王文诰题注:"祖无择所作介亭,在山之极巅排衙石处。"元李存《题云庵》:"夜宿云庵中,白云满床头。"琅玕:即翠竹。唐白居易《浥浦竹》:"剖劈青琅玕,家家盖墙屋。"唐杜甫《郑驸马宅宴洞中》:"主家阴洞细烟雾,留客夏簟青琅玕。"仇兆鳌注:"青琅玕,比竹簟之苍翠。"宋梅尧臣《和公仪龙图新居栽竹》之二:"闻种琅玕向新第,翠光秋影上屏来。"

④筠:竹。唐白居易《寄蕲州簟与元九因题六韵》:"笛竹出蕲春,霜刀劈翠筠。"

⑤胤:子孙相承。渐胤儿孙谓子母竹,又称慈竹、孝竹,丛生。任昉《述异记》:"南中生子母竹,今之慈竹也。""汉章帝三年,子母竹笋生白虎殿前,谓之孝竹,群臣作《孝竹颂》。"唐王勃有《慈竹赋》,唐杜甫《假山》诗云:"慈竹春阴覆,香炉晓势分。"

⑥"潇潇风夜"二句,见沈约《咏檐前竹》诗:"风动露滴沥,月照影参差。"潇潇:即萧萧,指风声。唐杜甫《后出塞五首》其二:"落日照大旗,马鸣风萧萧。"

⑦筛:指穿孔过隙。宋仲舒《念奴娇·夏日避暑》:"竹影筛金泉漱玉,红映蔷花帘箔。"

⑧野客:村野之人,多指隐者。唐杜甫《楠树为风雨所拔叹》:"野客频留惧雪霜,行人不过听竿籁。"金元好问《怀益之兄》:"溪僧时问字,野客或知琴。"幽怀:隐藏在内心的情感。唐皇甫枚《三水小牍·步飞烟》:"兼题短叶,用寄幽怀。"韩愈、陆游均有诗题为《幽怀》。

⑨傲雪欺霜,见江逌《竹赋》:"故能凌惊风,茂寒乡,藉坚冰,负雪霜。"宋陈著《代弟苪咏梅画十景·古枝》:"分甘冷落傍朱门,傲雪欺霜百岁根。"宋杨无咎《柳梢青》:"傲雪凌霜,平欺寒力,搀借春光。"宋韩淲《百字令》:"园居好处,是古梅飞动、欺霜凌雪。"皆同此意。

⑩直节:守正不阿的操守。唐徐夤《山阴故事》:"爱竹只应怜直节,书裙多是为奇童。"

⑪妙理:精微的道理。唐杜甫《晦日寻崔戢李封》:"浊醪有妙理,庶用

112

慰沉浮。"

【考辨】

任德魁:冀勤继孔凡礼先生之后,从明抄本《诗渊》中多辑出朱淑真诗二首、词一阕。其词即:

醉江月　咏竹

　　爱君嘉秀,对云庵亲植,琅玕丛簇。结翠筼稍津润腻,叶叶竿竿柔绿。渐胤儿孙,还生过母,根出蟠蛟曲。潇潇风夜,月明光透筛玉。

　　雅称野客幽怀,闲窗相伴,自有清风足。终不凋零材异众,岂似寻常花木。傲雪欺霜,虚心直节,妙理皆非俗。天然孤淡,日增物外清福。

（辑自书目文献出版社影印本《诗渊》第 4 册 2299 页）

此词辑出之后,研究者对之一致肯定,毫无疑议。朱淑真集两新校本亦将之作为佚词收录。黄嫣梨女士《朱淑真研究》一书中曾有数处称引,谓其下阕"正为淑真爱竹的心声及其人格的比喻"。邓红梅更以之为朱淑真暮年寄居尼庵的"明证"（《朱淑真事迹新考》,《文学遗产》1994 年第 2 期）。然而此词是否真为朱淑真所作呢?

冀勤先生《朱淑真佚作拾遗》称《诗渊》"凡所收录之诗,属于同一朝代者,仅在第一首诗作者姓名上标出朝代;凡同一作者,仅于第一首诗上标出作者姓名;同一诗题者亦如是,而于后录之诗标一'又'字。全书体例统一,眉目清楚"。但笔者曾翻检《诗渊》全书对篇目作者进行考析,感觉其体例并非尽如先生所言:首先,《诗渊》虽然有同作者之诗仅注撰人于前作的现象,但并非常例。相反,全书中随处可见的倒是同作者的数首诗不厌其烦地全部加注撰人。这与该书分类编排的体例有关。而且由于它只是个"接近稿本的抄本"（孔凡礼）,材料来源又颇为芜杂,因此出现了许多淆乱体例、漏注失题的现象。全书朝代、撰人失注的作品有近千首之多,岂可均以同作者之诗后者不注撰人例之?如杜甫《和裴迪逢早梅相忆见寄》"东阁官梅动诗兴"一首,见于《诗渊》第 4 册 2534 页,但未注撰人。该诗列于南宋诗人方岳的咏梅绝句之后,方澄孙《见梅》诗之前,幸而这是杜甫的名篇,否则一旦失检,竟归于方岳名下,岂不大谬?又如《诗渊》第 3 册 1617 页录有朱淑真《书王庵道姑壁》绝句一首,题下不注撰人。该诗前为陆游《题丈人观道士壁》，后为黄庭坚《题西太一宫壁》诗，若无《断肠诗集》参证，莫非竟要归于陆游？诸如此类，所在都有。因而，对于《诗渊》中不注撰人的诗作，我们只能采取慎而又慎的态度小心求证。

在叙其体例后，冀文又云："朱淑真在册十三中共有三首咏竹的诗词，她的名字仅在第一首《咏竹一律》上出现，次则是《酹江月》咏竹词，又次则是《咏直竹》（已见于朱集之《后集》卷五）一诗，这后面的两首都未重标她的名字。"（任按：册十三指北图所藏《诗渊》抄本二十五册之一，本文所据均为书目文献出版社合订为六巨册出版的影印本，故册数有异）笔者所见却略有不同，现将影印本中实际排列状况略举如下：

　　咏竹一律　宋朱淑真　一径浓阴覆古墙……

　　咏竹　酹江月　爱君嘉秀……

　　咏直竹　宋朱淑真　劲直忠臣节……

这数首相连的诗词中，朱淑真的名字并非仅在第一首《咏竹一律》上出现，见于《断肠诗集》的《咏直竹》也同样题有朱淑真的名字。因而，将此《酹江月》词归为朱淑真作，从体例来看明显地证据不足。更何况在《诗渊》中，同一人的作品中杂有未注撰人的他人作品并不鲜见，孔凡礼先生校辑汪元量的作品时，曾说到：《诗渊》"如所引戴复古、刘克庄之词中，皆羼入金元道士之作"（孔凡礼《增订湖山类稿》附记）。这些"金元道士之作"有数十首之多，或以类、或依调散见于《诗渊》各处，均不注撰人。如果我们不审慎考察，必然会引起淆乱。孔凡礼先生在据《诗渊》补辑《全宋词》时对之进行了大量的辨析、剔除，但仍未去净。如《诗渊》第 6 册 4105 页：

　　菩萨蛮　宋赵希蓬　何人四座环歌扇……

　　又　慧刀挥处人头落……

孔先生即据以将第二首辑作赵希蓬词，但实际上，与其他金元道士词一样，该词见于《全金元词》谭处端名下，是一位全真道士的作品（这些误辑为宋词的作品在《全宋词补辑》中还有遗存，笔者将另文撰述，此处从略）。那么这首《酹江月》词中"对云庵亲植""日增物外清福"的话语会不会并不是朱淑真尼庵生活的自道，而是出自一位全真道士之口呢？笔者根据以往校辑此类作品的经验，细心翻检《全金元词》，果然在 400 页发现它赫然印在谭处端的《水云集》内。至此,我们通过对《诗渊》体例的考察和该词原始出处的寻绎两个途径证明了将《酹江月》词归为朱淑真作只是今人对《诗渊》体例的错误理解,它的真正作者是金元之际的谭处端。

更何况从词作本身来看,该词中"渐胤儿孙"之句也已犯了宋太祖赵匡胤的御讳,这在宋代诗歌中是极为少见的。宋代避讳尤严,除非万不得已,言语书写之中绝对不能触犯御讳嫌名,实在无法避免,也要缺笔示敬。因而该词为宋人作品的可能性本就不大。更为重要的是,我们在丘处机的《蟠溪集》中找到了一首非常近似的词:

无俗念亦名《酹江月》

虚心翠竹,禀天然一气,生来清独。月下风前堪赏玩,嘲谑令人无俗。嫩叶萧骚,隆冬掩映,秀出千林木。英姿光润,状同玄圃寒玉。

好事东里田侯(自注:乃东邻庵主也),南溪新种,使我开青目。尽日高吟窗外看,风飐筠梢摇绿。冉冉幽香,萧萧疏影,坐卧清肌肉。云龛相伴,雅怀惟称仙福。

以之与谭作相校,不仅韵部相同,连用语和境界都十分近似。两词都用了"筠梢""非俗"诸语,一谓"闲窗相伴",一谓"云龛相伴";一谓"清福",一谓"仙福"。且所咏翠竹均在庵前,又均称其傲雪凌霜的奇节,月下风前的雅韵。丘处机与谭处端同为全真教创始者,都以词为宣传教义的工具,创作过大量教化词。而且从《全金元词》可以看出,二人互相酬赠的词作很多,《酹江月》词当即其一吧!(《朱淑真〈断肠词〉版本考述与作品辨伪》,《文学遗产》1998年第1期)

附录

一、生平传记

（宋）魏仲恭《断肠诗集》序

尝闻摘辞丽句，固非女子之事；间有天姿秀发，性灵钟慧，出言吐句，有奇男子之所不如，虽欲掩其名，不可得耳。如蜀之花蕊夫人，近时之李易安，尤显著名者，各有宫词、乐府行乎世。然所谓脍炙者，可一二数，岂能皆佳也？

比往武陵，见旅邸中好事者往往传诵朱淑真词。每窃听之，清新婉丽，蓄思含情，能道人意中事，岂泛泛者所能及，未尝不一唱而三叹也。早岁不幸，父母失审，不能择伉俪，乃嫁为市井民家妻。一生抑郁不得志，故诗中多有忧愁怨恨之语。每临风对月，触目伤怀，皆寓于诗，以写其胸中不平之气。竟无知音，悒悒抱恨而终。

自古佳人多命薄，岂止颜色如花命如叶耶！观其诗，想其人，风韵如此，乃下配一庸夫，固负此生矣。其死也，不能葬骨于地下，如青冢之可吊，并其诗为父母一火焚之。今所传者，百不一存，是重不幸也。呜呼，冤哉！

予是以叹息之不足，援笔而书之，聊以慰其芳魂于九泉寂寞之滨，未为不遇也。如其叙述始末，自有临安王唐佐为之传，姑书其大概为别引云，乃名其诗为《断肠集》。后有好事君子，当知予言之不妄也。

淳熙壬寅二月望日，醉□居士宛陵魏仲恭端礼书。南陵徐乃昌影印元刻本《断肠诗集》卷首。

（曾枣庄主编《宋代序跋全编》卷四一，齐鲁书社 2015 年，第 1106 页）

（明）田艺蘅《诗女史》

朱淑真，钱塘人，幼警慧，工诗书，风流蕴藉。早岁不幸，父母不能择伉俪，乃嫁为市井民家妻，其夫村恶，篷篰戚施，种种可厌。淑真抑郁不得志，作诗多忧怨之思，以写其不平之愤。时牵情于才子，竟无知音，悒悒抱恚而死。父母复以佛法，并其平生著作荼毗之，今所传者不过十一耳。临安王唐佐立传,宛陵魏端礼辑之名曰《断肠集》,《叙》曰"清新婉丽,蓄思含情,能道人意中事"云。

(田艺蘅《诗女史》卷十,北京大学馆藏刻本)

(明)田艺蘅《断肠集·纪略》[1]

淑真,浙中海宁人,文公侄女也。文章幽艳,才色娟丽,实闺阁所罕见者。因匹偶非伦,弗遂素志,赋《断肠集》十卷以自解。临安王唐佐为传,以述其始末。吴中士大夫集其诗二百余篇,宛陵魏仲恭为之序。见艺芸书舍影元钞本《朱淑真断肠集》卷首。清刘泖生钞本同此。

按:淑真实钱塘人,以为海宁者谬。宋海宁为盐官县,而海宁则休宁县也。编者按:查宋代地图,当谓:"宋海宁为盐官县,而钱塘则钱塘县也。"文公侄女之说尤属荒诞不经。高儒《百川书志》与此小异。《志》谓《断肠集》十卷,《后集》八卷,而诸家皆不云有《后集》八卷,然此集已有二百余首矣。同上。

(冀勤辑校:《朱淑真集注·附录》,中华书局 2008 年,第 276 页)

(明)钟惺

朱淑真,浙人也。文章幽艳,才色清丽,实闺门之罕。因匹偶之非伦,勿遂素志,赋《断肠集》十卷,以自解郁郁不乐之恨。临安王唐佐为传,以述其始末。吴中大夫集其诗二百余篇,宛陵魏仲恭为之序。

(钟惺《名媛诗归》卷十九,北京大学馆藏本)

(清)况周颐《蕙风词话》

欧阳永叔《生查子·元夕》词,误入朱淑真集。升庵引之,谓非良家妇所宜。《钦定四库全书提要》辨之详矣。魏端礼《断肠集序》云:"早岁父母失审,嫁为市井民妻,一生抑郁不得志。"升庵之说,实原于此。今据集中诗余藏《断肠集》,鲍渌饮手校本,巴陵方氏碧琳琅馆景元钞本。又从《宋元百家诗》、后村《千家诗》、《名媛诗归》暨各撰本辑补遗一卷。及它书考之。淑真自号幽栖居士,

---

[1] 关于此篇《纪略》,详见"今人考证"王兆鹏辨伪。

120

钱塘人。《四库提要》。或曰海宁人，文公侄女，《古今女史》。居宝康巷。《西湖游览志》：在涌金门内，如意桥北。或曰钱塘下里人，世居桃村。《全浙诗话》。幼警慧，善读书。《游览志》。文章幽艳，《女史》。工绘事。《杜东原集》有朱淑真梅竹图题跋。《沈石田集》有题淑真画竹诗。晓音律。本诗《答求谱》云："春醲酽处多伤感，那得心情记管弦。"父官浙西。绍定三年二月，淑真作《璇玑图记》，有云：家君宦游浙西，好拾清玩。凡可人意者，虽重购不惜也。《池北偶谈》。其家有东园、西园、西楼、水阁、桂堂、依绿亭诸胜。本诗《晚春会东园》云："红点苔痕绿满枝，举杯和泪送春归。仓庚有意留残景，杜宇无情恋晚晖。蝶趁落花盘地舞，燕随柳絮入帘飞。醉中曾记题诗处，临水人家半掩扉"。《春游西园》云："闲步西园里，春风明媚天。蝶疑庄叟梦，絮忆谢娘联。蹋草翠茵软，看花红锦鲜。徘徊林影下，欲去又依然。"《西楼纳凉》云："小阁对芙蕖，嚣尘一点无。水风凉枕簟，雪葛爽肌肤。"《夏日游水阁》云："淡红衫子透肌肤。夏日初长板阁虚。独自凭阑无个事，水风凉处读残书。"《纳凉桂堂》云："微凉待月画楼西，风递荷香拂面吹。先自桂堂无暑气，那堪人唱雪堂词。"《夜留依绿亭》云："水鸟栖烟夜不喧，风传宫漏到湖边。三更好月十分魄，万里无云一样天。"案各诗所云，如长日读书，夜凉待月，确是家园游赏情景。淑真它作，多思亲念远之意，此独不然。《依绿亭》云"风传宫漏到湖边"，当是寓钱塘作，不在于归后也。夫家姓氏失考。似初应礼部试，本诗《贺人移学东轩》云："一轩潇洒正东偏，屏弃嚣尘聚简篇。美璞莫辞雕作器，涓流终见积成渊。谢班难继宁惭甚，颜孟堪希子勉旃。鸿鹄羽仪当养就，飞腾早晚看冲天。"《送人赴礼部试》云："春闱报罢已三年，又向西风促去鞭。屡鼓莫嫌非作气，一飞当自卜冲天。贾生少达终何遇，马援才高老更坚。大抵功名无早晚，平津今见起菑川。"案二诗似赠外之作。其后官江南者。本诗《春日书怀》云："从宦东西不自由，亲帏千里泪长流。"《寒食咏怀》云："江南寒食更风流，丝管纷纷逐胜游。春色眼前无限好，思亲怀土自多愁。"案二诗言亲帏千里，思亲怀土，当是于归后作。淑真从宦，常往来吴越荆楚间。本诗《舟行即事》其六云："岁暮天涯客异乡，扁舟今又渡潇湘"。《题斗野亭》云"地分吴楚界，人在斗牛中。"案《舟行即事》其二云："白云遥望有亲庐。"其四云："目断亲帏瞻不到。"其七云："庭闱献寿阻传杯。"又，《秋日得书》云："已有归宁约。"足为于归后远离之确证。与曾布妻魏氏为词友，《御选历代诗馀》词人姓氏。尝会魏席上，赋小鬟妙舞，以飞雪满群山为韵，作五绝句。又宴谢夫人堂有诗，今并载集中。淑真生平大略如此。旧说悠谬，其证有三。其父既曰宦游，又尝留意清玩，东园诸作，可想见其家世，何至下嫁庸夫，一证也。市井民妻，何得有从宦东西之事，二证也。案本诗，《江上阻风》云："拨闷喜陪尊有酒，供厨不虑食无钱。"《酒醒》云："梦回酒醒嚼盃冰，侍女贪眠唤不应。"《睡起》云："侍儿全不知人意，犹把梅花插一枝。"淑真诗，凡言起居服御，绝类大家口吻，不同市井民妻。若近日《西青散记》所载贺双卿诗词则诚村僻小家语矣。魏、谢大家，岂友驵妇，三证也。淑真之诗，其词婉而意苦，委曲而难明。当时事迹，别无记载可考。以意揣之，或者其夫远宦，淑真未必皆从。容有窦滔阳台之事，未可知也。本诗《恨春》云："春光正好多风雨。恩爱方深奈别离。"《初夏》云："待封一掬伤心泪，寄与南楼薄倖人。"《梅窗书事》云："清香未寄江南梦，偏恼幽闺独睡人。"《惜春》云："愿教青帝长为主，莫遣纷纷点翠苔。"《愁怀》云："鸥鹭鸳鸯作一池，须知羽翼不相宜。东君与花为主，一任多生连理枝。"案《愁怀》一首，大似讽夫纳姬之作。近有才妇讽夫纳姬诗云："荷叶与荷花，红绿两相配。鸳鸯自有群，鸥鹭莫入队。"正与此诗暗合。《游览志馀》改后二句作"东君不与花为主，何似休生连理枝。"以为厌薄其夫之佐证。何乐为此，其心地殆不可知。它如思亲、感旧诸什，意各有指。以证断肠之名，案淑真殁后，端礼辑其诗词，名曰《断肠集》，非淑真自名也。尤为非是。

（《蕙风词话》卷四《生查子误入朱淑真集》，《词话丛编》，中华书局2005年，第4494—4496页）

(清)况周颐《蕙风词话》

朱淑真词，自来选家列之南宋，谓是文公侄女，或且以为元人，其误甚矣。淑真与曾布妻魏氏为词友。曾布贵盛，丁元祐以后，崇宁以前，大观元年卒。淑真为布妻之友，则是北宋人无疑。李易安时代，犹稍后于淑真。即以词格论，淑真清空婉约，纯乎北宋。易安笔情近浓至，意境较沉博，下开南宋风气，非所诣不相若，则时会为之也。《池北偶谈》谓淑真《璇玑图记》作于绍定三年。绍定当是绍圣之误。绍定，理宗改元，已近南宋末季。浙地隶辇毂久矣。记云："家君宦游浙西。"临安亦浙西，讵容有此称耶？

（《蕙风词话》卷四"朱淑真北宋人"，《词话丛编》，中华书局2005年，第4497页）

二、著录提要

《文渊阁书目》

《朱淑贞诗集》,一部一册,阙。

(明杨士奇《文渊阁书目》卷一〇,中华书局 1985 年,第 138 页)

《续文献通考》

《朱淑真诗集》。

淑真,归安人。文章幽态,才色清严。因匹偶之非,勿遂素志。尝赋断肠哀怨诗自解,没后,临安王唐佐为传,以述其始末。吴中士大夫拾其诗二百余篇梓之。宛陵魏仲恭为之序。

(明王圻《续文献通考》卷一百八十三"经籍考",明万历三十一年松江府刻本,奥地利图书馆藏)

《玄赏斋书目》

朱淑真《断肠后集》。

(明董其昌《玄赏斋书目》卷七,第 53 页,国家图书馆藏)

《玄赏斋书目》

朱淑真《断肠词》。

(明董其昌《玄赏斋书目》卷七,第 66 页,国家图书馆藏)

《澹生堂藏书目》

朱淑真《断肠词》一卷,一册。

(明祁承爜撰、郑诚整理、吴格审定:《澹生堂读书记·澹生堂藏书目》,上海古籍出版社 2015 年,第 648 页)

《百川书志》

《断肠诗》十卷。女子朱淑真撰,钱塘郑元佐注。

(明高儒《百川书志》卷一五,上海古籍出版社 2005 年,第 225 页)

《脉望馆书目》

《朱淑贞诗》四本。

(明赵琦美《脉望馆书目》,孙毓修辑《涵芬楼秘笈》第 6 集,上海商务印书馆)

《绛云楼书目》

朱淑真《断肠前后集》四册(十六卷)。

(清钱谦益《绛云楼书目》卷三,中华书局 1985 年,第 79 页)

《宋史艺文志补》

朱淑真《断肠诗》十卷,《续集》八卷。

(清倪灿《宋史艺文志补》,中华书局 1985 年,第 45 页)

《宋史艺文志补》

朱淑真《断肠词》一卷。

(清倪灿《宋史艺文志补》,中华书局 1985 年,第 50 页)

《述古堂书目》

朱淑真《断肠词》一卷。

(清钱曾《述古堂藏书目》卷二《附宋版书目》,中华书局 1985 年,第 22 页)

《续通志》

《断肠集》二卷,宋女子朱淑真撰。

（清嵇璜、刘墉：《续通志》卷一百六十二《艺文略》，《景印文渊阁四库全书》第 394 册，商务印书馆 1986 年，第 549 页）

《续通志》

《断肠词》一卷，宋朱淑真撰。

（清嵇璜、刘墉：《续通志》卷一百六十三《艺文略》，《景印文渊阁四库全书》第 394 册，商务印书馆 1986 年，第 582 页）

《续文献通考》

朱淑真《断肠集》二卷。

淑贞，钱塘女子，自号幽栖居士。

（清《续文献通考》卷一百九十五《经籍考》，商务印书馆 1936 年，第 4334 页）

《续文献通考》

朱淑贞《断肠词》一卷。

淑真见别集类。

臣等谨案：陈振孙《书录解题》载有是编，世久不传。今本为毛晋所刊。其《生查子》一阕，有"月上柳梢头，人约黄昏后"句，晋跋遂指为白璧微瑕。然此阕见欧阳修《庐陵集》中，不知何以窜入。晋不考正，亦诬甚矣。

（清《续文献通考》卷一百九十八《经籍考》，商务印书馆 1936 年，第 4366 页）

《四库全书总目》

《断肠集》二卷，浙江鲍士恭家藏本。

宋朱淑真撰。淑真，钱塘女子，自号幽栖居士。嫁为市井民妻，不得志以没。宛陵魏端礼辑其诗为《断肠集》，即此本也。其诗浅弱，不脱闺阁之习。世以沦落哀之，故得传于后。前有田艺蘅《纪略》一篇，词颇鄙俚，似出依托。至谓淑真寄居尼庵，日勤再生之请，时亦牵情于才子，尤为诞语。殆因世传淑真《生查子》词附会之。其词乃欧阳修作,今载在《六一词》中,曷可诬也?(语详词曲类《断肠词》条下)王士禛记康熙辛亥见淑真绍定二年手书《璇玑图记》一篇,备录其文于《池北偶谈》中。且称《断肠集》不载此文。诸家撰闺秀诗笔者,皆未之及云云。然流传墨迹,千伪一真。此文出淑真与否,无从考证。疑以传疑,姑存是一说可矣。

(清永瑢等撰:《四库全书总目》卷一七四,中华书局 1965 年,第 1542 页)

《四库全书总目》

《断肠词》一卷,江苏周厚堉家藏本。

宋朱淑真撰。淑真,海宁女子,自称幽栖居士。是集前有《纪略》一篇,称为文公侄女。然朱子自为新安人,流寓闽中。考年谱世系,亦别无兄弟著籍海宁。疑依附盛名之词,未必确也。《纪略》又称其匹偶非伦,弗遂素志,赋《断肠集》十卷以自解。其词则仅《书录解题》载一卷,世久无传。此本为毛晋汲古阁所刊。后有晋跋,称词仅见二阕于《草堂集》,又见一阕于十大曲中,落落如晨星。后乃得此一卷,为洪武间钞本,乃与《漱玉词》并刊。然其词止二十七阕,则亦必非原本矣。杨慎升庵《词品》载其《生查子》一阕,有"月上柳梢头、人约黄昏后"语,晋跋遂称为白璧微瑕。然此词今载欧阳修《庐陵集》第一百三十一卷中,不知何以窜入淑真集内,诬以桑濮之行。慎收入《词品》,既为不考,而晋刻《宋名家词》六十一种,《六一词》即在其内,乃于《六一词》漏注互见《断肠词》,已自乱其例。于此集更不一置辨,且证实为白璧微瑕,益卤莽之甚。今刊此一篇,庶免于厚诬古人,贻九泉之憾焉。

(清永瑢等撰:《四库全书总目》卷一九九,中华书局 1965 年,第 1821 页)

《四库全书简明目录》

《断肠词》一卷。

宋朱淑真撰。淑真所适非偶,故多幽怨之音。旧与李清照《漱玉词》合刊,虽未能与清照齐驱,要亦无愧于作者。此本由掇拾而成,其元夜《生查子》一首,本欧阳修作,在《庐陵集》一百三十一卷中,编录者妄行采入,世遂以淑真为佚女,误莫甚矣。

(清永瑢等撰:《四库全书简明目录》下卷《词曲类》,古典文学出版社1957年,第899页)

《孙氏祠堂书目内编》

《断肠词》一卷,宋朱淑真撰。

(清孙星衍《孙氏祠堂书目内编》卷四,孙氏金祠屋清嘉庆十五年刻本)

《铁琴铜剑楼藏书目录》

《断肠集注》十卷《后集》一卷(旧钞本)。

宋朱淑真撰,钱塘郑元佐注。诗为淳熙九年通判平江军事、宛陵魏端礼所辑并序。元佐未详,其注亦详赡,末有嘉泰二年孙寿斋后序。

(清瞿镛《铁琴铜剑楼藏书目录》卷二一,中华书局1990年,第325页)

《增订四库简明目录标注》

《断肠词》一卷。

宋朱淑真撰。此本由掇拾而成,其元夜《生查子》一首,本欧阳修作,在《卢陵集》一百三十一卷中,编录者妄行采入。

汲古阁刊本,系《诗词杂俎》本。

《续录》

《西泠词萃》本。四印斋刊本。《武林先哲遗书》全集本。有《断肠诗集》十卷、《续集》八卷。光绪十五年况周仪第一生修梅花馆校刊本。光绪二十六年广益书局石印,与《漱玉词》合刊。李氏木犀轩钞本,新增朱淑真《断肠词》一卷。昆山胡慕椿辑补本。

(清邵懿辰撰、邵章续录:《增订四库简明目录标注》卷二〇,上海古籍出版社1959年,第951页)

《藏园订补邵亭知见传本书目》

〔补〕《新注朱淑真断肠诗集》十卷《后集》八卷,宋朱淑真撰,郑元佐注。

○明初刊本，十行二十字，黑口，四周双阑。友人徐君乃昌藏。况夔生云以校丁氏刊《武林往哲遗著》本殊有胜异处，盖丁氏刻本所据即此本，而缺叶脱文甚多，往往误连之。

〔补〕《新注朱淑真断肠集》十卷《后集》七卷，宋朱淑真撰，郑元佐注。○清彭元瑞知圣道斋写本。

〔补〕《新注朱淑真断肠诗集》十卷《补遗》一卷《后集》七卷，宋朱淑真撰，郑元佐注。○清光绪二十三年丁氏嘉惠堂刊《武林往哲遗著》本。

〔补〕《断肠全集》二卷，宋朱淑真撰。○清写本，九行二十一字。前有田艺蘅序，知从明万历本出。钤汪氏传书楼印。四库存目。

（清莫友芝撰、傅增湘订补、傅熹年整理：《藏园订补郘亭知见传本书目》卷十三下，中华书局2009年，第1204页）

《藏园订补郘亭知见传本书目》

《断肠词》一卷，宋朱淑真撰。○《诗词杂俎》本。

〔补〕○明钞《宋元名家词》七十种本，版心镌"紫芝漫钞"四字，为毛扆旧藏本。

〔补〕《朱淑真断肠词》一卷，宋朱淑真撰。○清钱曾述古堂写本，八行十八字，版心下有"述古堂"三字。

（清莫友芝撰、傅增湘订补、傅熹年整理：《藏园订补郘亭知见传本书目》卷十六下，中华书局2009年，第1614页）

《善本书室藏书志》

《新注朱淑真断肠诗集》九卷《后集》七卷（精钞本，罗镜泉藏书）。钱塘郑元佐注。

谨案：四库存目《断肠集》二卷，宋朱淑真撰。其诗浅弱，不脱闺阁之习，世以沦落之故，得传于后。前有田艺蘅《记略》一篇，似出依托。此乃天一阁传钞之本。前有宋通判平江军事魏仲恭撰序，云比往武林，见旅邸中往往传诵朱淑真词。淑真早岁不幸，父母失审，不能择伉俪，乃嫁为市井民妻，一生抑郁不得志，故诗中多有忧愁怨恨之语。每临风对月，触目伤怀，皆寓于诗。悒悒而终,父母并其诗一火焚之。今所传者百不一存。时在淳熙壬寅二月望日,郑元佐又加注释。罗镜泉以智钞自天一阁中并为校正。有"江东罗氏所藏"一印。

（清丁丙《善本书室藏书志》卷三一,《续修四库全书》史部目录类）

《皕宋楼藏书志》

《断肠集》十卷《后集》四卷(旧钞本,鲍渌饮手校)。

宋朱淑真著。

鲍氏手跋曰:"计诗二百五十七首,潘讱叔本,共佚九十二首。"

（清陆心源《皕宋楼藏书志》卷八五,光绪八年壬午冬月十万卷楼藏版）

《籀庼遗文》

卷十六册尾,《东湖丛记》有新注朱淑真《断肠诗集前集》十卷、《后集》八卷,题"钱塘郑元佐注",某某补。此册黄岩杨定夫妹婿代校,某某记。(焕椿谨案:此册谓卷十五、卷十六合一册也。)

（清孙诒让撰,徐和雍、周立人辑校:《籀庼遗文·辑校说明》,中华书局2013年,第83页）

《郋园读书志》

《断肠集》四卷(明潘是仁刻本)。

宋朱淑真《断肠集》四卷,《四库全书总目》集部别集类存目作二卷,浙江鲍士恭家藏本。《提要》云:"淑真,钱唐女子,自号幽栖居士。嫁为市井民妻,不得志以没。宛陵魏端礼辑其诗为《断肠集》,即此本也。前有田艺衡《纪略》一篇,词颇鄙俚,似出依托。至谓淑真寄居尼庵,日勤再生之请,时亦牵情于才子,尤为诞语。殆因世传淑真《生查子》词附会之,不知其词乃欧阳修作,今在《六一词》中,曷可诬也。"今按:《四库全书》词曲类《断肠词》,《提要》亦详辨其事。此明潘是仁刻《宋元名家诗》之一,仅留此及《花蕊夫人诗集》二种。从子定侯得之旧书肆中,执以询余。时插架有浙人丁

129

丙所刊《武林往哲遗著》中有《新注朱淑真断肠诗集》十卷、《后集》七卷,为钱唐郑元佐注。前有序,题"通判平江军事魏仲恭撰",即《四库提要》所称之魏端礼也。序称:"其早岁不幸,父母失审,不能择伉俪,乃嫁为市井民家妻。一生抑郁不得志,故诗中多有忧愁怨恨之语。"并无论其不洁之事。田艺蘅,明时人,何从而得其详耶?《提要》斥为伪托,诚哉是言。此本不载田艺蘅之文,卷数亦与《四库存目》本不同,当是别有所本。古书日少一日,即此明本,亦足珍也。

(清叶德辉《郋园读书志》卷八,岳麓书社 2011 年,第 449 页)

《元书》

朱淑真《断肠词》一卷。

(清曾濂《元书》第 3 册卷二十三,文海出版社,第 928 页)

《词征》

《断肠词》一卷,宋朱淑真撰。(江南周氏藏本)

(清张德瀛《词征》卷四,《词话丛编》,中华书局 2005 年,第 4137 页)

《藏园群书经眼录》

《新注朱淑真断肠诗集》十卷《后集》八卷(宋郑元佐注)。

明初本,十行二十字,黑口双阑。况夔生言以丁刻本校殊胜,盖丁抄本出于此,而缺叶甚多,往往误连之。(徐乃昌积学斋藏书,甲寅岁见)

《新注朱淑真断肠集》十卷《后集》七卷,宋郑元佐注。

清彭元瑞知圣道斋写本。(癸丑)

《断肠集》上下卷,宋朱淑真撰。旧写本,九行二十一字。前有田艺蘅序。钤有"汪氏传书楼珍藏书画之印"。(癸未)

(傅增湘《藏园群书经眼录》卷十四,中华书局 2009 年,第 1029 页)

《北京图书馆古籍善本书目》

《断肠全集》二卷。(宋朱淑真撰,清钞本,黄丕烈校补并跋。一册,九

行二十一字,无格)

《断肠诗集》八卷《后集》八卷。(宋朱淑真撰,清同治六年刘履芬钞本,刘履芬校并跋,十二行二十三字,无格)

《新注朱淑真断肠诗集》八卷《后集》八卷。(宋朱淑真撰,郑元佐注,明初刻递修本,二册,十行二十字,小字双行同,黑口双边)

《新注朱淑真断肠诗集前集》十卷。(宋朱淑真撰,郑元佐注,明刻递修本。黄丕烈、缪荃孙、张元济跋,吴昌绶题款,一册,十行二十字,小字双行同,黑口,左右双边)

《新注朱淑真断肠诗集》十卷《后集》八卷。(宋朱淑真撰,郑元佐注,清汪氏艺芸书舍钞本,徐康跋,一册,十行二十二字,小字双行同,黑口,左右双边)

《新注朱淑真断肠诗集》十卷《后集》三卷《杂录诗》一卷。(宋朱淑真撰,郑元佐注,清抄本,一册,十行二十字,小字双行同,无格)

(《北京图书馆古籍善本书目·集部》,书目文献出版社 1987 年,第2190 页)

三、序跋叙引

(宋)孙寿斋《断肠诗集后序》

尝闻齐大非偶,《春秋》所讥;《左传》齐侯以女姜妻郑太子忽。辞曰:齐大,非我偶也。女谋佳匹,古人所尚。《晋·王濬传》:徐邈有女才淑,择佳匹方嫁。三昧斯言,诚非虚语。然天下之事得其对者至为罕见,而非其配者尝总于前者,何也?岂非归咎于彼此缘分乎?是以世有捧心之容,而获潘令之貌者难其人。《晋·潘岳传》:岳美姿仪,少年游洛阳,妇人多以果掷之满车。而逢故人于豫章者,亦千载之遇。后汉陈蕃为豫章太守,故人徐稚来访,特设一榻。每思至此,可为太息。有如朱淑真,禀嘲风咏月之才,负阳春白雪之句,凡触物而思,因时而感,形诸歌咏,见于词章,顷刻立就,一唱三叹,听之者多,和之者少,可谓出群之标格矣。夫何偶非其佳,而匹非其良,使人有齐大之讥,而形非匹之消者,深为可惜。非惟斯人之怀不可遏,诵此篇章,于愚亦不能自默矣。好事者出此,因试宣汪节笔,《杂记》:时宣州汪节笔。杨惠也。姑书数语,附于卷末。诗人所谓"我思古人,实获我心",愚于此亦然。

时嘉泰壬戌正月中瀚滢阳孙寿斋书。

(《新注朱淑真断肠诗集十卷》清钞本卷末,国家图书馆藏)

(明)潘是仁《宋元百家诗本断肠集引》

朱淑真者,宋之女郎,生而颖慧,稍长喜近楮研,曹大家、谢道韫流亚也。惜其槁砧非匹,含思念情,悒悒不遂。使尔雎鸠相叶,如徐淑、秦嘉也者,互为爱慕,其唱和奚啻倍蓰?即不然,当时得遇善诱之吉士,临邛卓氏,无俟新寡,断肠诗化作消魂句矣,如红颜薄命何!吾于淑真,不能无遗憾云。潘是仁识。(明潘是仁万历本《断肠集引》,明《宋元百家诗》)

(《宋集序跋汇编》卷第二八,中华书局 2010 年,第 1299 页)

(明)毛晋《断肠词跋》

淑真诗集脍炙海内久矣。其诗馀仅见二阕于《草堂》集,又见一阕于十大曲中,何落落如晨星也。既获《断肠词》一卷,凡十有六调,幸睹全豹矣。

(《明词话全编·毛晋词话》,凤凰出版社 2012 年,第 4017 页)

(清)黄丕烈《断肠集题识》

《断肠集》十卷(元刻本)。

松江友人沈绮云欲刻唐宋妇人诗四种为一集,最后谋及《断肠诗集》。所得如金簪庭、鲍渌饮、吴槎客三家本,皆传钞本而非刻本,意不欲梓,为其非古本也。嘉禾友人戴松门为余言,平湖钱梦庐藏有元刻,苦难借出,遂录副见示。识为郑元佐注本,《前集》十卷,《后集》仅四卷第二叶止,盖与《百川书志》所载同,而逸《后集》之半矣。惜缺序文并卷一前之两叶半,通卷亦有缺文,故沈梓仅有唐之鱼、薛,宋之杨后,朱淑真诗仍缺如也。今春海宁陈仲鱼过访,谈及是书,云碛石蒋君梦华亦有元刻注本,许为我借出助勘。顷果以书畀余,竭一二日力,手校一过,乃知此与钱本同出一原,此稍有所修补,故误字特多。间有一二字,此较胜于彼者,未知传写错谬,抑钱本原误,未见刻本,不敢臆断也。然钱本缺失,时赖此补全,此为胜于钱本之处;而此系补修之本,非特少《后集》,即《前集》卷中,时有脱叶阙文,硬以煞尾卷数终之,此为谬妄,非钱本又不足以正其误也。余好为古书分析原修面目,故敢于还书之日,著其梗概如此,以质诸梦华先生,并以告仲鱼之与余同嗜者。此书系寒中故物,未经后人点污,不敢代为校改,唯识之卷尾余纸。倘欲借钱本以补此本之不足,则余有副本在,不妨还假足之。如沈绮云有意续雕,岂非四美具乎! 余且藉是以毕求古之愿焉。嘉庆十七年岁在壬申秋九月重阳前三日,黄丕烈书于求古居。

(黄丕烈《荛圃藏书题识续录》卷三,秀水王氏学礼书 1933 年,北京师范大学图书馆藏)

(清)张云璈《西泠闺咏序》节录

梧桐山下,空寻绝粒孤踪;胭脂岭边,莫访断肠旧迹。水冷银瓶之井,

133

柳垂金姥之桥。楼壁依然,吊正节先生之女;园池何处,悲岳阳处士之妻。正气所钟,礼宗无忝,斯为贵矣。亦有南朝王谢、北地崔卢,郗子房之书法,作配名贤;胡惠斋之词章,见推当世。杨湘灵燕寝吟诗,崔嫂沙哥之感;裴柔之霓裳观舞,碧油红粉之嗟。魏城君春宵玩月,悟彻悲欢;曾夫人雪旦开筵,感均聚散。门第之盛,其一也。至若班管名家,《玉台》妙制。《断肠集》里,梦约酴醾;《漱玉词》中,香销菡苕。管道升兼工诗画,林幼玉遍试经书。梅边柳外,沈吟丽卿之图;酒半茶初,闲玩云孙之锦。瑶台缥缈,一家艳梅市之居;绮阁深沈,七子续蕉园之社。才名之美,亦其一也。……道光六年丙戌夏五,钱塘张云璈仲雅氏拜序于武林简松草堂。

(《武林掌故丛编》第 5 册,杭州出版社,2014 年,第 246 页)

(清)许玉瑑《校补断肠词序》

己丑四月,春闱被放,十上既穷,益无聊赖,适夔笙舍人以校补汲古阁未刊本朱淑真《断肠词》一卷刊成,属为之序,并旁搜他书所见淑真轶事,以证升庵《词品》所论之诬。乃慨然曰:风雨而思君子,顾颛而怀美人。风骚所讴,寓言八九。淑真一弱女子耳,数百年后,犹为之顾惜名节,订伪匡谬,足使孤花之秀,坠蒂而余芳;幺弦之激,绕梁而犹响。抑何幸哉!宋代闺秀,淑真、易安并称隽才,同被奇谤。而《漱玉》一编,既得卢抱孙诸君辨诬于先,又得幼霞同年重刊于后。《断肠词》则曙星孤悬,缺月空皎。

《四库提要》论定以后,迄无继者。譬之姬姜,依然憔悴,虽有膏沐,尚沦风尘,乃白璧同完,新铜迭发。此难得者一也。顾水流不停,云散无迹,世罕善本,亦恝而置之耳。是本出自毛钞,著录甚富,兵燹以后,散在市廛,展转为常熟翁大农年丈所得。去冬,假归案头,将乞幼霞补刊一二,以存其旧。夔笙乃欣赏不辍,眠餐并忘,检得此词,特任剞劂。依其篇第存《玉台》之遗,广其搜罗补《白华》之逸。此难得者二也。《断肠词》就《纪略》所著,原有十卷,至陈振孙《书录解题》仅存一卷。片玉易碎,单行良难。夔笙与幼霞居同里闬,近复合并,诚与《漱玉词》都为一编,流传艺苑。则二女同居,翔华表之鹤;百尺并峙,啭出谷之莺。红颜不老,青冢常留。此难得者三也。虽然,由显而晦,由屈而伸,无倖致之理,实赖有表章之人。藉非然者,投暗之珠辄遭按剑,屡献之璞终于坠渊。《漱玉》欤?《断肠》欤?虽洁比羊脂,啼尽鹃血,亦孰得而见也?况物论之颠倒哉!遂泚笔而序之如此。吴县许玉瑑。

(《四印斋所刻词·断肠词》卷首,上海古籍出版社 1989 年,第 396 页)

(清)况周颐《断肠词跋》

右校补汲古阁未刻本宋朱淑真《断肠词》一卷。词学莫盛于宋,易安、淑真尤为闺阁隽才,而皆受奇谤。国朝卢抱孙、俞理初、金伟军三先生并为易安辨诬,吾乡王幼遐前辈(鹏运)刻《漱玉词》,即以理初先生《易安事辑》附焉。显微阐幽,庶几无憾。淑真《生查子》词,《钦定四库全书提要》辨之綦详,宋曾慥《乐府雅词》、明陈耀文《花草粹编》并作永叔。慥录欧词特慎,《雅词序》云:"当时或作艳曲,谬为公词,今悉删除。"此阕适在选中,其为欧词明甚。毛刻《断肠词》校雠不精,跋尾又袭升庵臆说。青蝇玷璧,不足以传贤媛。此本得自吴县许鹤巢前辈(玉瑑),与杂俎本互有异同,订误补遗,得词三十一阕,钞付手民。书成,与四印斋《漱玉词》合为一集,亦词林快事云。光绪己丑端阳,临桂况周仪夔笙识于都门寓斋。

(《四印斋所刻词·断肠词》卷末,上海古籍出版社 1989 年,第 401 页)

(清)丁丙《西泠三闺秀集本断肠诗集跋》

宋朱淑真《断肠词》,录于文渊阁,毛晋刊于汲古阁。其诗集二卷,《四库》则列之附存,田艺蘅撰传略于前。独钱塘郑元佐注《断肠诗集》十卷,《后集》七卷,刻本向未之见。《天一阁书目》载刊本八卷,卷数不合,当非此帙。劫后得罗镜泉广文手钞精本,惜有缺页缺文,无从校补。久之,于潘是仁刊本得增诗三首,马氏小玲珑山馆写本增诗一首,王氏振绮堂、蒋氏别下斋旧钞本增诗八首。虽中有四首可补罗本之阙,惟有诗无注,仍难合璧,特附梓于后云。临安王唐佐旧为立传,艺蘅已称不可得矣。

光绪丁酉,丁丙识。(《西泠三闺秀集·断肠诗集》卷末)

(《宋集序跋汇编》卷第二八,中华书局 2010 年,第 1302 页)

缪荃孙《新注断肠诗集跋》

此书元刊本前归道古楼马氏,后归硖石蒋氏。陈仲鱼、黄荛圃皆经眼。荛圃并为之跋,推许甚至。卷五题下标阴文"前集"二字,他卷所无。卷六止二叶,"弹指西风压众芳"首句下,即以前集之六煞尾,不知诗未全也。此则荛圃所谓谬妄者。第一卷诗第一叶,以序接首篇诗之后,则装手之误,当改正。书不易见,邕威世讲甚宝之。丙午九月,缪荃孙识。此书《后集》七卷亦生平所未见。

（《新注朱淑贞断肠诗集十卷》卷末,明初刻递修本,国家图书馆藏）

张元济《新注断肠诗集跋》

此书为江阴何秋辇同年所藏。秋辇逝后,其子邕威亦相继下世。其家不能守,尽举所有归于涵芬楼。诸家所藏都为钞本,此为元人旧刻,古色古香,至堪珍重。友人徐君积余藏有后集,版刻相同,叶号亦复衔接。假此景印,得成全璧,藉竟沈、黄二君之志,甚可喜也。于其归还之日,书此识之。丙寅秋日,海盐张元济。

（《新注朱淑贞断肠诗集十卷》卷末,明初刻递修本,国家图书馆藏）

徐乃昌《影印元刻本断肠诗集跋》

影印元椠本《朱淑真断肠诗注前集》十卷,《后集》八卷,是书天一阁旧藏,为海内孤本。昔黄荛圃为沈绮园刻《唐宋妇人集》,未得此书覆刻,引为憾事。今以元刻影印,中间误字及损蚀处,悉仍原本,不敢任意改补以致失真,识者谅之。（徐氏影印本《新注断肠诗集》卷末）

（《宋集序跋汇编》卷第二八,中华书局 2010 年,第 1302 页）

朱惟公《朱淑真断肠诗词序》

宋朱淑真,海宁人,居宝康巷,《西湖游览志》云:"在涌金门内,如意桥北。"或曰:"钱塘下里人,世居桃村。"幼警慧,善读书,文章幽艳,晓音律,工绘事。《杜东原集》有朱淑真《梅竹图题跋》,《沈石田集》有《题淑真画竹诗》。其家有东西园、西楼、水阁、桂堂、依绿亭诸胜。父官浙西,嗜古玩。

夫姓失考。《贺人移学东轩》《送人赴试礼部》二诗，似赠外之作。其后官江南，淑真从宦，常往来吴、越、荆、楚间。旧云"下嫁市井庸夫"，说殊悠谬，不足信。以意揣之，其夫殆一俗吏，或恒远宦于外，淑真未必皆从，容有窦滔阳台之事，未可知也。故《恨春》云："春光正好多风雨，恩爱方深奈别离。"《初夏》云："待封一掬伤心泪，寄与南楼薄倖人。"《惜春》云："愿教青帝长为主，莫遣纷纷点翠苔。"皆为此发。它作多思亲感旧之什，语颇凄怨，意各有指。

殁后，宛陵魏端礼辑其诗词，名曰《断肠集》，非淑真自题也。然集中诗句用"断肠"二字，竟有数处之多。如《恨春》云："梨花细雨黄昏后，不是愁人也断肠。"《秋夜有感》云："哭损双眸断尽肠，怕黄昏后到昏黄。"《长宵》云："魂飞何处临风笛？肠断谁家捣夜砧？"《闷怀》云："针线懒拈肠自断，梧桐叶叶剪风刀。"又云："芭蕉叶上梧桐雨，点点声声有断肠。"《中秋闻笛》云："自是断肠听不得，非干吹出断肠声。"《九日》云："去年九日愁何限？重上心来益断肠。"《伤别》云："逢春触处须紫恨，对景无时不断肠。"《谒金门》云："满院落花帘不卷，断肠芳草远。"以此为名，谁曰不宜？

《生查子》一阕，《乐府雅词》《花草粹编》并作欧阳永叔撰，亦见本集，世辨已详，无庸复赘。《元宵》七律一首，升庵《词品》以为与元夕《生查子》词意相合，其行可知云云。甚矣，升庵之不学也！孔子称赐"始可与言诗"；《孟子》曰："说诗者不以文害辞，不以辞害志。"诗果未易言，未易说，索解人不可得，况知音乎？以予观之，淑真此篇，只云"但愿""不妨"，俱是恍惚假设之词，并无可摘；岂得遽据为罪案，厚诬古人？因欲以辞求之，则《黄花》云："宁可抱香枝上老，不随黄叶舞秋风。"又云"劲直忠臣节，孤高列女心。四时同一色，霜雪不能侵"等作，何并忘却不一读耶？《春昼偶成》云："却嗟流水琴中意，难向人间取次弹。"作者盖早恨流俗之难与言，知音之不易得，古今同叹，又何言乎？赵棻女士《南宋宫闺杂咏》云："吹花弄粉惯伤春，冰雪聪明迥绝尘。不用断肠嗟薄命，赏音曾有魏夫人。"按魏夫人，曾布之室；布，巩弟，同登进士，哲宗时，知枢密院，卒谥文肃。淑真生遇魏夫人，殁有魏端礼，二魏有缘，亦一奇事。生死有知，可以无憾。故仲恭序云："聊以慰其芳魂于九泉寂寞之滨，未为不遇也。"彼杨慎、毛晋辈，未善读书，不值一哂，何足论此？

仆本恨人,性嗜苦吟,于是集几韦编三绝矣。读之稍稔,为摘录一二。如《恨春》云:"莺莺燕燕休相笑,试与单栖各自知。"《元夜遇雨》云:"危楼十二栏干曲,一曲栏干一曲愁。"《湖上闲望》云:"不必西风吹叶下,愁人满耳是秋声。"《秋夜牵情》云:"益悔风流多不足,须知恩爱是愁根。"《约游春不去》云:"若到旧家游冶处,只应满眼是春愁。"《暮春》云:"情知废事因诗句,气习难除笔砚缘。"《围炉》云:"大家莫惜今朝醉,一别参差又几时。"《梅园书事》云:"病起眼前俱不喜,可人唯有一枝梅。"《伤别》云:"眉头眼底无他事,须信离情一味严。"《寄别》:"人自多愁春自好,天应不语闷应同。"《睡起》云:"腰瘦故知闲事恼,泪多只为别情浓。"《自责》云:"添得情怀转萧索,始知伶俐不如痴。"《春园小宴》云:"牵情自觉诗豪健,痛饮惟忧酒力微。"《对秋有感》云:"可怜宋玉多才子,只为多情苦怆情。"《长春花》云:"纵使牡丹称绝艳,到头荣悴片时间。"《韩信》云:"漂母人亡石空在,不知还肯念王孙?"《谒金门》云:"十二栏干闲倚遍,愁来天不管。"《江城子》云:"天易见,见伊难。"此数联,予最爱诵,愿与读是集者共赏味之。但惜魏氏元辑,及《武林往哲遗著》、振绮堂、别下斋、小玲珑山馆、碧琳琅馆诸刊本,未获细校一过;注文残缺,亦未遑补正为恨。如藏有善本者,辱以见教,至幸!

民国二十二年十一月中瀚南汇朱惟公谨识。

(《新式标点朱淑真断肠诗词》,大达图书供应社1935年,第1—4页)

祝尚书《新注断肠诗集后集叙录》

《新注断肠诗集》(十卷)、《后集》(七卷)。朱淑真撰,郑元佐注。

朱淑真,号幽栖居士,南宋初在世,钱塘(今浙江杭州)人。自幼聪慧,能诗词,不幸嫁俗吏,抑郁终身。其作品曾为其父母所焚,淳熙间魏仲恭搜集整理于百不一存之后,名之曰《断肠集》,凡十卷,淳熙壬辰(九年,一一八二)有序。其后郑元佐补辑七卷,并为两集作注。

朱淑真诗集宋人未著录。明《文渊阁书目》卷一○载有一部一册,称"阙",《内阁书目》无其目。《菉竹堂书目》卷四亦有一册。《百川书志》卷一五曰:"《断肠诗》十卷,女子朱淑真撰,钱唐郑元佐注。"《澹生堂藏书目》卷一二著录《断肠词》一卷。《脉望馆书目》有"《朱淑真诗》四本",《绛云楼书目》卷三则载"朱淑真《断肠》前、后集四册",陈注曰"十六卷"。各家所录,皆不详是何版本,当有宋、元旧椠。

清及近人称有元刊本传世,题《新注断肠诗集》。黄丕烈跋一旧刊本,即以其为元刻,略曰:

> 嘉禾友人戴松门为余言,平湖钱梦庐藏有元刻,苦难借出,遂录副见示,识为郑元佐注本,《前集》十卷,《后集》仅四卷第二叶止,盖与《百川书志》所载本同,而逸《后集》之半矣。惜缺序文并卷一前之两叶半。……今春海宁陈仲鱼过访,谈及是书,云硖石蒋君梦华亦有元刻注本,许为我借出助勘。顷果以界余,竭一二日力,手校一过,乃知此与钱本同出一原,此稍有所修补,故误字特多。

黄氏所跋蒋梦华本,后缪荃孙亦有跋,略曰:"此书元刊本,前归道古楼马氏,后归硖石蒋氏,陈仲鱼、黄荛圃皆经眼,荛圃并为之跋,推许甚至。"此本后为上海涵芬楼收得,仅为《前集》十卷。民国十五年(1926),南陵徐乃昌从涵芬楼借出,与其所得天一阁旧藏本《后集》一并影印,即今尚传世之影印元刊本《新注朱淑真断肠诗集》,有《补遗》。徐氏尝将《前集》精钞,其钞本今藏复旦大学图书馆。在徐氏将刻本归还涵芬楼之日,张元济又跋之,曰:

> 此书为江阴何秋辇同年所藏。秋辇逝后,其子邕威亦相继下世,其家不能守,尽举所有归于涵芬楼。诸家所藏,都属钞本,此为元人旧刻,古色古香,至堪珍重。友人徐君积余(乃昌)藏有《后集》,版刻相同,叶号亦复衔接,假此景印,俾成全璧……甚可喜也。

诸家所谓元刻本,今藏北京图书馆,有吴昌绶题款,著录为"明刻递修本"。每半叶十行二十字,注文小字,行同。黑口,左右双边,卷首序后署"宋通判平江军事魏仲恭撰,钱塘郑元佐注"。今北京图书馆犹藏有明初刻递修本,台北"中央图书馆"藏有明初刻本,行款皆同,则黄丕烈以下盖鉴定失误,徐氏影印本亦自非影元本。然此本即便非元本,亦颇佳,不失为是集善本。不详黄跋所述钱梦庐所藏是否元刻,今未见著录。

明万历四十三年(1615),潘是仁辑刊《宋元百家诗》,收《断肠集》四卷。

丁丙善本书室收有罗以智旧藏精钞本《前集》九卷《后集》七卷(按钞本今藏南京图书馆,《前集》著录为十卷),乃罗氏钞天一阁本,有校正,钤"江

139

东罗氏所藏"一印(《善本书室藏书志》卷三一)。光绪二十三年(1897),丁氏嘉惠堂将是本刊入《武林往哲遗著》,丁氏跋曰:

> 劫后得罗镜泉广文手钞精本,惜有阙叶阙文,无从校补。久之,于潘是仁刊本得增诗三首,马氏小玲珑山馆写本增诗一首,王氏振绮堂、蒋氏别下斋旧钞本增诗八首。虽中有四首可补罗本之阙,惟有诗无注,仍难合璧,特附梓于后云。

傅增湘《藏园群书经眼录》卷一四记徐乃昌藏明初本时,称"况夔笙言以丁刻本校殊胜。盖丁钞本出于此,而缺叶甚多,往往误连之"。可见罗氏钞本及丁刻本,不及明初本之完善。

民国三年(1914),西泠印社将丁氏刊本《断肠诗集》与《孙夫人集》(明杨文俪撰)、《卧月轩稿》(清顾若璞撰)抽出单行,号《西泠三闺秀诗》,今有传本。丁氏刊武林往哲遗著本之同年,翠螺阁亦有刊本,今仅见浙江省图书馆著录。

《新注断肠诗集》除上述刊本及钞本外,今北京图书馆尚藏有汪氏艺芸书舍钞本等。日本静嘉堂文库所藏陆氏本,为《前集》十卷,《后集》四卷,有鲍渌饮手校,鲍氏跋曰:"计诗二百五十七首,潘讱叔(是仁)本共佚九十二首。"北京图书馆等又藏有二卷本《断肠全集》。《四库存目》即著录二卷本,馆臣以"不脱闺阁之习"鄙之,乃其偏见。

民国间,《新注》之石印本、铅印本颇夥。近年浙江古籍出版社出版冀勤辑校本《朱淑真集》,其中《外编》收词三十一首。上海古籍出版社一九八六年出版张璋、黄畲校注本《朱淑真集》,以南陵徐氏影印本为底本,广校诸本,又辑得佚诗凡二十一首,收词三十三首,愈益完善。

(祝尚书《宋人别集叙录》卷第十九,中华书局 1999 年,第 947—948 页)

四、题咏感和

浣溪沙

（宋）张孝祥

绝代佳人淑且真，雪为肌骨月为神，烛前花底不胜春。
倚竹袖长寒卷翠，凌波袜小暗生尘，十分京洛旧家人。

（张孝祥撰，聂世美校点：《于湖词》，上海古籍出版社 1989 年，第 48 页）

题断肠集

（明）张行中

女子风流节义亏，文章惊世亦何如？蘋蘩时序宁无预，诗
酒情怀却有余。愁对莺花春苑寂，苦吟风月夜窗虚。丈夫莫
羡多才思，宋女不曾闻读书。

（田汝成《西湖游览志馀》卷十六，上海古籍出版社 1998 年，第 253 页）

题朱淑真画竹

（明）沈周

绣阁新篇写断肠，更分残墨写潇湘。垂枝亚叶清风少，
错向东门认绿杨。

（《沈周集》，上海古籍出版社 2013 年，第 346 页）

忆秦娥·次朱淑真韵

（明）范守己

秦楼西，淡黄衫子人如玉。人如玉，青鸾信杳，愁眉频

麂。云鬟倭髻新妆束，玳筵开处相追逐。相追逐，行云散后，巫山六六。

眼儿媚·次朱淑真韵

（明）范守己

灞桥攀折柳丝柔，啼泪住还流。芳年易老，幽期难再，目断秦楼。池塘日暖双鸳起，无奈惹离愁。蘼芜山下，丁香树底，步步回头。

（《全明词》，中华书局2004年，第1224页）

《贞文记》（节选）

（明）孟称舜

【前腔】海棠标韵，丰姿迈凡品。下蔡俱风靡，朱颜绿鬓。赛过仙娥，性格儿更聪俊。比花呵还稔色，比玉呵更淹润。这正是莲脸生春杨太真，彩笔生花朱淑真。

（孟称舜《张玉娘闺房三清鹦鹉墓贞文记》第十出"妄想"，朱颖辑校：《孟称舜集》卷二，中华书局2005，第427页）

南宋杂事诗

（清）吴焯

自是清才继玉澜，鸾钗划损绿琅玕。桃墩总有伤心泪，勒断筋弦不忍弹。

《断肠集》，朱淑真著。按，淑真钱唐下里人。世居桃村，工为诗，嫁为市井民妻，不得志，殁。宛陵魏仲恭端礼辑其集，名曰"断肠"。钱唐郑元佐加注，分为十卷刊行。有临安王唐佐传，今失之。世所传二卷，田艺蘅序者，缪也。

《四朝诗集》：淑真，海宁人。文公侄女。

《玉澜堂集》，朱槤著。按，槤字逢年。文公叔父。少负才，不得志，晚年节愈厉而诗益高。因梦名堂曰"玉澜"。尤延之为序。

（厉鹗等撰：《南宋杂事诗》卷二，浙江古籍出版社 1987 年，第 88 页）

书沈大成女弟子徐若冰传后

（清）王鸣盛

嫫母衣锦西施贫，石上浣纱行负薪。寒女机丝徒作苦，邯郸厮养非良姻。中郎阿大群从盛，新妇懊恼无参军。桑榆失身李清照，柳梢写怨朱淑真。固知才是不祥物，男子犹然况妇人？徐家女子师沈叟，然脂丽句能为邻。少年沦落寄赁庑，相随夫婿如浮云。纬萧沤麻洴澼絖，蓬首缟袂拖青裙。余光分取凿破壁，句压威哀轶昭苹。彼哉何人被绣翟，画阁傅粉名香熏。饥来有字煮不得，穷乃自取因多文。生前爱梅吟树底，死时树亦凋清芬。天寒翠袖何处倚？岭头玉屑招香魂。我恨山妻乏好语，花飞钏动谁同论？尚爱都官宛陵句，与妇对饮胜俗宾。因悲徐媛还自幸，廿载挽车仍少君。

（王鸣盛《西沚居士集》卷十，中华书局 2010 年，第 124 页）

编旧词存稿，作论词绝句十八首

（清）沈初

十

百行何堪绳晚世，独于闺阁检行藏。黄昏却下潇潇雨，终使词人为断肠。

（《论词绝句二千首》，南开大学出版社 2014 年，第 135 页）

题朱淑真《断肠词》

（清）潘际云

幽栖一卷断肠词，家世文公擅淑姿。谁把庐陵真本误，柳梢月上约人时。（《清芬堂集》卷四）

（《论词绝句二千首》，南开大学出版社 2014 年，第 213 页）

宝康巷怀朱淑真

（清）陈文述

小巷红低近夕阳，旧家萝屋间斜廊。簪花锦上机丝冷，漱玉词边茗碗凉。杨柳夜烟魂待月，酝酿春梦影留香。才人误嫁真凄绝，不解吟诗亦断肠。

（陈文述《西泠闺咏》，《武林掌故丛编》第 5 册，杭州出版社 2014 年，第 302 页。）

题朱淑贞《断肠集》

（清）陈文述

一

白蠹成灰吊玉台，轻寒微雨怨花开。钱塘山水真清丽，五百年中有此才。

二

深情如此合伤春，阁泪抛诗酒盏亲。飞絮满城莺满树，断肠时节断肠人。

三

轻风剪剪雨丝丝，真是人间绝妙词。我欲将花呼小影，酝酿春梦海棠诗。

四

新词欧九擅风流,花市春灯照月游。却有怨情无荡思,
莫教更唱柳梢头。

五

锦字回文事有无,簪花妙笔未模糊。聪明也有苏娘意,
手写璇玑一幅图。(《颐道堂诗外集》卷七)

(《论词绝句二千首》,南开大学出版社 2014 年,第 264 页)

论词绝句四十二首

(清)沈道宽

十八

巷语街谈点化难,却教闺秀据骚坛。断肠已尽凄凉调,
更辟町畦李易安。

(《论词绝句二千首》,南开大学出版社 2014 年,第 277 页)

论词绝句二十首

(清)宋翔凤

十六

说尽无慽六一词,黄昏月上是何时。断肠集里谁编入,
也动人间万种疑。

(《论词绝句二千首》,南开大学出版社 2014 年,第 296 页)

题李清照《漱玉词》、朱淑真《断肠集》

(清)方熊

二

人间鸦凤本非伦,阁泪抛书怨句新。宽尽带围愁不解,

一生刻意为伤春。("阁泪抛书卷""带围宽褪小腰身",皆淑真伤春句也)

三

桑榆暮景投綦启,人约黄昏元夜词。似此沉冤难尽雪,生才不幸是蛾眉。(《绣屏风馆诗集》卷六)

(《论词绝句二千首》,南开大学出版社2014年,第351页)

南宋宫闺杂咏·咏朱淑真

(清)赵棻

吹花弄粉惯伤春,冰雪聪明迥绝尘。不用断肠嗟薄命,赏音曾有魏夫人。

(赵棻《南宋宫闺杂咏》,《武林掌故丛编》第13册,杭州出版社2014年,第209页)

抛 卷

(清)赵棻

朱淑真,浙人,才色清丽罕比。

赋命终如造物何,闷抛湘卷蹙双蛾。世间但有生华笔,嘉偶常稀怨偶多。

(清邵帆编《历代名媛杂咏》卷四)

宝康巷访朱淑真故居

(清)汪端

春梦酴醿小影残,断肠容易返魂难。看花曲榭朱兰朽,堕泪闲庭碧藓寒。岂向柳梢窥素月,可怜霜里陨芳兰。风鬟憔悴吴江吟,一样伤心李易安。

(汪端《自然好学斋诗钞》卷四,《清代闺阁诗集萃编》,中华书局2015年,第3889页)

论词绝句一百首

(清)谭莹

九十七

幽栖居士惜芳时，人约黄昏莫更疑。未必断肠漱玉似，送春风雨总怜伊。(《乐志堂诗集》卷六)

(《论词绝句二千首》，南开大学出版社 2014 年，第 460 页)

题元刊《断肠集》

(清)于源

愁绝黄昏月上时，文人词误女郎词。任伊衔却千愁恨，我怪小长芦钓师。

徐珂《清稗类钞·鉴赏类》："海宁蒋子贞，名学坚，藏元刊朱淑真《断肠集》，为道古楼故物，有年矣。卷末有黄荛圃跋。道光丙午，其尊人与孙次公、于辛伯、李壬叔作消寒会，尝以此命题。于诗仿樊榭论词体，极工，诗云云。盖淑真元夜《生查子》词，实六一居士作，后人误编为淑真词，遂妄议其不贞。朱竹垞《词综》亦未更正。得此诗，可雪其冤矣。"

(清徐珂编撰《清稗类钞》第 9 册"鉴赏类"，中华书局 2010 年，第 4293 页)

断肠吟

(清)杨淮

朱淑真，钱塘人也。幼警慧，早失父母，适夫村陋，淑真抑抑不得志，自伤非偶，作诗多幽怨之音。宛陵魏端礼辑其所遗诗，名之曰《断肠集》。

我欲留春春不住，我欲送春春不去。可知不忍睹春光，为睹春光易断肠。杨柳丝丝系恨，梨花片片销魂。掩重门，怕黄昏，冷流苏，湿泪痕。夜雨零铃声声滴，愁人两耳听不得。晓风苔砌满落红，断肠百结啼鹃血。

(杨淮《古艳乐府》，《香艳丛书》第 2 册，上海书店出版社 2014 年，第 220 页)

访朱淑真墓不得，湖上遇雨，怒然感怀，遂吊以诗，仍用人字韵

（清）李光炘

杨柳犹思朱淑真，临风对月总含颦。红颜枉说能倾国，青冢依然误托身。斜日楼台空夕照，断肠诗句太伤神。黄昏此日潇潇雨，想见当年泪眼人。

（《中华大典·文学典》宋辽金元文学·宋文学部三，江苏古籍出版社2008年，第415页）

题林下词

（清）汪芑

二

柳梢月上约人时，艳思空教放诞疑。留得宛陵断肠集，漫嗟彩凤逐鸦嬉。（朱淑真）

（《论词绝句二千首》，南开大学出版社2014年，第581页）

《名媛词选》题辞

吴灏

二

粗豪婉约各翻新，本色当行自有人。听罢双鬟花底唱，李朱端合匹苏辛。

自宋人说部有"铁板""红牙"之喻，词家乃分豪放及婉约两派，毛稚黄独以三李为本色当行，其一妇人即易安也。朱之于李，亦犹辛之于苏耳。

四

黄昏月上柳梢斜，元夜观灯玩岁华。女伴相邀等闲事，漫讥白璧有微瑕。

毛氏刻《断肠词》，指《生查子》为白璧微瑕，亦有谓其误收六一词者。宋词互见不一其例，然此词肖妇人之口吻，当为朱氏作无疑，故余仍采入之。

（《论词绝句二千首》，南开大学出版社 2014 年，第 745 页）

金缕曲

吴灝

本色当行语。且休夸、铜琶铁板，豪情飙举。多少扫眉才子笔，妙擅颂椒咏絮。好付与红牙细谱。《漱玉》《断肠》传绝调，是千秋绣阁填词祖。《林下》选，《花间》补。一编网遍珊瑚树，羡双双、双修福慧，檀栾室主。瞑共然脂晨弄笔，百排珠穿一缕。笑我亦效颦眉妩。敢向金闺裁玉尺，愿鸳鸯绣出针能度。汗竹竟，墨花舞。

（《闺秀百家词选》题辞，清小檀栾室刊本）

朱淑真

（清）颜希源

良宵人去掩蓬门，照眼灯花总断魂。寂寞寒窗眠不得，柳梢挂月自黄昏。

（清颜希源编撰，袁枚等诗词，王翙绘画：《百美新咏图传——历朝名女诗文图记》，中国文联出版社 2006 年，第 146 页。）

朱淑真

（清）靳光宸

密约黄昏试晚妆，已拚身付野鸳鸯。身名不爱诗名爱，集得新编号断肠。

（清颜希源编撰，袁枚等诗词，王翙绘画：《百美新咏图传——历朝名女诗文图记》，中国文联出版社 2006 年，第 146 页）

咏朱淑真

(清)周日灏

兰闺擅清才,秀慧由夙赋。拈韵成妙辞,倚声传丽句。白璧苟无疵,彤管足流誉。奈何柳梢月,化作桑间露。极目送春归,犹托随风絮。难系是春情,剧惜为情误。

(《中华大典·文学典》宋辽金元文学·宋文学部三,江苏古籍出版社2008年,第415页)

朱淑真

(清)夹江云生黄金石

凤鸾深愧匹鸦雏,暮暮朝朝血泪枯。吟到妒花风雨句,怪他月老太胡涂。

(夹江云生黄金石《秀华续咏》,《香艳丛书》第10册卷四,上海书店出版社1991年,第610页)

送春和朱淑真韵《蝶恋花》

(清)何小山

一寸柔肠愁万缕,才得春来,又送春归去。借问东风和柳絮,卷将春色归何处?打起枝头双杜宇,听到声声,总是凄凉意。告诉落花花不语,西楼日暮潇潇雨。

(清陆以湉撰,崔凡芝点校:《冷庐杂识》卷四,中华书局1984年,第227—228页)

题《断肠集》

王肇民

貌是聪明实是痴,痴人说梦梦即诗。梦去无踪诗尚在,断肠集里断肠词。

(《王肇民诗草》,岭南美术出版社2000年,第255页)

五、历代评述[1]

(元)杨维桢《曹氏雪斋弦歌集序》节录

女子诵书属文者,史称东汉曹大家氏。近代易安、淑真之流,宣徽词翰,一诗一简,类有动于人,然出于小聪狭慧,拘于气习之陋,而未适乎情性之正。比大家氏之才之行足以师表六宫,一时文学而光父兄者,不得并议矣。

(《全元文》卷一三〇〇,江苏古籍出版社1998年,第255—256页)

(明)杜琼《题朱淑真梅竹图》

右《梅竹图》并题,为女子朱淑真之迹。观其笔意词语皆清婉,似夫女人之所为也。夫以朱氏,乃宋世能文之女子,诚闺中之秀,女流之杰者也。惜乎持其才胆,拟古人闺怨数篇,难免哀伤嗟悼之意,不幸流落人间,遂为好事者命其集曰《断肠诗》,又谓其下嫁庸夫,非其佳配而然,不亦冤乎哉!呜呼,人之一念,不以自防,则身后之祸,遂致如此。若夫程明道先生之母,训女子惟教识字读书,不可教之吟咏,可为万世良法焉。是图乃吴山青莲里陆允章家者。厥父士昂,厥祖孟和,谓其远祖所蓄,为真迹无疑。孟和、士昂隐居耕读,不妄人也,其言盖可信。允章求志,当无诬辞。

(杜琼《东原集》卷一,《香艳丛书》第5册,上海书店2014年,第312页)

(明)陈霆评朱淑真词

闻之前辈,朱淑真才色冠一时,然所适非偶。故形之篇章,往往多怨恨之句。世因题其稿曰《断肠集》。大抵佳人命薄,自古而然,断肠独斯人哉。古妇人之能词章者,如李易安、孙夫人辈,皆有集行世。淑真继其后,所谓

---

[1] 已经录入"汇评"部分者,一般不再赘录。如作品下仅见拆分部分,此处需得整体呈现,或不避重复。

代不乏贤。其词曲颇多,予精选之,得四五首。咏雪《念奴娇》云:"斜倚东风,浑漫漫(原作慢慢,从钞本),顷刻也须盈尺。"已尽雪之态度。继云:"担阁梁吟,寂寥楚舞,空有狮儿只。"复道尽雪字,又觉蕴藉也。《咏梅》云:"湿云不渡溪桥冷,嫩寒初破霜风影。溪下水声长,一枝和月香。"别阕云:"拂拂风前度暗香,月色侵花冷。"《梨花》云:"粉泪共宿雨阑珊,清梦与寒云寂寞。"凡皆清楚流丽,有才士所不到。而彼顾优然道之,是安可易其为妇人语也。

(陈霆《渚山堂词话》卷二,《词话丛编》,中华书局 2005 年,第 361 页)

(明)孟淑卿论朱淑真

孟淑卿,苏州人,训导澄之女。工诗,号荆山居士。尝论朱淑真诗,曰:"作诗贵脱胎化质。僧诗无香火气乃佳,铅粉亦然。朱生故有俗病,李易安可与语耳。"为士林所称。

(明陈继儒《太平清话》卷三,中华书局 1985 年,第 53 页)

(明)顾起纶《闺品》

孟居士,荆山居士其自号也。孟论朱淑真云:"作诗贵脱凡化质,僧诗贵无香火气,铅粉亦然。"其诗如《春归》云:"无情最是枝头鸟,不管人愁只管啼。"《书怀》云:"天边莫看如钩月,钓起新愁与旧愁。"不但无铅粉气,且雅善用虚字,亦鱼玄机之亚。

(顾起纶《国雅品》,《历代诗话续编》,中华书局 2006 年,第 1124 页)

(明)田汝成"南山分脉城内胜迹"

大瓦巷,北通保康巷,元时,诗妇朱淑真居此。

(田汝成《西湖游览志》卷十三,上海古籍出版社 1998 年,第 162 页)

(明)田汝成"香奁艳语"

朱淑真者,钱唐人。幼警慧,善读书,工诗,风流蕴藉。早年,父母无识,嫁市井民家。其夫村恶,蓬篥戚施,种种可厌,淑真抑郁不得志,作诗多忧愁怨恨之思,时牵情于才子,竟无知音,悒悒抱恚而死。父母复以佛法,并其平生著作焚毗之。今所传者,不过百中之一耳。临安王唐佐为之立传,宛陵魏端礼为之辑其诗词,名曰《断肠集》。其诗云:"静看飞蝇触晓窗,宿醒未醒倦梳妆。强调朱粉西楼上,愁里春山画不长。"又云:"门前春水碧于天,坐上诗人逸似仙。彩凤一双云外落,吹箫归去又无缘。"又云:"鸿鹭鸳鸯作一池,须知羽翼不相宜。东君不与花为主,何似休生连理枝?"又题圆子云:"轻圆绝胜鸡头肉,滑腻偏宜蟹眼汤。纵有风流无处说,已输汤饼试何郎。"盖谓其夫之不才,匹配非偶也。张行中题其诗集云:"女子风流节义亏,文章惊世亦何如?蘋蘩时序宁无预,诗酒情怀却有余。愁对莺花春苑寂,若吟风月夜窗虚。丈夫莫羡多才思,宋女不闻曾读书。"

淑真诗词多柔媚,独《清昼》一绝,《送春》一词,颇疏俊可喜。诗云:"竹摇清影罩幽窗,两两时禽噪夕阳。谢却海棠飞尽絮,困人天气日初长。"词云:"楼外垂杨千万缕,欲系青春,少住春还去,犹自风前飘柳絮,随春且看归何处。满目山川闻杜宇。便做无情,莫也愁人意。把酒送春春不语,黄昏却下潇潇雨。"

与淑真同时,有魏夫人者,亦能诗,尝置酒以邀淑真,命小鬟队舞,因索诗,以"飞雪满群山"为韵。淑真醉中,援笔赋五绝云:"管弦催上锦裀时,体态轻盈只欲飞。若使明皇当日见,阿蛮无计恍杨妃。"又云:"香茵稳衬半钩月,往来凌波云影灭。弦催紧拍促将遍,两袖翻然作回雪。"又云:"柳腰不被春拘管,凤转鸾回霞袖缓。舞彻伊州力不禁,筵前扑簌花飞满。"又云:"占断京华第一春,清歌妙舞实超群。只愁到晓人星散,化作巫山一段云。"又云:"烛花影里粉姿闲,一点愁侵两点山。不怕带他飞燕妒,无言逐拍省弓弯。"不惟词旨艳丽,而舞态之妙,亦可想见也。

(田汝成《西湖游览志馀》卷十六,上海古籍出版社 1998 年,第253 页。)

(明)田汝成"贤达高风"

和靖祠堂,旧在孤山故庐,后徙苏堤三贤祠中,此盖因子瞻诗语为之也。诗云:"吴侬生长吴山曲,呼吸湖光饮山渌。不论世外隐君子,佣儿贩妇皆冰玉。先生可是绝俗人,神清骨冷无由俗。我不识君曾梦见,瞳子了然光可烛。遗篇妙字处处有,步绕西湖看不足。诗如东野不言寒,书似西台差少肉。平生高节已难继,将死微言犹可录。自言不作封禅书,更肯悲吟白头曲。我笑吴人不好事,好作祠堂傍修竹。不然配食水仙王,一盏寒泉荐秋菊。"此诗景慕和靖甚切,但祠堂修竹,亦不失体,而遽以吴人不好事病之,颇牵强矣。其后朱淑真有《吊林和靖诗》诗云:"每逢清景夜归时,月白风清易得诗。不识酹泉拈菊意,一庭寒翠霭空祠。"盖亦祖述东坡之遗意也。

(田汝成《西湖游览志馀》卷八,上海古籍出版社 1998 年,第 115 页)

(明)李攀龙

李清照《如梦令》,写出妇人声口,可与朱淑真并擅词华。

(明吴从先辑《草堂诗馀隽》卷二,明刊本。冀勤辑校:《朱淑真集注·附录》,中华书局 2008 年,第 293 页)

(明)胡应麟

朱淑真:"水光激浪高翻雪,风力吹沙远涨烟。"皆七言近唐句者,此外不多得也。

(胡应麟《诗薮》外编卷五,上海古籍出版社 1958 年,第 220 页)

(明)顾起元"赵母授经"

宋赵定母,金陵人,多通诗书,常聚生徒数十人,张帷讲说。儒硕登门质疑,必引与之坐,开发奥义,咸出意表。景德二年,子定登第,授海陵从事,训曰:"无饰虚以沽名,无事佞以奉上。处内在尽礼,居外则活民。"见石祖徕《贤惠录》。按此母亦曹大家、宋宣文之流亚也,而乃埋灭不甚著称,岂非词采不彰,不获与李易安、朱淑真辈扬芬艺苑,惜哉!

(顾起元撰,谭棣华、陈稼禾点校:《客座赘语》卷五,中华书局 1987 年,第 154 页)

(明)陈维崧

徐湘苹(名灿),才锋遒丽,生平著小词绝佳,盖南宋以来闺房之秀一人而已。其词娣视淑真,姒畜清照。

(陈维崧《妇人集》,中华书局 1985 年,第 7 页)

(明)池上客

淑真,浙人也。才色清丽,闺门罕俦。因匹偶非人,郁郁不乐,尝赋断肠诗以自解。

(池上客《镌历朝列女诗选名媛玑囊》,书林郑云竹明万历刻本,国家图书馆藏)

(明)徐伯龄"女人咏史"

宋朱淑真,钱塘民家女也。能诗词。偶非其类,而悒悒不得志,往往形诸语言文字间。有诗云:"鸥鹭鸳鸯作一池,谁知羽翼不相宜。东君不与花为主,何事休生连理枝。"所著有《断肠诗》十卷传于世。王唐佐为之传。后村刘克庄尝选其诗,若"竹摇清影罩纱窗,两两时禽噪夕阳。谢却海棠飞尽絮,困人天气日初长"之句,为世脍炙。尝赋《咏史》诗云:"笔头去取万千端,后世由他恣意瞒。王伯谩分心与迹,到成功处一般难。"非妇人可造。当时赵明诚妻李氏,号易安居士,诗词尤独步,缙绅咸推重之。其"绿肥红瘦"之词及"人与黄花俱瘦"之语传播古今,又"宠柳娇花"之言为《词话》所赏识。晦庵朱子云:"今时妇人能文,只有李易安与魏夫人。"李有《咏史》诗曰:"两汉本继绍,新室如赘疣。所以嵇中散,至死薄殷周。"中散非汤、武得国,引之以比王莽。如此等语,岂女子所能?以是方之淑真,似不及也。然易安晚年失节汝舟,而为其所薄,至与綝(当作"綮")处厚手札言"猥以桑榆之晚景,配兹驵侩之下才"。而淑真怨形流荡,至云:"欲将一卷伤心泪,寄与南楼薄幸人。"虽有才致,令德寡矣。

(徐伯龄《蟫精隽》第十四卷,《明词话全编》,凤凰出版社 2012 年,第393 页)

155

(明)聂心汤"香奁艳语"

田氏《香奁艳语志馀》,淫风也,便欲删之矣。顷观《女史》,乃知苏小小南斋诗目,商玲珑元白书邮;蒨桃之事莱公,洪妓之从舟客;琴操、朝云之依端明,瑶池、金界并有名籍。而周韶、胡楚、龙靓、小娟者,皆薛校书、鱼玄机之俦。倘定其情,何惭班管;缀之花上,爰比露桃。人有言"朱淑真那复不如一妓"语,以彼自有"荼毗不尽断肠诗",故当不同此曹妩媚。

(聂心汤《万历钱塘县志》,《武林掌故丛编》第 8 册,杭州出版社 2014 年,第 560 页)

(明)董谷《碧里杂存》

自汉以下女子能诗文者,若唐山夫人、曹大家,立言垂训,词古学正,不可尚已。蔡文姬、李易安,失节可议。薛涛倚门之流,又无足言。朱淑真者,伤于悲怨,亦非良妇。窦滔之妻,亦笃于情者耳。此外不多见矣。我朝成化、弘治间,海宁朱静庵者,周汝航妻,博学高才,福德兼备,寿考令终。遗文垂后,才识纯正,词气和平,笔力雄健,真闺门之懿范,女德之文儒也。所作甚富,不能悉录,聊纪数首以见之。

(清吴骞著,印晓峰点校:《海昌丽则·静庵剩稿》附录,华东师范大学出版社 2012 年,第 20 页)

(明)徐咸

海昌朱静庵,司训周汝航之妻也。出自名族。博学能诗,有声成化、弘治间。若古乐府、长歌短章,皆有古人矩度,绝无纤丽脂粉之气。有《静庵集》藏于家。平生妇德,冰清玉洁。朱淑真、李易安不足多也。

(徐咸《西园杂记》卷下,中华书局 1985 年,第 175—176 页)

(明)朱锡绶《古今女史序》节录

若易安、淑真,素表表于词林;薛涛、苏小,更铮铮于粉部。故集中不妨于叠见偏收也。

（褚斌杰、孙崇恩、荣宪宾编:《李清照资料汇编》三,中华书局 1984 年,第 54 页）

(明)郦琥《姑苏新刻彤管遗编》后集

朱淑真:淑真姓朱,浙人也。文章幽态,才色清丽,实闺门之罕。因匹偶之非,勿遂素志,尝赋断肠哀怨之诗以自解郁郁不乐之恨。临安王唐佐为传,以述其始末。吴中士大夫集其诗二百余篇,宛陵魏仲恭为之序。予摘其尤者,得数十首,以著之于编。送春词:"楼外垂杨千万缕,欲系青春,少住春还去。犹自风前飘柳絮,随春且看归何处。满目山川闻杜宇,便做无情,莫也愁人意。把酒送春春不语,黄昏却下潇潇雨。"夏日游湖词:"恼烟撩露,留我须臾住。携手藕花湖上路,一霎黄梅细雨。娇痴不怕人猜,和衣倒在人怀。最是分携时候,归来懒傍妆台。"

（郦琥《姑苏新刻彤管遗编》卷十二,《明词话全编》,凤凰出版社 2012年,第 2564 页）

(明)王昌会《诗话类编·闺秀》

朱淑真,浙人也。才色清丽,闺门罕俦。因匹偶非人,郁郁不乐,抱恚而死,尝赋诗云……其词多柔媚疏俊,最为可喜,送春词云:"楼外垂杨千万缕,欲系青春,少住春还去。犹自风前飘柳絮,随春且看归何处。满目山川闻杜宇,便做无情,蓦地愁人意。把酒送春春不语,黄昏却下潇潇雨。"夏日游湖词云:"恼烟撩露,留我须臾住。携手藕花湖上路,一霎黄梅细雨。娇痴不怕人猜,和衣倒在人怀。最是分携时候,归来懒傍妆台。"

（王昌会《诗话类编》卷十三,《明词话全编》,凤凰出版社 2012 年,第4684 页。）

(明)沈际飞

七七二

魏夫人《减字木兰花》"落花飞絮":轻轻播弄,宗瑞"阑干万里心"相参。又:曾子宣丞相内子,朱淑真同时,淑真不能掩也。

（沈际飞《草堂诗馀四集》，《明词话全编》，凤凰出版社2012年，第5416页）

(明)姚旅

朱淑真，武林人。负诗名。然阅其《断肠诗集》多陈气。唯七言绝句，如《春日杂书》云："春来春去几经过，不似今年恨最多。寂寂海棠枝上月，照人清夜欲如何。"《中秋闻笛》云："谁家横笛弄凄清，唤起离人枕上情。自是断肠听不得，非干吹出断肠声。"才情亦不凡。

（姚旅《露书》卷四，福建人民出版社2008年，第107页）

(明)春秋馆史官

传曰："古有能诗女，如朱淑真、苏若兰辈。女子能诗者，令中外选进。"

（《朝鲜王朝实录·燕山君日记》卷六十二）

礼曹启："忠公道观察使金浩，采送解诗女。"传曰："如朱淑真类，世不易得。"仍命入内。 （《朝鲜王朝实录·燕山君日记》卷六十三）

(清)褚人获《咏箸》

朱淑真能诗，一方伯延入衙，以妾陪之。嘱饭时令题箸，朱应声云："两家娘子小身材，捏着腰儿脚便开。若要尝中滋味好，除非伸出舌头来。"双关妙句，聪颖可人。

（褚人获辑撰，李梦生校点：《历代笔记小说大观·坚瓠集》九集卷三，上海古籍出版社2012年，第701页）

(清)陆世仪

教女子只可使之识字，不可使之知书义。盖识字则可理家政，治货财，代夫之劳，若书义则无所用之。古今以来，女子知书义，而又闲礼法，如曹大家者有几？不然，徒以导淫而已。李易安、朱淑真，使不知书义，未必不为好女子也。

（陆世仪《思辨录辑要》卷一，《陆桴亭思辨录辑要》第1册，商务印书馆1936年，第5页）

(清)王士禄《宫闺氏籍艺文考略》

《玉镜阳秋》云:"唐宋以还,闺媛篇什流传之多,无过淑真者。然笔墨狼藉,苦不易读,枳棘之芝,菁华且翳,世本滥收,亦奚以为也?"故仆于唐宋以还闺媛诗,删录之严,亦无过淑真者。词自宋人语,即不尽工者,亦多可存。

(清)陆次云"片石居"

顺治辛卯,有云间客扶乩于片石居。一士以休咎问,乩书曰:"非余所知。"士问仙来何处。书曰:"儿家原住古钱塘,曾有诗编号断肠。"士问仙为何氏。书曰:"犹传小字在词场。"士不知《断肠集》谁氏作也。见曰儿家,意其女郎也。曰:"仙得非苏小小乎?"书曰:"漫把若兰方淑女。"士曰:"然则李易安乎?"书曰:"须知清照异真娘,朱颜说与任君详。"士方悟为朱淑真。故随问随答,即成《浣溪沙》一阕。随后拜祝,再求珠玉。乩又书曰:"转眼已无桃李,又见荼蘼绽蕊。偶尔话三生,不觉日移阶暑。去矣去矣。叹惜春光似水。"乩遂不动。或疑客之所为,知之者谓客止知扶乩,非知文者。

(陆次云《湖壖杂记》,《丛书集中初编》,中华书局 1985 年,第 1 页)

(清)程哲

孟淑卿号荆山居士,评朱淑真诗有脂粉气。曰:"朱生故有俗病,巾帼耳。自称居士,一怪也;呼女伴为生,又一怪也。以妇人而效男子,与妹喜冠男冠何异?"

(程哲《蓉槎蠡说》卷七,清康熙五十年程氏七略书堂刻本,国家图书馆藏)

(清)王士禛《朱淑贞璇玑图记》[1]

辛亥冬,于京师见宋朱女郎淑贞手书《璇玑图》一卷,字法妍妩。有记云:"若兰名蕙,姓苏氏,陈留令道质季女也,年十六,归扶风窦滔。滔字连

---

〔1〕 可参见"今人考证"中胡元翎文。

波,仕苻秦为安南将军,以若兰才色之美,甚敬爱之。滔有宠姬赵阳台,善歌舞,若兰苦加捶楚,由是阳台积恨,谗毁交至,滔大恚愤。时诏滔留镇襄阳,若兰不愿偕行,竟挈阳台之任。若兰悔恨自伤,因织锦字为回文,五彩相宣,莹心眩目,名曰《璇玑图》,亘古以来所未有也。乃命使赍至襄阳,感其妙绝,遂送阳台之关中,具舆从迎若兰于汉南,恩好逾初。其著文字五千余首,世久湮没,独是图犹存。唐则天常序图首,今已鲁鱼莫辨矣。初,家君宦游浙西,好拾清玩,凡可人意者,虽重购不惜也。一日,家君宴郡倅衙,偶于壁间见是图,偿其值,得归遗予。于是坐卧观省,因悟璇玑之理,试以经纬求之,文果流畅。盖璇玑者,天盘也;经纬者,星辰所行之道也;中留一眼者,天心也。极星不动,盖运转不离一度之中,所谓居其所而斡旋之。处中一方,太微垣也,乃叠字四言诗。其二方,紫微垣也,乃四言回文。二方之外四正,乃五言回文。四维乃四言回文。三方之外四正,乃交首四言诗,其文则不回也。四维乃三言回文。三方之经以至外四经,皆七言回文诗,可周流而读者也。绍定三年春二月望后三日,钱唐幽栖居士朱氏淑贞书。"首有"璇玑变幻"四小篆,后有小朱印。予向见《断肠集》,不载此文。诸家撰闺秀诗笔者,皆未之载。宋桑世昌泽卿、明云间张玄超之象撰《回文类聚》,亦未收此。家考功兄辑《然脂集》三百余卷,多征奥僻,因录一通归之。后有仇英实父补图四幅,亦极妙。按张萱、周昉、李伯时辈,皆有织锦回文图,英此图殆有所本也。

(王士禛撰,靳斯仁点校:《池北偶谈》卷十五,中华书局 1982 年,第 366—367 页)

(清)张宗泰《窦滔无镇襄阳事苏氏回文非由阳台故辨》

苏若兰之织锦回文,至唐而显于世,为古今所艳称。大抵本之朱淑真之《璇玑图记》,其说以为若兰适安南将军窦滔。滔有宠妾赵阳台,蕙苦加捶楚,由是滔大恚愤。时滔留镇襄阳,独携阳台之任。若兰悔恨,因织锦为回文,名曰《璇玑图》。命使赍至襄阳,滔感其妙,遂送阳台之关中,迎若兰于汉南,云云。盖朱又本之则天之序,(略)记序皆种种不合,不足为据。且传云旋图,故下云婉转循环以读之,乃记承序而作璇玑字。夫玑与衡对,璇乃玉名,与旋图之文不合。况晋史成于唐初,武曌去唐初未远,不应不与史合。疑序亦非真本,大抵或宋初人为之,嫁名于武氏者。但于此佳话而必辨其真伪,未免涉于煞风景。惟若兰才女,横以妒妇诬之,不得不为之雪。况秦之舆地、人官皆一一可考,而非同凭虚立论者。东亭有知,当亦以言为不谬也夫。

（张宗泰撰,吴新成等点校:《质疑删存》卷下,中华书局 2006 年,第 68 页）

(清)张廷玉

为文脱稿即毁,所存《烈女传》及《哭夫文》四篇、《梦夫赋》一篇,皆文止窃而得之者。御史闻于朝,榜其门曰文章贞节。初,其兄见女能文,以李易安、朱淑真比之,辄颦蹙曰:"易安更嫁,而淑真不慊其夫,虽能文,大节亏矣。"其幼时志操已如此。

（张廷玉等《明史》卷三百二《蒋烈妇》,中华书局 1974 年,第 7723 页）

(清)冯金伯

钱唐朱淑真所从非偶,诗多嗟怨,名断肠集。尝元夜赋《生查子》词云:"去年元夜时,花市灯如昼。月上柳梢头,人约黄昏后。今年元夜时,月与灯依旧。不见去年人,泪湿春衫袖。"升庵曰:"词则佳矣,岂良人妇所宜耶?"《词品》（圭璋案,此乃欧词,非朱词。）

（冯金伯《词苑萃编》卷之九,《词话丛编》,中华书局 2005 年,第 1972 页）

(清)陆以湉

德州卢雅雨龢使见曾作《金石录序》,力辨李易安再适之诬。谓:"德父殁时,易安年四十六矣,又六年,始为是书作跋,是时年已五十有二。匪夏姬之三少,等季隗之就木。以如是之年而犹嫁,嫁而犹望其才地之美、和好之情亦如德父昔日,至大失所望而后悔之,又不肯饮恨自悼,辄谍谍然形诸简牍。此常人所不肯为,而谓易安之明达为之乎? 观其洊经丧乱,犹复爱

161

惜一二不全卷轴，如护头目，如见故人，其惓惓德父不忘若是，安有一旦忍相背负之理！此子舆氏所谓好事者为之，或造谤如碧云騢之类，其又可信乎？"陈云伯大令亦云："宋人小说往往污蔑贤者，如《四朝闻见录》之于朱子，《东轩笔录》之于欧阳公，比比皆是。"又谓："'去年元夜'一词本欧阳公作，后人误编入《断肠集》(渔洋山人亦尝辨之)，遂疑朱淑真为泆女，皆不可不辨。"按"去年元夜"词非朱淑真作，信矣。李易安再适赵汝舟事，详赵彦卫《云麓漫钞》，诸家皆沿其说。卢氏独力为辨雪，其意良厚，特录之，以俟论世者取裁焉。

（陆以湉撰，崔凡芝点校：《冷庐杂识》卷四，中华书局 1984 年，第 185 页）

(清)张曜孙《漱玉词汇钞跋》

易安居士蒙谤数百年，近始有白其诬者，然特据理断其必无，未能确指其所以蒙谤之故。得俞理初先生此篇出，考证精核，微隐毕彰，俾小人谬妄之谈，可以息矣。夫易安一妇人耳，横被污谤，结不可解，乃更历三朝而卒白于世，信乎是非者千古之至公，姕菲之来，不足为贤人君子患也。世传朱淑真《生查子》词为淫奔之作，其诬妄与易安相类。人心日弊，争名忌才之风及于妇人，可慨也！感理初辨易安事，特附著之如此。道光辛丑二月，阳湖张曜孙记。（录自日本静嘉堂文库藏道光二十年钱塘汪玢辑劳权校《漱玉词汇钞》卷末）

（李清照著，徐培均笺注：《李清照集笺注》修订本，上海古籍出版社 2013 年，第 554 页）

(清)谢章铤

朱淑真以《生查子》一词，传者疑其失德。然《池北偶谈》曰：是词见《欧阳文忠公集》一百三十一卷，然则非朱氏之作明矣。淑真又有《采桑子》，皆集唐宋女郎诗句，见《花草粹编》，此尤集句之雅谈欤。（按：淑真所集，校以四十四字体，上下两结句后皆多一五字句，凡五十四字。考之诸家谱律，俱不载《采桑子》有此体，且黄、来同押，尤为可疑，当博询知者。）而《湖壖杂

162

记》载一事,颇属异闻,今录之。顺治辛卯,有云间客扶乩于片石居,有女仙降,或问仙来何处。书曰:"儿家原住在钱塘,曾有诗编号断肠。"问仙为何氏。书曰:"犹传小字在词场。"或不知《断肠集》谁氏作也。乃又问曰:"得非苏小小乎?"书曰:"漫把若兰方淑女。"或曰:"然则李易安乎?"书曰:"须知清照异真娘,朱颜说与任君详。"或方悟为朱淑真。故随问随答,即成《浣溪沙》一阕。随复拜祝,再求珠玉。乩又书曰:"转眼已无桃李,又见荼蘼绽蕊。偶尔话三生,不觉日移阶暑。去矣去矣。叹惜春光似水。"乩遂不动。或疑客之所为,然客非知文者。此与苏小小降乩,和马浩澜诗相似。浩澜事见《本事诗》。鲍坟鬼唱,又何止一曲《黄金缕》也。岂其精灵固有以自咏者哉?更按淑真,诸书俱云号幽栖居士,钱塘人,世居桃村。而《词林纪事》引《四朝诗集》以为海宁人,文公侄女,未审孰是。

（谢章铤《赌棋山庄词话》卷十二,《词话丛编》,中华书局 2005 年,第 3479 页）

(清)谢章铤

又海盐闺秀虞兆淑,字蓉城。《点绛唇》云:"梅绽芳菲,垂杨烟外低金缕。韶华小住。生怕廉纤雨。绣户凄凉,蝴蝶双飞去。愁如许。梦魂无据。还在秋千路。"竹垞有《题虞夫人玉映楼词集》,亦填此调云:"玉映楼空,镜台留得伤心句。比肩人去。谁忍修箫谱。门柳风前,依旧飘金缕。廉纤雨。返魂何处。莫是秋千路。"味其词,李居士、朱淑真一流人欤。

（谢章铤《赌棋山庄词话》卷十二"姜开元词",《词话丛编》,中华书局 2005 年,第 3470 页）

(清)金武祥

《玉台名翰》石刻,槜李女史徐范所藏墨迹,原题《香闺秀翰》。为晋卫茂漪,唐吴采鸾、薛洪度,宋胡惠斋、张妙静,元管仲姬,明叶琼章、柳如是,凡八家。旧尚有长孙后、沈清友、曹比玉三家,已失。(塞媛原《跋》似尚有朱淑真一家[1],亦失。)卷尾尚有当湖沈彩一《跋》,亦残缺,余俱完好。簪花写荣,各极其妙。向藏嘉兴冯柳东太史登府家。道光壬辰,宜兴程朗岑大

163

令璋借勒上石。乱后，逸亭兄得之，庋于环川草堂。近年，余椎模数十本。徐范为白榆山人贞木女兄，跛足不字，自号蹇媛，厉樊榭《玉台书史》载之。

【校】〔1〕徐氏跋曰："古来名姬传于史册及稗官野史所载，或以淑质丽藻，或以节烈文才，不可胜计。绿窗闲静，间一寓目，令人击节羡慕，低回读之，不能置之。至于能书者，代不数人。往岁从嫂氏过吴兴，得获管夫人仲姬、比玉曹妙清及自然道人张妙净三纸，读其诗与尺牍，想慕其风采，恨不与此人同时也！于是留心搜讨，计得数纸：吴彩鸾之机清笔秀，沈清友之妙趣入神，朱淑真秀骨天成，风华蕴藉，大为快意！是谓世间无其匹者。今春闻吾邑项氏家藏卫夫人一帧，长孙后一帧，为绝代翰宝，不计购求，终莫能得。因托至戚致其夫人，夫人怜范一段苦心，从臾转赠，遂不惜倾囊酬之。噫！世间之胜事难全也。嗣后复承嫂氏赠余薛涛一笺，惠斋女史'月到风来'四字，始满夙愿。乃命工装潢，汇为一卷，得朝夕展对，生平之志毕于是矣。吁！前代名迹，世不恒有，况闺中贤媛乎！后之览者，幸勿轻视之可也。檇李徐范记于净香居。"

（金武祥撰《粟香五笔》卷三，谢永芳校点《粟香随笔》，凤凰出版社2017年，第916页）

（清）况周颐

《玉台名翰》，元题《香闺秀翰》，檇李女史徐范所藏墨迹（范为白榆山人贞木女兄，跛足，不字，自号蹇媛）。凡晋卫茂漪、唐吴采鸾、薛洪度、宋胡惠斋、张妙静、元管仲姬、明叶琼章、柳如是八家。旧尚有长孙后、朱淑真、沈清友、曹比玉四家，已佚。卷尾当湖沈彩跋（彩字虹屏，陆烜妾），亦残缺，余俱完好。向藏嘉兴冯氏石经阁。道光壬辰，宜兴程朗岑大令璋借勒上石。乱后逸亭金氏得之。余顷得标本甚精。并朱淑真书残石别藏某氏者亦得拓本（正书二十行，不全，字径三分）。淑真书银钩精楷，摘录《世说》"贤媛"一门，涉笔成趣，无非懿行嘉言，而谓婟妇能之耶？"柳梢""月上"之诬，尤不辨自明矣。

（况周颐《蕙风词话》卷四，《词话丛编》，中华书局2005年，第4497—4498页）

(清)况周颐

曩阅长乐谢枚如章铤《赌棋山庄词话》,载朱淑真降箕,赋《浣溪沙》词,其后段云:"漫把若兰方淑女,休将清照比真娘。朱颜说与任君详。"余尝辑淑真事略,亦未采入。

(况周颐《蕙风词话补编》卷二,《词话丛编补编》,中华书局 2013 年,第3737 页)

(清)陈廷焯

淑真词以情胜,凄艳芊绵,除李易安外无出其右者。淑真词风流婉转,合魏夫人并驱中原。

(陈廷焯《云韶集辑评》卷十,《白雨斋词话全编》,中华书局 2013 年,第237 页)

(清)陈廷焯

《卜算子》(梧叶荐新凉)

凄清之调。笔致不减朱淑真。

(陈廷焯《云韶集辑评》卷一三,《白雨斋词话全编》,中华书局 2013 年,第 327 页)

(清)陈廷焯

《祝英台近·曲栏低》

一"影"字写得凄清婀娜,借题抒恨耳。(尾批)人谓苹香词不减朱淑真,其实淑真词不及苹香。

(陈廷焯《云韶集辑评》卷二十五,《白雨斋词话全编》,中华书局,2013年,第 660 页)

(清)陈廷焯

叶小鸾词笔哀艳,不减朱淑真。求诸明代作者,尤不易觏也。

（陈廷焯《白雨斋词话》卷三，《白雨斋词话全编》，中华书局 2013 年，第 1201 页）

（清）陈廷焯

国朝闺秀工词者，自以徐湘苹为第一。李纫兰、吴苹香等相去甚远。

湘苹《踏莎行》云："碧云犹叠旧河山，月痕休到深深处。"既超逸，又和雅，笔意在五代、北宋之间。

闺秀工为词者，前则李易安，后则徐湘苹。明末叶小鸾，较胜于朱淑真，可为李、徐之亚。

（陈廷焯《白雨斋词话》卷七，《白雨斋词话全编》，中华书局 2013 年，第 1272 页）

（清）陈廷焯

宋闺秀词，自以易安为冠。朱子以魏夫人与之并称。魏夫人只堪出朱淑真之右，去易安尚远。

（陈廷焯《白雨斋词话》卷八，《白雨斋词话全编》，中华书局 2013 年，第 1285 页）

（清）陈廷焯

朱淑真词，风致之佳，情词之妙，真不亚于易安。宋妇人能诗词者不少，易安为冠，次则朱淑真，次则魏夫人也。

（陈廷焯《词坛丛话》，《词话丛编》，中华书局 2005 年，第 3727 页）

（清）薛绍徽

嗟夫！息妫有同穴之称，乃谓桃花不语；辽后著回心之什，竟蒙片月奇冤。谣诼兴则蛾眉见嫉，诗张幻而蝇璧易污。长舌厉阶，实文人之好事；圣逸珍行，致淑媛以厚诬。黑白既淆，贞淫莫辨。竟使深闺扼腕，抱读遗编；愿教彤管扬辉，昭为信史。赵宋词女，李朱名家。《漱玉》则居临柳絮，《断肠》则家在桃村。市古寺之残碑，品茶对酌；贺东轩之移学，举案同心。築铅逐逐,随宦青莱;丝管纷纷,胜游吴楚。迨及残山半壁,薄衾五更。阿婆白发,已过大衍之年;怨女归宁,莫寄伤心之泪。奚至桑榆晚景,更易初心;花市元宵,徘徊密约乎? 大抵玉壶颂金之案,已肇妒才;花枝连理之诗,难言幽恨。露华桂子,招众口以烁金;细雨斜风,忆前欢而入梦。负盛名以致谤,因清怨而生疑。于是妄改綦崇礼之谢启,杂窜《庐陵集》之艳词。李心传《要录》,病在疏讹;杨升庵品词,失于稽考。西蜀去浙数千里,传闻不免异辞;有明后宋三百年,持论未曾检点。且也,张汝舟历官清要,奚言驵侩下才;王唐佐传述始终,误作市井民妇。当君臣播越之时,安事文书催再醮;彼夫妇乖离而后,何心词赋约幽期。实际可征,疑团自破。所惜者,妄增数举,姓氏偶同;为主东君,爵里俱逸。胡元任《丛话》,变俗谚为丹青;魏仲恭《序言》,仗耳食为口实。好恶支离,是非颠倒且。然而原心定论,据事探幽。编集虽零落不完,诗词尚昭彰若揭。赠韩、胡二使者,嫠妇犹称;宴谢、魏两夫人,贵游可数。寒窗败几,已醒晓梦疏钟;鸥鹭鸳鸯,似叹小星夺月。愿过淮水,犹存爱国之忧;仰望白云,时起思亲之念。忠孝已根其天性,纲常必熟于怀来。安敢别抱琵琶,偷贻芍药,花殊旌节,树异女贞哉! 推原其故,或出有因。衣冠王导,斥将杭作汴之非;早晚平津,有称夫为人之异。奸黠者转羞成怒;轻薄者飞短流长。胡惠斋摘文之忌,不知道高毁来;《生查子》大曲所传,遂致移花接木。硗硗易缺,哆哆能张。毒生虿尾,影射蜮沙。谤媚闺于身后,语涉无根;疑静女于生前,冤几不白。岂弗悖欤? 吁可怪已!

(薛绍徽《黛韵楼文集》卷下,《黛韵楼遗集》、《陈孝女遗集》合刻本。冀勤辑校《朱淑真集注》附录,中华书局 2008 年,第 326－327 页)

(清)周庆云《朱淑真小传》

淑真,海宁人,幼警慧,善读书,工诗,风流蕴藉,自称幽栖居士。早年父母无识,嫁市井民家,淑真抑郁不得志,抱恚而死。宛陵魏端礼辑其诗词,名曰《断肠集》。词学莫盛于宋,淑真与济南李清照易安,尤为闺阁隽才。杨慎《升庵词品》载其《生查子》一阕,有"月上柳梢头,人约黄昏后"语,毛晋汲古阁刊本跋语遂称为白璧微瑕,不知此词载欧阳修《庐陵集》中,不知何人窜入淑真集,厚诬贤媛,可为慨叹。淑真词绵渺婉约,极合风人之旨。《谒金门》云:"春已半,触目此情无限。十二阑干闲倚遍,愁来天不管。好是风和日暖,输与莺莺燕燕。满院落花帘不卷,断肠芳草远。"《蝶恋花·送春》云:"楼外垂杨千万缕,欲系青春,少住春还去。犹自风前飘柳絮,随春且看归何处。满目山川闻杜宇,便做无情,莫也愁人意。把酒送春春不语,黄昏却下潇潇雨。"(《四库提要》《词综》《西湖游览志》)

(周庆云纂辑,方田点校:《历代两浙词人小传》卷十三《闺阁上》,浙江古籍出版社 2012 年,第 318 页)

(清)沈雄

《女红志馀》曰:钱塘朱淑真自以所适非偶,词多幽怨。每到春时,下帏跌坐。人询之,则云:"我不忍见春光也。"宛陵魏端礼为辑其词曰《断肠集》。

(沈雄《古今词话·词评》上卷,《词话丛编》,中华书局 2005 年,第 993 页)

(清)陆昶

诗有雅致,出笔明畅而少深思,由其怨怀多触,遣语容易也。然以闺阁中人能耽笔砚,著作成帙,比诸买珠觅翠徒好眉妩者,不其贤哉!所作删余尚存三十余首,可谓富矣。

(陆昶《历朝名媛诗词》卷八,清乾隆三十八年红树楼刻本)

(清)鸳湖烟水散人

古来美人,有足思慕者,共得二十六人:西子、毛嫱、夷光、李夫人、卓文君、班婕妤、王昭君、赵飞燕、合德、蔡琰、二乔、绿珠、碧玉、张丽华、侯夫人、杨太真、崔莺莺、关盼盼、苏蕙、非烟、柳姬、霍小玉、贞娘、花蕊夫人、朱淑真。

(鸳湖烟水散人《女才子书》,黑龙江美术出版社 2015 年,第 17 页)

梁启超

唐宋以后,闺秀诗虽然很多,有无别人捉刀,已经待考。就令说是真,够得上成家的可以说没有,词里头算有几位。宋朱淑真的《断肠词》,李易安的《漱玉词》,清顾太清的《东海渔歌》,可以说不愧作者之林。内中惟易安杰出,可与男子争席,其余也不过尔尔。可怜我们文学史上极贫弱的女界文学,我实在不能多举几位来撑门面。

(梁启超《饮冰室文集·中国韵文里头所表现的情感》,中华书局 2015年,第 123 页)

王蕴章

冷女史蕙贞,生而聪慧,女红之事,一见辄精。能作小楷书,其父权江北某县,官文书多出其手。偶然作画,超妙胜于时流。戚党见者,诧为神仙中人。惜其姊怛化,伤悼太甚,不数日亦同归忉利矣。尝作秋花长卷,为成都胡夫人茂份所见,夫人夙工绘事,自谓研究十余年,无此工力。爰题《减字浣溪纱》四阕于幅端云:"几穗幽花飐草虫,冷红凉绿一丛丛,小屏风上画豳风。如此秋光如此艳,者般画笔者般工。者般工有几人同。""也似当年叶小鸾,秋风横剪烛花残,生绡八尺剩琅玕。闻道焰摩归去早,浮提容得此才难。写图留与阿娘看。""树蕙滋兰记小名,些些年纪忒聪明,一天秋韵画中生。杀粉调朱真个好,吹花嚼蕊若为情。南楼敛手恽冰惊。""好女儿花好女儿,幽花特与素秋宜,华发一现使人思。侬也爱花耽画癖,写生也在少年时。只惭工丽不如伊。"右作轻清婉丽,直可远拟幽栖(朱淑真),近娣秋水(庄盘珠),妙画清词,允推双绝矣。

(王蕴章《然脂馀韵》卷三,《中国诗话珍本丛书》22,北京图书馆出版社2004 年,第 171 页)

陈倚云《断肠吟自序》

陈倚云女士,身世未详。近见其《断肠吟自序》一篇,哀怨惨恻,甚于痛哭,鹃啼蝶瘦,殆亦朱淑真之伤心流亚欤。其文云:(略)。

（汪㭊尘著，赵灿鹏、刘佳校注：《苦榴花馆杂记》，中华书局 2013 年，第8 页）

沈其光《瓶粟斋诗话》

上海孙琼华女士，明慧工诗，适邑人盛祖江，妆阁间时闻诗声琅琅。能画山水，花鸟尤工。惜不永年而卒。南通张啬庵先生尝题其画册云："昔年走马海王村，犹见江香百本存。试与较量花叶处，黄金愁断美人魂。"(《牡丹》。十三年前于京都厂肆见马江香牡丹册，须四百金。力薄不能得，今不知流落何处。)……"最爱闲庭院，红妆晓露时。不随梅并嫁，那识断肠词。"（《秋海棠》）……

（沈其光《瓶粟斋诗话》初编卷九，《民国诗话丛编》第 5 册，上海书店出版社 2002 年，第 573 页）

六、今人考证

朱淑真评述

任日镐

朱淑真才名虽逊于李清照,但在宋时,其作品已为人所传诵,如宋魏仲恭朱淑真断肠诗词序:"……比往武陵,见旅邸中,好事者往往传诵朱淑真词,每窃听之,清新婉丽,蓄思含情,能道人意中事,岂泛泛者所能及?"再如宋元话本《戒指儿记》,潘寿康《朱淑真别传探原》即以为影射朱淑真少女时代的恋爱故事,话本之中采录朱淑真《立春》及《书王庵道姑壁》二首诗,前一首用来描写她和情人上元夜的邂逅,后一首用来描写她和情人在王庵的幽会,姑且不论此话本的根据为何,或是否捏合人物,窜乱事实,但淑真在宋元之际已是颇著盛名,这是无可怀疑的,至于其"月上柳梢头,人约黄昏后"一词,自古即成为文人学者争论之焦点,有谓淑真作者,有谓欧阳修作者,虽然今日已证为欧阳修所作,并见于六一居士词中,但其词所以腾沸于众人之口,与淑真的才名远播亦不无关系,《莲子居词话》:"易安'眼波才动被人猜',矜持得妙;淑真'娇痴不怕人猜',放诞得妙。均善于言情。"又曰:"'无奈春寒著摸人',著摸二字,孔平仲、彭汝砺诗,皆用之。"赵棻《南宋宫闺杂咏》诗:"吹花弄粉惯伤春,冰雪聪明迥绝尘。不用断肠嗟薄命,赏音曾有魏夫人。"以上所引,可证淑真词对后世之影响。宋代女词人之不幸遭遇所产生之感伤文学流传后世,使读者同情。不觉分担其不幸,进而影响其本人之作品,亦具相同之悲观色彩。后世女性词人之作品,其多愁善病,怨命伤离等病态之特征,固与妇女之实际生活有关,亦未始非受宋代女词人,尤其李朱二氏之感染,后世女词人,即令其生活环境优裕仍不免凄怨之音,盖前人作品之影响有甚于实际生活者也。

(任日镐:《宋代女词人评述》,台湾商务印书馆 1985 年,第 252 页)

《宋才子传笺证·词人卷》前言(节选)

王兆鹏

二手资料不可信据。兹举一例。大稿引录有田艺蘅《诗女史》,未注明卷数,我感觉是从二手资料中来。所引文字,语意完整,似乎也没有什么问题。我手边没有朱淑真集校注本可检校,于是去图书馆查《四库全书存目丛书》影印清同治二年潘重瑞抄本《断肠诗集》,该本卷首附抄有田艺蘅《诗女史》,经校核,所抄文字与大稿所引文字完全相同。这样看来,大稿所引,不为无据。但我还是不放心,毕竟引用的是《诗女史》,《诗女史》的原始出处和原文必须寻出。于是下午再去图书馆,查四库存目本《诗女史》,果然在该书卷一〇中找到所引朱淑真小传,校读之后,发现转引的文字与《诗女史》原文颇有差异。大稿摘引的是:

> 淑真抑郁不得志,作诗多忧怨之思,时牵情于才子,悒悒抱恨而死。父母复据佛法并其生平著作茶毗之。

而田艺蘅《诗女史》卷一〇原文是:

> 朱淑真,钱塘人,幼警慧,工诗书,风流蕴藉。早岁不幸,父母不能择伉俪,乃嫁市井民家妻。其夫村恶,簏篨戚施,种种可厌。淑真抑郁不得志。作诗多忧怨之思,以写其不平之愤,时牵情于才子,竟无知音,悒悒抱恚而死。父母复以佛法并其平生著作茶毗之。今所传者不过十一耳。临安王唐佐立传,宛陵魏端礼辑录,名曰《断肠集》。序曰清新宛丽,蓄思含情,能道人意中事云。

稍加比对,可知潘氏抄本引录的《诗女史》,不仅有删节,而且略有改动。

又大稿所引田艺蘅《纪略》,括注说是出自汲古阁本《断肠词》,所注来源欠详。因为汲古阁所刻词集,有《诗词杂俎》和《宋六十名家词》二种。记忆所及,汲古阁所刻《断肠词》,应是《诗词杂俎》本。但彰化师范大学图书

172

馆无此二书。考虑到《四库全书》所收宋人词集,基本上从汲古阁本过录,于是查询文渊阁《四库全书》电子本《断肠词》,卷首果然有《纪略》,文字与大稿所引无异。但《纪略》并无署名,根据原文很难判断是田艺蘅所作。不甘心,还是想查汲古阁刊《诗词杂俎》本,看原书是否有署名。图书馆没有此书,只好改查《丛书集成初编》本《断肠词》,恰好此本是据《诗词杂俎》本影印,有《丛书集成》的影印本,就等于见到《诗词杂俎》本,喜不自胜。核《丛书集成》影印本《断肠词》,见卷首所录文字与四库本文字一致,也无署名。再进一步查《四库全书总目》卷一七四《断肠集提要》,其中提及《纪略》是田艺蘅撰。方知四库馆臣所见《纪略》,不是《断肠词》所录本,而是别本。

读四库《断肠集提要》后,才知四库馆臣早就怀疑《纪略》是伪作,并非田艺蘅所为。其说云:

> 田艺蘅《纪略》一篇,词颇鄙俚,似出依托。至谓淑真寄居尼庵日勤再生之说,时亦牵情于才子,尤为诞语。殆因世传淑真《生查子》词附会之。

而经比勘诸资料,《纪略》确不可信。其一,田艺蘅《诗女史》和《纪略》对朱淑真籍贯的记载不同,《诗女史》说朱淑真是钱塘人,而《纪略》则说是浙中海宁人。如果二书是同出田氏一人之手,不应自相矛盾。其二,《断肠词》卷首所收《纪略》文字,除首三句之外,基本是从钟惺《名媛诗归》中抄来的。《纪略》全文是:

> 淑真,浙中海宁人,文公侄女也。文章幽艳,才色娟丽,实闺阁所罕见者。因匹偶非伦,弗遂素志,赋《断肠集》十卷以自解。临安王唐佐为传以述其始末,吴中士大夫集其诗二百余篇,宛陵魏仲恭为之序。

钟惺《名媛诗归》卷一九《朱淑真传》云:

> 朱淑真,浙人也。文章幽艳,才色娟丽,实闺阁所罕有。因匹偶之

非伦，勿遂素志，赋《断肠集》十卷，以自解郁郁不乐之恨。临安王唐佐为传以述其始末，吴中士大夫集其诗二百余篇，宛陵魏仲恭为之序。

《纪略》既是抄袭拼合之言，自不可信。故将稿中所引删之。

原引况周颐《蕙风词话》，未注卷数，查民国十五年《惜阴堂丛书》本《蕙风词话》，知所引文字在卷三，所引"约计淑真是时亦只中年等耳"一句，原文实作"约计淑真是时亦只中年以后，与李易安卜居金华之年等耳"。今已校补。

在检索资料过程中，又发现明蒋一葵《尧山堂外纪》卷五四等有朱淑真的相关资料，而大稿未曾引用，故一并补录其中。此资料先是从数据库的电子文本中引录，已核《四库全书存目丛书》本原书，无误。

（傅璇琮、王兆鹏主编：《宋才子传笺证·词人卷》前言，辽海出版社2011年，第4页）

《朱淑真传》笺证

胡元翎

朱淑真，号幽栖居士。钱塘（今浙江杭州）人。

朱淑真，《宋史》无传，事迹约略见于魏仲恭《断肠诗集序》，魏序谓"有临安王唐佐为之传"，久佚不传。

王士禛《池北偶谈》卷一五载：淑真有《璇玑图记》，文末署"绍定三年春二月望后三日，钱塘幽栖居士朱氏淑真书"。后人遂据此谓淑真号幽栖居士，如《续文献通考》卷一九五《集部》："淑真，钱塘女子，自号幽栖居士。"《四库全书总目》卷一七四《断肠集提要》云："《断肠集》二卷，宋朱淑真撰。淑真，钱塘女子，自号幽栖居士。"

按：《璇玑图记》是否可信，四库馆臣有怀疑。上引《断肠集提要》云："王士禛记康熙辛亥见淑真绍定二年手书《璇玑图记》一篇，备录其文于《池北偶谈》中，且称《断肠集》不载此文，诸家撰闺秀诗笔者皆未之及云云，然流传墨迹，千伪一真。此文出淑真与否，无从考证，疑以传疑，姑存是一说可矣。"复按：淳熙九年（1182）魏仲恭序朱淑真《断肠集》时，淑真已去世。

淑真自不可能在绍定三年(1230)作《璇玑图记》,或谓绍定三年是哲宗绍圣三年或高宗绍兴三年之误,都是推测臆度之辞,了无佐证,自难信据。

朱淑真籍贯,一说是钱塘,一说是海宁。

持钱塘说者,有明田汝成《西湖游览志馀》卷一六《香奁艳语》:"朱淑真者,钱塘人。"田艺蘅《诗女史》卷一○:"朱淑真,钱塘人。"蒋一葵《尧山堂外纪》卷五四:"朱淑真,钱塘人。宛陵魏端礼为辑其诗词,名曰《断肠集》。"冯梦龙《情史》卷一三《朱淑真》:"朱淑真,钱塘人。"沈雄《古今词话》云:"《女红志馀》曰:'钱塘朱淑真。'"清陶元藻《全浙诗话》卷一九中表述更为具体,谓:"淑真号幽栖居士,钱塘下里人,世居桃村。"《西湖游览志》谓:"居宝康巷。"可以肯定,朱淑真即便籍贯不在钱塘,也在杭州生活过。

持海宁说者,有明末汲古阁刻《诗词杂俎》本《断肠词》卷首《纪略》:"淑真,浙中海宁人。"明赵世杰《古今女史》卷前《朱淑真》:"海宁人,文公侄女。"胡薇元《岁寒居词话》谓:"海宁朱淑真,乃文公族侄女。"四印斋刊本《断肠词》一卷题"宋海宁幽栖居士朱淑真"。《御选宋金元明四朝诗》别录《姓名爵里》中的"朱淑真"条云:"淑真,海宁人,文公侄女也。"据《中国古今地名大辞典》,同称"海宁"者有三地:一是今安徽休宁,二是今广东惠来,三是今浙江海宁。朱熹为安徽婺源人,故有文公侄女说。浙江海宁与钱塘亦相邻。只广东海宁与朱淑真无涉。《四库全书总目》卷一九九《断肠词提要》对此有所怀疑:"淑真,海宁女子,自称幽栖居士。是集前有《纪略》一篇,称为文公侄女,然朱子自为新安人,流寓闽中,考年谱世系,亦别无兄弟著籍海宁,疑依附盛名之词,未必确也。"据近人黄爱华与黄嫣梨的考证,安徽海宁说更令人信服。黄爱华曾见到朱淑真书残石拓本,"末有长圆形'淑真'小朱印一方,乃数枚徐范的印记。自题'古歙朱淑真录'。则朱淑贞当为歙州人"。"钱塘为寓居之地"(《朱淑真籍贯新考》,《中华文史论丛》1985年1期),黄嫣梨认为朱淑真虽居住在杭州,但其祖籍为海宁,亦即与朱熹的祖籍歙州(徽州婺源)同在一地。后人大部分误以为淑真的籍贯"海宁"为杭州府属的海宁。实际上,浙江海宁是汉海盐县之盐官地,一直沿用盐官,到元文宗天历二年(1329)才改盐官为海宁州。(《朱淑真事迹索隐》,《文史哲》1992年6期)

朱淑真生卒年，不详，大致有北宋人、南北宋之交人与南宋人三说。

持北宋说者，主要依据为与曾布妻魏夫人同时。明田汝成《西湖游览志馀》："与淑真同时，有魏夫人者，亦能诗，尝置酒以邀淑真，命小鬟队舞，因索诗，'飞雪满群山'为韵。淑真醉中，援笔赋五绝。"沈际飞《草堂诗馀别集》卷一："（魏夫人）曾子宣丞相内子，朱淑真同时。朱淑真不能掩也。"晚清况周颐《蕙风词话》卷四言之更详："朱淑真词，自来选家列之南宋，谓是文公侄女，或且以为元人，其误甚矣。淑真与曾布妻魏氏为词友。曾布贵盛，丁元祐以后，崇宁以前，大观元年卒，淑真为布妻之友，则是北宋人无疑。李易安时代，犹稍后于淑真。即以词格论，淑真清空婉约，纯乎北宋。易安笔情近浓至，意境较沉博，下开南宋风气，非所诣不相若，则时会为之也。《池北偶谈》谓淑真《璇玑图记》作于绍定三年。绍定当是绍圣之误。绍定，理宗改元，已近南宋末季。浙地隶辇毂久矣。记云'家君宦游浙西'，临安亦浙西，讵容有此称耶？"今人潘寿康《朱淑真的籍贯和生年考》（《大陆杂志》1967年1期）、张玉璞《朱淑真生活时代考论》（《山东社会科学》1997年5期）、董淑瑞《朱淑真诗词中的自我形象》（《河北大学学报》1985年4期）等持此说。

持南北宋之交说者有况周颐等人。况氏后来在《证璧集》卷三中又改变看法："余考定淑真为北宋人，证据如右。唯与本诗'风传宫漏到湖边'句，稍稍矛盾，宋未南渡，湖边无宫漏也。窃意昔者朱淑真一人，朱秋娘字希真，别是一人，钱塘下里人，世居桃村，又别一人。希真有词传世，彼下里人或亦通晓词翰，致相牵混。三人之中，必有一人早岁逝世，却非淑真（淑真诗衰然成帙，不似早逝致力未深者）。高宗定都临安，上距崇宁改元仅三十稔，约计淑真是时亦只中年以后，与李易安卜居金华之年等耳。'风传宫漏'之句，或者作于是时，盖从宦东西，晚复归杭耳。（改前说）如谓淑真少日湖边，已有宫漏，则与曾布妻魏为友，非事实矣。"今人冀勤认为朱淑真生活年代大约在北宋神宗元丰二三年（1079—1080）至南宋高宗绍兴初年间（约1131—1133），享年五十几岁（参冀勤《朱淑真集注·校点说明》，浙江古籍出版社1985年版；《试谈朱淑真和她生活的年代》，《中国古典文学论丛》1985年5期）；张璋、黄畬也认为"从其《会魏夫人》看，北宋神宗元丰初

176

(1078),她已有社交与文学活动；从其《夜留依绿亭》中所说的'风传宫漏到湖边'句看，到南宋高宗绍兴八年(1138)迁都临安时，她仍在世，因此可以推断，她是从北宋末期到南宋初期的人，生卒年略早于李清照"(《朱淑真集·前言》，上海古籍出版社 1986 年版)。将朱淑真的生活年代定为两宋之间的还有陶尔夫《南宋词史》(黑龙江人民出版社 1992 年版)、罗时进《一个罕见的女性形象——宋代作家朱淑真略论》(《苏州大学学报》1993 年 1 期)等。

　　持南宋说者，题明田艺蘅《纪略》："淑真，浙中海宁人，文公侄女也。"王士祯《池北偶谈》中提及"辛亥冬，于京师见宋女郎淑真手书《璇玑图》一卷，字法妍妩……有记云：'绍定三年春二月望后三日，钱塘幽栖居士朱淑真书。'"近人季工根据淑真诗词中有化用李清照名句，又将杭州称为"帝城""皇州"，因而认为朱淑真生于南宋。季工还认为况周颐等人将朱淑真当做北宋人缺乏根据，因为朱淑真诗词中所酬唱的魏夫人并不就是北宋曾布之妻，至于王士祯所见的朱作《璇玑图记》或是伪作，或则绍定为绍兴之误。朱淑真的创作时代大约在南宋高宗绍兴(1131—1162)至孝宗乾道(1165—1173)年间(季工《关于女诗人朱淑真的诗词》，《文学月刊》1963 年第 3 期)。孔凡礼(《朱淑真佚诗辑存及其它》，《文史》十二辑，中华书局 1981 年)、金性尧(《朱淑真非北宋人说》，《中华文史论丛》1987 年第 2 期)、缪钺(《朱淑真生活年代考辨》，《文献》1991 年第 2 期；《朱淑真生卒年再考索》，《文献》1991 年第 6 期；《论朱淑真生活年代及其〈断肠词〉》，《四川大学学报》1991 年第 3 期)等根据魏仲恭的序认为朱淑真是南宋初期人，距淳熙九年前不久。黄嫣梨认为"朱淑真当为南宋初期人，她的生活年代约在绍兴中叶南宋迁都临安(1138)前后至孝宗淳熙七年(1180)左右，在世 40 多年"(《朱淑真事迹索引》，《文史哲》1992 年第 6 期)。其依据主要为"淑真《雪夜对月赋诗》中的'看来表里俱清澈'一句，用了南宋词人张孝祥《念奴娇·过洞庭》词中的'表里俱澄澈'句，只改动一字。张孝祥此词写于孝宗乾道二年(1166)，从此词的被淑真所引用，可见淑真此时尚活在世上。张孝祥卒于乾道五年(1169)，而淑真于魏仲恭为她的诗集作序时，即淳熙九年(1182)刚去世不久。依此推论，自张孝祥去世至淳熙九年至十三年间，淑真至少于前十年中在世,故能稔读张氏的名作《念奴娇》。所以,淑真与张孝祥同为南宋孝宗时人"。邓红梅又进一步考证,以《月台》诗切入,推考出朱淑真为朱晞颜女,汪纲之妻,生活于南宋宁宗、理宗时期(《文学遗产》1994年第2期)。按:魏仲恭辑成朱淑真《断肠集》并作序,在孝宗淳熙九年;郑元佐《注断肠集》在宁宗嘉泰二年(1202),其时淑真早已去世。说朱淑真生活于南宋宁宗(1195—1124)、理宗(1225—1264)时期,自不可信。谓淑真生活于南宋前期,较合情实。

出身于官宦之家,"父官浙西"。夫姓失考,盖官江南,淑真从宦,常往来吴、越、荆、楚间。

或谓朱淑真嫁为市井民家妻。魏仲恭《断肠诗集序》:"早岁不幸,父母失审,不能择伉俪,乃嫁为市井民家妻,一生抑郁不得志,故诗中多有忧愁怨恨之语。每临风对月,触目伤怀,皆寓于诗,以写其胸中不平之气。""观其诗,想其人,风韵如此,乃下配一庸夫,固负此生矣。"明人亦承此说。如田艺蘅《诗女史》卷一〇:"朱淑真,钱塘人,幼警慧,工诗书,风流蕴藉。早岁不幸,父母不能择伉俪,乃嫁市井民家妻。其夫村恶,篷篨戚施,种种可厌。"蒋一葵《尧山堂外纪》卷五四:"朱叔真幼警慧,善读书。早年,父母无识,嫁市井民家。其夫村恶,蓬除戚施,种种可厌。"明人周楫的通俗小说《西湖二集》更以小说笔调演绎其哀怨的一生:出身于小户人家。其娘舅因输钱无力偿还,而把朱淑真嫁给无能又丑陋的"金怪物"。如此这般,朱淑真岂能称心如意?于是她只有以诗词泄愤,最终气恼抑郁而死。

此"市井民家妻"说,均缺少证据,故有质疑者。朱惟公《朱淑真断肠诗词序》:"《杜东原集》有朱淑真《梅竹图题跋》,《沈石田集》有《题淑真画竹诗》。其家有东西园、西楼、水阁、桂堂、依绿亭诸胜。父官浙西,嗜古玩,夫姓失考。《贺人移学东轩》《送人赴试礼部》二诗,似赠外之作。其后官江南,淑真从宦,常往来吴、越、荆、楚间。旧云'下嫁市井庸夫'说殊悠谬,不足信。以意揣之,其夫殆一俗吏,或恒远宦于外,淑真未必皆从,容有窦滔阳台之事,未可知也。故《恨春》云:'春光正好多风雨,恩爱方深奈别离。'《初夏》云:'待封一掬伤心泪,寄与南楼薄幸人。'《惜春》云:'愿教青帝长为

178

主,莫遣纷纷点翠苔.'皆为此发。它作多思亲感旧之什,语颇凄怨,意各有指。"(朱鉴标点本《朱淑真断肠诗词》)据作品言之,不为无据。

况周颐《蕙风词话》卷四亦沿此路径推其《贺人移学东轩》《送人赴礼部试》诗为鼓励其夫科考,《春日书怀》《寒食咏怀》言亲帏千里,思亲怀土,当是于归后作。《舟行即事》及《秋日得书》等诗足为于归后远离之确证。

从淑真所作诗词来看,她出身非平民,所嫁亦非市井民家,因曾随夫从宦,常离亲远游。然婚姻不谐,故一生抑郁。钟惺《名媛诗归》卷一九云:"朱淑真,浙人也。文章幽艳,才色娟丽,实闺阁所罕有。因匹偶之非伦,勿遂素志,赋《断肠集》十卷,以自解郁郁不乐之恨。"较可信。

　　其人品贞节多有争议。

南宋魏仲恭《断肠诗集序》:"其死也,不能葬骨于地下,如青冢之可吊;并其诗为父母一火焚之。今所传者,百不一存,是重不幸也。""予是以叹息之不足,援笔而书之,聊以慰其芳魂于九泉寂寞之滨,未为不遇也。"哀叹之余似有非常态死亡之暗示。此后则不断有猜测臆断之辞。明田艺蘅《诗女史》卷一〇云:"淑真抑郁不得志。作诗多忧怨之思,以写其不平之愤,时牵情于才子,竟无知音。悒悒抱恚而死。父母复以佛法并其平生著作荼毗之。"其中"时牵情于才子"一语又引发一系列推想。特别是在针对《生查子》作者所属的讨论中,时或怀疑其贞节。杨慎《词品》卷二:"朱淑真元夕《生查子》云:(略)词则佳矣,岂良人家妇所宜邪? 又其《元夕》诗云:(略)与其词意相合,则其行可知矣。"毛晋《断肠词跋》:"先辈拈出《元夕》诗词,以为白璧微瑕。惜哉!"董谷《碧里杂存》卷上:"朱淑真者,伤于悲怨,亦非良妇。"

亦有认为即便《生查子》是淑真所为,也不能武断地定其人品有瑕。如梁绍壬《两般秋雨庵随笔》卷三:"《漱玉》《断肠》二词,独有千古。而一以'桑榆晚景'一书致诮;一以'柳梢月上'一词贻讥。后人力辨易安无此事,淑真无此词,此不过为才人开脱。其实改嫁本非圣贤所禁;《生查子》一阕,亦未见定是淫奔之词。"朱惟公《朱淑真断肠诗词》序:"《元宵》七律一首,升庵《词品》以为与元夕《生查子》词意相合,其行可知云云。甚矣,升庵之不学也！孔子称赐'始可与言诗'，孟子曰：'说诗者不以文害辞，不以辞害意。'诗果未易言，未易说，索解人不可得，况知音乎？以予观之，淑真此篇，只云'但愿''不妨'，俱是恍惚假设之词，并无可摘，岂得遽为罪案，厚诬古人？因欲以辞求之，则《黄花》云：'宁可抱香枝上老，不随黄叶舞秋风。'又云：'劲直忠臣节，孤高列女心。四时同一色，霜雪不能侵。'等作，何并忘却不一读耶？《春昼偶成》云：'却嗟流水琴中意，难向人前取次弹。'作者盖早恨流俗之难与言，知音之不易得，古今同叹，又何言乎！……彼杨慎、毛晋辈，未善读书，不值一哂，何足论此？"

经历代学者考证，《生查子》非淑真作已成定论。王士禛《池北偶谈》卷一四："所传女郎朱淑真'去年元夜时，花市灯如昼'《生查子》词，见《欧阳文忠集》一三一卷，不知何以讹为朱氏之作，世遂因此词疑淑真失妇德。纪载不可不慎也。"沈涛《瑟榭丛谈》卷下："尝谓朱淑真《菊花》诗'宁可抱香枝上老，不随黄叶舞秋风'，实郑所南《自题画菊》'宁可枝头抱香死，何曾吹落北风中'二语所本。志节皦然，即此可见。《断肠》一集，特以儿女缠绵写其幽怨。'月上柳梢'词见欧阳公集，明人选本嫁名淑真，致蒙不洁之名，亟应昭雪。"陈廷焯《词坛丛话》："'去年元夜'一词，本欧阳公作，后人误编入《断肠集》，遂疑朱淑真为泆女，皆不可不辨。""按：'去年元夜'一词，当是永叔少年笔墨。渔洋辨之于前，云伯辨之于后，俱有挽扶风教之心。余谓古人托兴言情，无端寄慨，非必实有其事。此词即为淑真作，亦不见是泆女，辨不辨皆可也。"《四库全书总目》卷一九九《断肠词提要》："杨升庵《词品》载其《生查子》一阕，有'月上柳梢头，人约黄昏后'语，晋（毛晋）跋遂称为'白璧微瑕'，然此词今载欧阳修《庐陵集》第一三一卷中，不知何以窜入淑真集内，诬以桑濮之行。慎收《词品》，既为不考，而晋刻宋名家词六十一种，《六一词》即在其内，乃于《六一词》漏注互见《断肠词》，已自乱其例；于此集更不一置辨，且证实为'白璧微瑕'，益卤莽之甚。"况周颐《证璧集》："《生查子》词，今载《庐陵集》第一三一卷。宋曾慥《乐府雅词》、明陈耀文《花草粹编》并作永叔。慥录欧词特慎，《雅词》序云：'当时或作艳曲，谬为公词，今悉删除。'此阕适在选中，其为欧词明甚（案：真州王西御僧保《词林琐著》引《名媛集》：朱秋娘，字希真，朱将仕女，徐必用妻。六一词《生查子·元夕》

阕,世传秋娘作,非也云云。此词先伪希真,又伪淑真,以其字其名下一字同,致牵混耳。秋娘有词四首,见《林下词选》,无《生查子》词。"具体考辨文字,参唐圭璋《读词四记·朱淑真〈生查子〉词辨讹》,原载《社会科学战线》1983年第3期,又见唐圭璋《词学论丛》(上海古籍出版社1986年版)。

幼警慧,善读书,文章幽艳,晓音律,工绘事。其诗词"清新婉丽,蓄思含情,能道人意中事",兼寓身世之感。

田汝成《西湖游览志馀》卷一六:"宋朱淑真,钱唐人,幼警慧,善读书,工诗。"淑真诗《答求谱》云:"春秋酝处多伤感,那得心情事管弦。"杜琼《东原集》有朱淑真《梅竹图》题跋,《沈石田集》有《题淑真画竹诗》。魏仲恭《断肠诗集序》:"比往武陵,见旅邸中好事者,往往传诵朱淑真词,每窃听之,清新婉丽,蓄思含情,能道人意中事,岂泛泛者所能及,未尝不一唱而三叹也。"孙寿斋《新注朱淑真断肠诗集》后序:"有如朱淑真,禀嘲风咏月之才,负阳春白雪之句,凡触物而思,因时而感,形诸歌咏,见于词章,顷刻立就,一唱三叹,听之者多,和之者少,可谓出群之标格矣。"陈霆《渚山堂词话》卷二:"其词曲颇多,予精选之,得四五首。咏雪《念奴娇》云:'斜倚东风浑漫漫,顷刻也须盈尺。'已尽雪之态度。继云:'担阁梁吟,寂寥楚舞,空有狮儿只。'复道尽雪字,又觉酝藉也。咏梅云:'湿云不渡溪桥冷,嫩寒初破霜风影。溪下水声长,一枝和月香。'别阕云:'拂拂风前度暗香,月色侵花冷。'梨花云:'粉泪共宿雨阑珊,清梦与寒云寂寞。'凡皆清楚流丽,有才士所不到,而彼顾优然道之,是安可易其为妇人语也。"沈际飞《草堂诗馀续集》卷上评淑真词曰:"满怀妙趣,成片里出。体物无间之言。淡情深感。"陆昶《历朝名媛诗词》卷一一:"淑真诗好,词不如诗。爱其'黄昏却下潇潇雨'句,又词好于诗也。"李佳《左庵词话》:"情致缠绵,笔底毫无沉闷。"沈际飞《草堂诗馀续集》卷上评其《菩萨蛮·咏梅》:"玄慧。不犯梅事,超。'人''花'二句伤神。绪长。"董其昌《便读草堂诗馀续集》卷上:"'湿云''嫩寒',词中佳语。"潘游龙《古今诗馀醉》卷一三:"咏梅词之灵慧,当推此为第一,而更喜其不犯一梅事。"

亦有批评朱淑真者。陈廷焯《白雨斋词话》卷五:"香山《长相思》云:

'暮雨潇潇郎不归,空房独守时。'绝不费力,自然凄紧。若'黄昏却下潇潇雨',便见痕迹。"《四库全书总目》卷一七四《断肠集提要》："其诗浅弱,不脱闺阁之习。世以沦落哀之,故得传于后。"陆昶《历朝名媛诗词》卷八："(淑真)诗有雅致,出笔明畅而少深思,由其怨怀所触,遣语容易也。然以闺阁中人能耽笔砚,著作成帙,比诸买珠觅翠徒好眉妩者,不其贤哉。"《玉镜阳秋》云："唐宋以还,闺媛篇什流传之多,无过淑真者。然笔墨狼藉,苦不易读,枳棘之芟,菁华且翳,世本滥收,亦奚以为也?"(清王士禄《宫闺氏籍艺文考略》)对《清平乐·夏日游湖》词,沈际飞《草堂诗馀续集》卷上评曰:"(《地驱乐歌》)'枕郎左臂,随郎转侧。摩挲郎须,看郎颜色。'《诗归》谓其千情万态,可作风流中经史。注疏:和衣倾倒,谓不可训,迂哉!"卓人月《古今词统》卷四亦评:"朱淑真'娇痴不怕人猜',便太纵矣。"

近人对朱淑真诗词艺术的研究成果可参看:缪钺《论朱淑真生活年代及其〈断肠词〉》(《四川大学学报》1991 年第 3 期),陶尔夫、刘敬圻《南宋词史》(黑龙江人民出版社 1992 年版),黄嫣梨《朱淑真》,罗时进《一个罕见的女性形象——宋代女作家朱淑真论略》(《苏州大学学报》1993 年第 1 期),胡元翎《论朱淑真诗词的女性特色》(《文学遗产》1998 年第 2 期),胡元翎《男性诗论与女性诗人的"隔":朱淑真研究中的一个问题》(《求是学刊》1998 年第 2 期)等。

后人常将朱淑真与李清照并称,或有轩轾。元杨维桢《东维子集》卷七《曹氏雪斋弦歌集序》："女子诵书属文者,史称东汉曹大家氏。近代易安、淑真之流,宣徽词翰,一诗一简,类有动于人。然出于小聪狭慧,拘于气习之陋,而未适乎情性之正。比大家氏之才之行,足以师表六宫,一时文学而光父兄者,不得并议矣。"陈廷焯《白雨斋词话》卷二:"朱淑真词,才力不逮易安,然规模唐五代,不失分寸。如'年年玉镜台'及'春已半'等篇,殊不让和凝、李珣辈。惟骨韵不高,可称小品。"陈廷焯《白雨斋词话》卷六:"宋闺秀词,自以易安为冠。朱子以魏夫人与之并称。魏夫人只堪出朱淑真之右,去易安尚远。"陈廷焯《词坛丛话》:"朱淑真词,风致之佳,情词之妙,真可亚于易安。宋妇人能诗词者不少,易安为冠,次则朱淑真,次则魏夫人也。"《四库全书简明目录·集部·词曲类》:"(淑真)虽未能与清照齐驱,要亦无愧于作者。"吴衡照《莲子居词话》卷二:"易安'眼波才动被人猜',矜持得妙。淑真'娇痴不怕人猜',放诞得妙。均善于言情。言情以雅为宗,语丰则意尚巧,意亵则语贵曲。"

今人认为李清照是一流的词人,而朱淑真以其身世遭遇的代表性、创作目的的纯粹性和作品数量优势的占有性在女性文学中奠定了自己的特殊地位,使沉寂了很久的女性文学重新跃起。淑真虽然在社会参与意识及艺术精严等方面都有薄弱之处,但在女性文学的坐标系中却占有重要的极其特殊的地位。(参胡元翎《朱淑真诗词的女性特色》,《文学遗产》1998 年第 2 期)

其作品多散佚,魏仲恭辑成《断肠集》十卷。又有《断肠词》一卷传世。

淑真去世后,诗作被"父母一火焚之"。后经魏仲恭端礼搜集整理,于孝宗淳熙九年壬寅(1182)编成十卷,名《断肠集》,魏仲恭并作序。其后南宋郑元佐作注,题《新注朱淑真断肠诗集》十卷《后集》八卷,嘉泰二年壬戌(1202)孙寿斋为之序。

今存郑注本之最早刻本,为明初刻本,台北"国家图书馆"藏有一部。中国国家图书馆藏有明初刻递修本和明刻递修本。1926 年,徐乃昌影印《新注朱淑真断肠诗集》十卷《后集》八卷,黄丕烈、缪荃孙、张元济诸家题跋,称"此为元人旧刻"(张元济跋)。其实,徐氏据以影印的原本,即台北"国家图书馆"所藏明初刻本。祝尚书《宋人别集叙录》认为黄、缪、张诸家鉴定失误,徐氏影印的并非元刻本,所言甚是。

清代以来,钞刻本甚多。其中台北"国家图书馆"藏有清咸丰间劳权钞校本,卷首首录魏仲恭序,次录朱淑真画像。画像上有"白石翁题《朱淑真小像》"诗:"绣阁新篇写断肠,更分残墨字潇湘。愁枝愁叶清风少,错向东门认绿杨。"又次录《纪略》,文字与《诗词杂俎》本《断肠词》所录《纪略》完全相同。目录首行题"新注朱淑贞(原文如此)断肠诗集目录",次行题"昆山慎轩氏胡慕椿补"。日本东洋文库藏有同治二年潘重瑞钞本,题作《断肠诗集》十卷后集八卷。《四库全书存目丛书》本即据以影印。中国国家图书馆所藏刘履芬钞本亦从潘钞本过录。另有光绪二十三年(1897)丁氏嘉惠堂刊《武林往哲遗著》本,《丛书集成续编》本即据《武林往哲遗著》本影印。今有1985年浙江古籍出版社出版冀勤辑校《朱淑真集注》本,1986年上海古籍出版社出版张璋、黄畲校注《朱淑真集》本。

朱淑真词集,名《断肠词》,今传有明紫芝漫抄《宋元名家词》本、明毛晋汲古阁刻《诗词杂俎》本、《四库全书》本、《西泠词萃》本、清知圣道斋抄《汲古阁未刻词》本、《四印斋所刻词》本、民国十五年(1926)况周颐校刻《断肠词》《漱玉词》合订本等。《全宋词》据紫芝漫抄本增删,收词二十四首、断句一则,附录各本误收之词八首。

（傅璇琮、王兆鹏主编《宋才子传笺证·词人卷》,辽海出版社2011年,第452－453页）

图书在版编目（CIP）数据

朱淑真词全集 / 张春晓等编著． -- 武汉 ： 崇文书
局 ， 2023.7
（中国古典诗词校注评丛书）
ISBN 978-7-5403-7057-2

Ⅰ．①朱… Ⅱ．①张… Ⅲ．①宋词－选集 Ⅳ.
① I222.844

中国版本图书馆 CIP 数据核字（2022）第 243536 号

出 品 人：韩　敏
选题策划：王重阳
丛书统筹：郑小华
责任编辑：薛绪勒
封面设计：杨　艳
责任校对：董　颖
责任印刷：李佳超

朱淑真词全集
ZHUSHUZHEN CI QUANJI

出版发行：长江出版传媒 ｜ 崇 文 书 局
地　　址：武汉市雄楚大街 268 号 C 座 11 层
电　　话：(027)87677133　　邮政编码：430070
印　　刷：湖北恒泰印务有限公司
开　　本：880mm×1230mm　　1/32
印　　张：6.125
字　　数：180 千
版　　次：2023 年 7 月第 1 版
印　　次：2023 年 7 月第 1 次印刷
定　　价：56.00 元